중국해양대학교 한국연구소 총서 04

중국에서의 조선족 문학

Korean-Chinese literature in china

中國海洋大學校 해외한국학 중핵대학 사업단

책임편집 이해영·한홍화

이 저서는 2013년도 대한민국 정부(교육부)의 재원으로 한국학중앙연구원(한국학진흥 사업단)의 지원을 받아 수행된 연구임(AKS-2009-MB-2002).

중국해양대학교 한국연구소 총서 04

중국에서의 조선족 문학
Korean-Chinese literature in china

ⓒ 중국해양대학교 해외한국학 중핵대학 사업단, 2014

1판 1쇄 인쇄__2014년 04월 01일
1판 1쇄 발행__2014년 04월 15일

엮은이__中國海洋大學校(중국해양대학교) 해외한국학 중핵대학 사업단
主編__李海英(이해영)·韓紅花(한홍화)
펴낸이__양정섭
펴낸곳__도서출판 경진
　　　　등록__제2010-000004호
　　　　블로그__http://kyungjinmunhwa.tistory.com
　　　　이메일__mykorea01@naver.com

공급처__(주)글로벌콘텐츠출판그룹
　　　　대표__홍정표
　　　　편집__김현열 노경민 김다솜 디자인__김미미 기획·마케팅__이용기 경영지원__안선영
　　　　주소__서울특별시 강동구 천중로 196 정일빌딩 401호
　　　　전화__02-488-3280 팩스__02-488-3281
　　　　홈페이지__http://www.gcbook.co.kr

값 16,000원
ISBN 978-89-5996-233-4 93810

중국해양대학교 한국연구소 총서 04

중국에서의 조선족 문학

중국해양대학교 해외한국학 중핵대학 사업단 편

책임편집 이해영·한홍화

도서출판 경진

　지금까지 조선족 문학은 주로 조선족의 비평가와 연구자들에 의해 평가되고 연구되어왔으며 간혹 해외한국문학의 차원에서 일부 한국 학자들의 조명을 받기도 하였다. 조선족 학자들은 중국 조선족 문학이 중국의 역사적 격변 속에서 중국 사회의 정치, 경제, 문화적 담론의 틀 속에 존재하며, 또한 한편으로 조선민족문학의 해외에서의 연속으로 조선민족문학의 고유성을 확보하고 있다고 보았다. 중국의 소수민족문학이면서도 동시에 해외조선민족문학의 한 형태로서의 이중적 성격을 조선족 문학의 가장 중요한 특징이자 조선족 문학 해석의 가장 관건적인 키워드로 보았다. 비슷한 맥락에서 한국학자들 역시 조선족 문학의 이중적 성격에 대해 집중적으로 조명하면서 조선족 문학이 비록 해외한국문학의 한 범주이지만 또한 중국의 정치, 경제, 문화와의 관계 속에서 자유로울 수 없음을 지적하였다. 이러한 조선족 문학 연구의 성과는 주로 조선족학계와 한국학계에서만 소통되고 공유되었으며 중국학계는 조선족 문학연구의 성과에 대해 거의 모르고 있는 실정이다. 중국작가협회 연변분회가 중국 작가협회의 하위 조직으로 공식적으로 조직되어 조선족 작가들 대다수가 중국작가협회 연변분회의 회원이지만 정작 조선족 문학은 조선족학계를 벗어나면 중국 내에서 그 존재가 널리 알려져 있지 않다.

　이는 우리에게 다음과 같은 보다 근원적인 문제를 제기하고 있다. 왜서 조선족 문학은 중국의 소수민족문학이면서도 정작 중국학계에서는 잊혀진 존재로 되고 있는가? 왜서 조선족의 작가 중에는 만족,

회족, 몽고족, 묘족, 어원커족 등 기타 소수민족의 작가들처럼 전국적인 문명을 획득한 국가적 수준의 작가가 배출되지 못했는가? 왜서 조선족의 작품 중에는 회족 작가 霍达의 「穆斯林的葬礼」와 같은 명작이 배출되지 못했는가? 이 책은 바로 이러한 맥락에서, 이러한 문제들을 염두에 두고 중국 조선족 문학의 현주소를 살펴보고자 했으며 중국학계와의 소통과 학문적 공유를 염두에 두고 한·중 두 가지 언어로 동시에 출간하게 되었다. 중국 조선족 문학의 연구 성과들을 중국학계와 공유하고 중국학계에서 조선족 문학 연구의 담론을 생산함으로써 중국에서 조선족 문학의 존재를 확인하고 조선족 문학의 위상을 확립하기 위한 것이 이 책의 기획 의도이자 출발점이다. 그리고 우리는 그것이 결코 불가능한 꿈이 아님도 알고 있다. 림원춘의 「몽당치마」와 같은 단편소설작품이 중국소수민족문학상을 수여받았고, 남영전의 생태시가 중국문단과 학계의 비상한 관심과 주목을 받았던 영광스러운 기억을 조선족 문학은 갖고 있다. 또한 연변대학의 김호웅 교수님, 중국사회과학원 장춘식 교수님, 소설가 박선석, 김인순 등이 중국소수민족문학-준마상을 수상한 것도 조선족 문학의 중국에서의 가능성을 보여주고 있다. 조선족 문학 연구자들이 얼마만큼 중국학계와의 소통을 위해 노력하고 중국학계에서 조선족 문학 연구의 담론을 생산하기 위해 노력하는지, 그들이 조선족 문학의 고유의 한 특성이기도 한 조선어 창작으로 인한 언어적 장벽의 문제를 얼마만큼 잘 풀어나가는지에 의해 중국학계에서 조선족 문학의 존재기반의 확립과 위상 수립의 여부가 결정될 것이다.

한편으로 이 책은 중국해양대학교 해외한국학 중핵대학 사업의 5차년도 결과물이며 5년간 사업의 최종 결과물의 하나이기도 하다. 5년간 우리는 본 사업단의 연구 아젠다인 "황해권 한인공동체 구축을 위한 한국학의 창신"이란 문제를 두고 끊임없이 고민해 왔다. 이

책의 기획 주제인 조선족 문학 역시 본 사업단의 핵심주제인 "한인공동체" 연구의 일환이기도 하다. 우리는 중국 내 "한인공동체"의 연구를 조선족 학자 내지 한국인 학자의 연구영역만이 아닌 중국학계의 학문적 담론 영역에 위치시키기 위해 노력해 왔다. 중국에서 한류의 폭발적인 인기와 함께 한류와 한국의 대중문화가 중국 문화산업계의 비상한 관심을 끌고 중국학계의 중요한 연구주제로 부각되었듯이 한인공동체의 문제 역시 중국학계의 주목을 받는 연구주제가 될 수 있기를 바랐다. 실제로 한류와 한국의 대중문화에 대한 관심과 함께 중국 내 한인공동체의 문제는 일부 중국 연구자들의 관심분야로 부각되었으며 관련 학술논문과 학위논문들이 산출되기도 하였다. 우리는 중국 내 한인공동체 연구의 한 분야로서 중국 조선족 문학 연구에 많은 힘을 쏟았으며 조선족 문학 연구가 중국학계의 학문적 담론 영역으로 주목 받을 수 있기를 바라면서 중국해양대학교 한국연구소 총서 04-『중국에서의 조선족 문학』을 기획하였다.

1단계 중핵사업을 수행하는 지난 5년간, 한국학진흥사업단과 中國海洋大學校 본부의 지원은 아무리 강조해도 지나침이 없을 것이다. 특히 中國海洋大學校 吳德星 총장님의 학문에 대한 남달리 넓은 포용력은 한국학이 中國海洋大學校에서 학문적 화두의 하나로 그 존재기반을 다질 수 있도록 했으며, 그것은 中國海洋大學校가 "海納百川取則行遠"이라는 校訓을 직접 실천해 나가는 과정이기도 했다. 中國海洋大學校 韓國研究所 소장이기도 한 본교 國際交流合作處 戴華 처장님의 지원 또한 우리에게는 큰 힘이 되었다. 기꺼이 외국어대학 청사 내에 한국연구소 공간을 지원하고, 지역학으로서 한국연구를 외국어대학의 학문적 연구의 한 방향으로 인정해 주신 中國海洋大學校 外國語大學 楊連瑞 學長님을 비롯한 本校 外國語大學 지도층의 國家別 및 地域別 연구에 대한 인정과 지원에 깊이 감사드린다. 楊連

瑞 學長님은 본인이 뛰어난 語言學者이지만, 동시에 지역 연구에도 많은 관심을 보이고 있다. 한결같이 중핵사업을 지지하고 지원해 주시고 운영위원으로서 사업단의 운영과 공동연구에 함께해 주신 한국과 이광재 학과장님께도 깊이 감사드린다. 그리고 지난 5년간 중핵사업의 발전을 위해 동고동락을 해 온 중국해양대학교 해외한국학중핵대학 사업단 전체 단원들과 한국학과 교수님들의 그동안의 열과 성, 노고에 감사드린다. "우리"의 오늘이 있기까지 그것은 참으로 서로의 인내와 이해와 양보와 감싸 안음이 없었으면 불가능했던 기여와 헌신의 시간들이었다. 지난 2012년 7월, 본교 캠퍼스에서 성황리에 개최되었던 해외한국학중핵대학 단장협의회 첫 해외 회의에서 우리는 吳德星 총장님을 비롯한 中國海洋大學校 본부의 한국학에 대한 학문적 인정과 확고한 지지를 감격스럽게 확인할 수 있었다.

끝으로 지난 5년간 우리 사업단의 학문적 성장과 발전을 내심 기뻐해 주고 '황해권 한인공동체의 재구축'이라는 우리의 학문적 화두에 관심을 갖고 함께 해 주신 도서출판 경진의 양정섭 사장님과 직원들께 진심으로 감사드린다.

2014년 4월
벚꽃이 만발한 노산 캠퍼스에서
중국해양대학교 해외한국학 중핵대학 사업단
단장 이해영 삼가 씀

목 차

제1부 중국 학자가 본 조선족 문학

조선족 소설 속의 한국과 한국인※

최삼룡

(문학평론가, 전 연변사회과학원 문학예술연구소)

1. 머리말

중화인민공화국과 한국이 정식으로 수교한 지 20년이 되는 시점에서 조선소설 속의 한국과 한국인을 고찰해 보는 것은 흥미로운 작업이며 의미 있는 작업인 것 같다.

새로운 역사 시기를 맞이하여 조선족은 한국과 한국인들과의 관계에서도 새로운 역사적 계기를 맞이하게 되었는바, 친척방문, 학술활동, 문화교류, 경제합작, 기술연수, 노무수출, 국제결혼(진짜 혹은 위장), 관광 등등 여러 가지 도경과 방법으로 대한민국을 방문할 수 있게 되었으며 마찬가지로 친척, 경영인, 사업자, 학자, 국제결혼인, 여행자 등 여러 가지 신분의 한국인들이 중국을 다녀가고 아울러 연변과 전국 여러 곳에 산재하는 중국 조선족과 접촉할 수 있게 되었다.

※ 이 글은 『한중인문학연구』 37집(2012)에 게재되었던 것을 수정·보완하였다.

중국 조선족의 한국방문 혹은 한국인의 중국진출을 우리 매체에서는 한 시기 "서울바람", "한국드림"과 "연변바람"으로 표현하기도 하였는데 "서울바람", "한국드림", "연변바람"이 조선족들과 조선족 사회에 가져다 준 좋은 점과 나쁜 점에 대한 담론은 문학창작에서뿐만 아니라 사회학과 문화의 여러 분야에서 지금까지도 계속 진행 중이고 시각에 따라 제 나름이므로 필자로서는 조심스럽게 접근할 문제라고 생각하면서 본 논고(論稿)는 다만 우리의 소설에서 한국과 한국인 제재의 작품에 대한 간략한 고찰을 취지로 삼았다.

2. 한국과 한국인이 보이는 첫 단편, 중편, 장편

우연한 일치겠지만 조선족 소설에 한국과 한국인이 제일 처음으로 등장한 것은 중화인민공화국과 대한민국이 정식으로 수교한 1992년이였다.

물론 그 먼저 약 10년 전 그러니깐 개혁개방이 정식으로 시작된 1980년대 초로부터 조선족들의 한국나들이와 한국인들의 중국나들이가 시작되었다. 알려진 바와 같이 1978년에 한국정부는 인도주의 차원에서 정식으로 중국 조선족의 한국방문을 허용하는 태도를 표시하였던 것이다. 그래서 전반 1980년대에 이미 적잖은 조선족들이 친척방문과 학술교류차로 한국에 다녀왔으며 친척방문과 문화교류차로 한국에 갔다가 돈을 벌기 위하여 약장사를 벌리거나 노가다판에 뛰어들어 땀을 흘리는 조선족들이 적지 않았던 것이다.

이렇게 10여 년의 세월이 흐른 후 조선족 문학에 한국과 한국인이 취급되는 것은 아주 자연스러운 문학현상이라고 해야 할 것이다. 필자의 기억에 의하면 그 첫 작품이 휘남의 소설가 김남현의 단편소설

「한신하이츠」[1]였다. "한신"이란 한국의 이름 있는 회사의 이름이고 "하이츠(heights)"란 높은 지대에 있는 집단주택이란 뜻의 영어이다.

이 작품은 한국, 한국인이 보이는 조선족의 첫 단편소설로서 조선족들의 피해의식을 분명하게 표현한 것으로 주목된다.

주인공 "나"라는 진씨 성의 남자는 아직 한 번도 만나 뵌 적이 없는 친척을 만나려고 한국에 나왔던 참에 앓는 아내의 치료비를 해결하기 위하여 창원건설현장의 노가다(토목공사에서 일하는 노동자)판에서 땀을 흘리었다. 워낙 체력노동을 해보지 못한 지성인으로서 노가다판에서 그렇게 고생하면서 일을 하였지만 귀국 날짜가 다 되었는데도 공전을 받지 못했다.

이 작품은 한국에 나가 돈을 벌려고 애를 쓰는 조선족의 생활을 다루면서 일부 생활세절을 통하여 비록 같은 배달겨레이지만 많이 틀려진 문화현상에 초점을 맞추었으며 읽는 이들에게 한국에 나가 돈을 번다는 것은 그리 쉬운 노릇이 아니라는 인상을 준다. 그러면서 또 결국 한국의 노동자와 중국의 노동자는 통하는 데가 있고 한국 사람도 좋은 사람과 나쁜 사람으로 나뉘어진다는 계급론적인 인식을 담담하게 나타내고 있다.

작자 김남현은 휘남시 조선중학교 교원으로서 일찍 한국에 친척방문차로 나갔다가 노가다판에서 일한 경력에 기초하여 이 소설을 썼다고 한다. 그 후에도 김남현은 단편소설 「숨어사는 사람들」,[2] 「중국인 사장과 한국인 사장」[3] 등 단편소설에서 이 제재에 대한 관심을 나타내었다.

---

1) 《천지》 1992년 2월호에 게재. 이 먼저 한국인이 보이는 소설이 한 편 있었지만 그것은 중국에 들어온 한국인이었다.
2) 《장백산》, 1993년 3월호.
3) 《장백산》, 2005년 1월호.

허련순의 「텅빈 사막」4)은 한국과 한국인을 등장시킨 첫 중편소설이다.

이 소설의 주인공은 노가다판에 뛰어들어 땀을 흘리는 조선족지성인으로서 서울에 있는 사촌형님을 찾아 나왔으나 형님으로부터는 아무 도움도 받지 못하고 형수로부터는 참지 못할 천시를 받는다. 그는 노가다판에서 땀을 흘리는 한편 신문에 글도 쓰고 번역도 하지만 어느 사람에게 몇 달 동안 번 돈을 모조리 사기당하고 결국은 빈털터리가 되어 조국으로 돌아오는 배에 오른다.

이 중편소설에서 작자는 주인공이 접촉하는 한국 사람들 사촌형, 사촌형수, "여보술집"의 봉자 등의 언행을 통하여 구경 이들이 자기와 같은 피를 나눈 혈육동포가 옳은가 하는 물음을 제기하고 있다.

보라, 형수는 먼 곳에서 온 이 시동생의 모든 것을 꾸짖고 꺼려하고 나무란다.

김포공항에서 처음 만나는 형님 내외를 붙안고 운다고 꾸짖고 중국약재를 가짜라고 욕을 하고 입은 옷이 촌스럽다고 비웃고 커피를 숭늉 마시듯 훌훌 마신다고 나무라고 가방이 먼지투성이라고 새된 소리를 지르고 부상을 당해 씻지 못했는데도 발 냄새가 난다고 야단을 치고 옷에선 땀 냄새가 난다고 힐난한다.

이 소설에서 작자는 모름지기 민족의 정체성에 대한 작업을 하고 있는 것이다. 도대체 우리는 누구인가? 중국에서 나서 자란 김영근이라는 이름의 이 소설의 주인공은 중국에서는 이러한 물음을 던진 적이 없었겠지만 서울에서의 체험이 자신에게 이러한 물음을 하게 하였던 것이다. 이 중편소설은 처음에 『텅빈 사막』으로 제목을 붙였다가 다시 "찾아든 곳은 그리운 고향이 아니었네"라고 고쳐졌는데 이

---

4) ≪장백산≫, 1993년 2월호. 후에 소설집 『유혹』에는 「찾아든 곳은 고향이 아니었네」(과학과지성사, 1994)로 게재되었다.

제목이 바로 작자가 모름지기 조선족의 뿌리 찾기 혹은 민족의정체성에 대한 탐구를 하고 있었다는 것을 직관적으로 나타내고 있다.

한국과 한국인 제재의 장편소설의 창출은 다시 몇 년 세월이 흘러간 뒤였는데 허련순의 『바람꽃』5)이 그 첫 작품이다.

이 작품의 인물은 거개가 한국으로 간 조선족들이다. 주인공 홍지하는 신문사 문예부에서 근무하던 편집기자이며 작가이다. 그에게는 한국 어디에 계신지 모르는 할아버지 외에 또 그보다 앞서 한국에 나온 한 고향에서 함께 자랐고 많은 인생고를 함께 겪은 죽마고우 최인규와 그의 아내 혜련이가 있다. 일찍 홍지하는 무가내하 한 상황에서 최인규가 지은 죄를 자진하여 들쓰고 3년 옥살이를 하는 역경을 치르기까지 하였으며 만기 석방 후 할아버지를 찾으려고 돌아가신 부친의 골회를 안고 한국에 왔던 것이다.

그런데 홍지하가 서울에 왔을 때 최인규는 노가다판에서 두 다리에 중상을 입고 누워서 치료받는 신세였으며 혜련이는 남편의 치료비를 해결하기 위하여 소속회사의 강 사장의 아이를 낳아 준다는 비밀계약을 맺고 강 사장에게 몸을 바치는 비참한 상황이었다. 한국에 나와 많은 돈을 벌어 홍지하의 은혜를 갚고 홍지하가 한국에 나오면 꼭 자기가 진 빚을 갚아주겠다던 최인규와 혜련의 맹세는 물거품으로 되어버렸다. 이렇게 첫날부터 한국에서 홍지하의 생활은 비극적으로 시작된다.

최인규는 비록 공지에서 공상을 입었지만 강 사장은 치료비 한 푼도 주지 않으며 자기의 아이를 낳아 준다는 계약을 맺고 혜련의 육체를 장기간 점유한다. 그러다가 혜련이가 폐결핵에 걸렸다는 것을 알았을 때는 아이를 낙태하라고 강요한다. 남편 앞에서 수치감과 강

---

5) 이 장편소설은 흑룡강 신문 제2회 신춘문예당선작품으로 1995년에 흑룡강 신문에 연재되었으며 흑룡강조선민족출판사에서 1996년에 출판하였다.

사장에 대한 증오감에서 헤어져 나오지 못한 혜련이는 끝내 자살하고 아내에 대한 자책감과 강 사장에 대한 증오감 그리고 친우 홍지하에 대한 부채감에서 탈출할 수 없는 최인규는 만약 돈을 내지 않으면 추악한 면모를 대중매체에 폭로하겠다는 것으로 강 사장을 핍박하여 얻은 돈 몇 푼을 슬그머니 홍지하에게 남겨주고 어디론지 사라진다.

알 수 있는바 이 이야기가 말해 주는 것은 한국에 진출한 조선족들의 생활의 축사(縮寫) 내지 상징으로서 주로는 조선족들의 피해의식을 나타내고 있다.

주지하다시피 피해란 재산, 명예, 신체 따위에 손해를 입음을 가리키는 낱말이고 피해자란 손해를 입은 사람을 가리킨다. 최인규와 지혜련을 피해자라고 한다면 가해자가 있을 것인데 강 사장은 바로 이 장편소설에서 자본주의 한국을 대표하는 피해자의 형상으로 그려졌다.

홍순보라는 이름의 할아버지를 찾는 것은 홍지하가 한국에 온 가장 중요한 목적 혹은 홍지하의 가장 오래된 꿈이라고 할 수 있다. 그래서 한국에 와서 몇 개월간 그는 할아버지를 찾기 위하여 동분서주한 결과 할아버지가 이미 타계한 사실도 알아냈으며 배다른 형제이긴 하지만 친형 홍성표도 찾았다. 그리고 할아버지의 생전에 써둔 유서도 받았다. 대전에 있는 몇 억이 되는 화장품 회사를 손자 홍지하에게 준다는 유서였다. 그러나 안분녀와 홍성표의 작간에 의하여 끝내 홍순보라는 할아버지와 홍지하라는 손자의 관계는 승인을 받지 못하게 되며 나중에 중국에서 안고 온 아버지의 골회를 할아버지의 고향 경북 달성군 다산면 어느 시골 소나무 밑에 뿌리고 귀국하게 된다. 당초 한국에 나올 때 세웠던 목적은 하나도 이루지 못하고 만다.

여기서 작자가 하자는 말이 무엇인지는 너무도 명백한바 조선족으로서 뿌리를 찾으려는 홍지하의 노력은 완전히 불가능한 꿈에 불과하다는 것이다. 비록 한 아버지의 피를 나눈 형제이지만 홍성표는 남과 다를 바 없다. 아니 남보다도 못하다. 피를 나눈 형제라든가 혹은 혈육동포라는 말은 안분녀나 홍성표의 사전에서 메워진지 오래다. 특히 수억 원의 유산문제를 앞에 놓은 안분녀나 홍성표에게 있어서 홍지하를 같은 뿌리의 열매라고 승인한다는 것은 자기의 간을 뜯어 개를 주는 거나 다를 바 없는 바보짓이 아닐 수 없는 것이었다. 뿌리, 혈육 운운 같은 것은 조선족들, 홍지하같이 순박하고 선량하고 아직 현대화의 세례를 겪어보지 못한 전근대적인 사람들의 꿈일 뿐이다.

작품에 흐르는 비극적 색채는 조선족들의 한국에 대한 혹은 한국사람에 대한 피해의식을 잘 표현하고 있으며 한국은 결코 어떤 사람들이 생각하는 것 같은 지상낙원이 아니라는 경계심을 문학적으로 해명하고 있으며 한국에 가서 조선족의 뿌리를 찾으려는 것은 일장허몽에 불과하다는 문학적인 확인으로 된다. 우리는 이미 이념과 체제가 다른 나라에서 반세기 갈라져 살았다. 그 이념과 체제의 벽을 뛰어넘을 힘이 우리에게 있는가?

장편소설의 서문에는 작가 허련순의 다음과 같은 문자가 있다.

나는 귀추없이 떠돌아다니는 바람꽃, 바람이 불어왔던 곳과 바람이 지는 그곳 두 세계 중의 어느 한곳에 머무르며 또 어느 한곳에도 머무르지 않은채 두곳을 끊임없이 우왕좌왕하였다. 언제나 한곳에 오래 머무르지 못하고 다른 한곳에 끊임없는 추억과 망각, 그리움과 원망의 갈등을 수없이 날아갔었다. 언제나 두 세계에서 함께 공존했던셈이고 두 세계에서 함께 탈출하기도 했었다. 그랬던 나는 누구일가. 바람, 바로 바람꽃이 뿌리고 간 하나의 작은 바람, 뿌연 그리움을 안고 안으로 안으로만 한이 되여 은밀히 잠적해야 했던 외로운 바람, 재미 적었던 세상에 대한 설움과 울분에 멍이 들었던 가슴을 보듬어 옷깃을 여미며 돌아섰던 쌀쌀맞은 바람, 자신의 소망마저 강속에 얼궈붙인채 한없는 겨울 굳잠에 빠져버려 정처없는 나그네길에 두터운 흙먼지만 쌓아올리던 게으름뱅이 바람이였다.

작자의 이 폐부지언은 이 장편소설의 주제가 무엇인가를 알려주며 아울러 작자의 민족의 정체성에 대한 탐구가 얼마나 치열한 문학정신에 바탕을 두었는가를 잘 알려주고 있다.

이상 조선족 소설에서 한국과 한국인이 보이는 첫 단편, 중편, 장편은 공통성이 보인다. 우선 그것은 주인공들이 모두 남자이고 모두 지성인이고 모두 노가다판에서 벌어지는 이야기가 중심이라는 것이다. 이렇게 된 데는 그 개연성이 있는바 모름지기 우리 소설가들이 무의식적으로 지성인의 높이에서 한국인을 바라보고 한국을 들여다보려 했던 것이며 지성인이 노가다판에서 땀을 흘린다는 자체가 조선족의 자비심, 중국의 후진성과 한국의 선진성을 묵인하고 있었다는 표징으로 된다. 그리고 민족의 정체성 찾기의 실패는 비록 같은 민족이지만 이미 한 세기 반이 넘는 세월 같지 않은 자연환경과 사회환경 그리고 같지 않은 이념과 체제의 사회에서 살아온 과정에서 세워진, 쉽게 넘어설 수 없는 벽에 대한 문학적인 확인으로 볼 수 있다.

여기서 꼭 짚고 넘어가야 할 것은 한국과 한국인이 보이는 첫 단편·중편·장편에서 보이는 사상내용에서 공통성은 그 후 몇 년간 계속 조선족 소설 사상내용의 한 갈래를 이룩하고 있었다는 점이다.

3. 한국과 한국인을 제재로 한 소설 창작의 발전

지난 세기 1990년대 초로부터 본 세기 2000년대 말까지 근 20년간 많은 작가들이 계속 한국과 한국인 제재에 농후한 흥취를 나타내었다. 필자가 직접 구독한 한국과 한국인 제재의 작품으로 이미 단편소설 100여 편, 중편소설 30여 편, 장편소설 10여 편 있다. 그리고 비록 기타 제재의 소설에도 한국과 한국인이 자주 나오는 것은 바로 이 10여 년간 조선족작가들의 한국과 한국인에 대한 관심이 어느 정도 뜨거웠는가를 말해 주는 대목이다.

리혜선의 장편소설 『생명』6)과 우광훈의 장편소설 『흔적』7) 등의 작품들은 그 주제로부터 접근하면 한국, 한국인 제재의 작품으로 볼 수 없지만 모두 한국과 한국인에 대한 이야기가 한두 토막은 나온다.

분명한 것은 낙후한 농경문화 속에서 궁핍한 경제생활, 낙후한 문화생활을 영위하던 조선족 농민들과 노동자들 심지어는 일부 공무원들과 지성인들까지 외국진출을 자기의 신분을 개변하거나 혹은 삶의 질을 승화시키는 이상적인 계기로 상상하고 "도시에로! 도시에로!", "외국으로! 외국으로!" 나아가는 붐을 일으켰던 것인데 "한국으로! 한국으로!" 나가는 붐은 그 중 가장 큰 붐이었을 뿐이다. 이것은 계획경제로부터 시장경제에로, 농경문화로부터 도시문화로, 전통문화로부터 현대문화로 과도하는 시기에 중국의 어디에서나 생성되는 문제의 한 부분일 따름이다. 물론 조선족 사회문제의 특수성도 무시할 수 없는바 조선족과 한국인은 원래부터 혈육동포이고 언어, 문자, 풍속, 습관 등 전통문화에서 공통성이 존재하며 2차 세계대전 후 미국

---

6) 리혜선, 『생명』, 연변인민출판사, 2006.
7) 우광훈, 『흔적』, 연변인민출판사, 2005.

과 (구)소련 양대국의 냉전정치에 의하여 서로 적대시하는 국가에서 반세기 넘게 살았지만 아직까지도 여전히 피를 나눈 형제의 *끈끈한 연대감*을 무시할 수 없기 때문이다.

이렇게 복잡하고 모순이 충만된 사회 환경, 문화 분위기 속에서 조선족들의 한국 진출은 천성적으로 순리로울 수 없는 것이었으며 조선족들의 한국 꿈이 순풍에 돛단 듯이 이룩될 수 없는 것이었으며 역시 한국인들과 조선족들의 표면적인 모순 내지 내면적인 갈등은 피할 수 없는 것이었다. 조선족 작가들의 민족 정체성에 대한 탐구 내지 뿌리 찾기 작업은 당연한 것이었으며 한국으로 진출한 사람들에 대한 관심 내지 중국에 들어온 한국인에 대한 관심은 당연한 것이었다.

1990년대 중반으로부터 조선족들의 한국 진출이 이른바 "한국드림", "서울바람"으로 퍼지게 되면서 조선족 작가들의 관심사는 이로 하여 조선족 사회에서 생성된 불안, 초조와 상하, 좌우, 안팎이 온통 흔들린 부산스러움이었다.

김훈의 단편소설 「수도권의 촌놈들」[8]에는 본 세기 벽두 어느 날, 북경주재 한국영사관 앞에서 펼쳐지는 풍속화 한 폭이 우리의 주의를 끈다.

령사관앞에는 놀라운 광경이 펼쳐져있었다. 한국으로 시집가려고 수속을 밟으려 온 녀자들이 장사진을 이루고있었다. 한 500여명은 되는것 같았다. 나젊은 애숭이 처녀도 있었고 30대, 40대로 보이는 녀성들도 있었다. 시골티가 폭 배인 녀자도 있었고 아주 시체멋을 낸 녀자도 있었다. 대부분 결혼상대인 한국남자를 동반했다. 한국남자들 거개 모두가 얼굴

---

8) 김훈, 『수도권의 촌놈들』, 요녕민족출판사, 2001.

이 볕에 타서 검실검실하고 주름투성이인 40대 시골사람들이였다. 한국 남자들 대부분이 무표정한채로 서있는 반면에 녀자들의 표정은 밝았다. 껌을 짝짝 씹으며 뭔가 쉴새없이 지껄여대고있는 30대 녀성들이 모여선 곳으로 나는 다가갔다. 대체 그들이 뭘 그렇게 신이나서 지껄여대고있는 지 알고싶었다.

"야, 니건 어느게야?"

"저기 있잖니? 노란 잠바를 입은 사람. 저 머저리 같은게 글쎄 어제밤 내 방에 들어오겠다는걸 겨우 물리쳤다. 글쎄 아무리 위장결혼이라 해도 한번은 같이 자야 한다는게 아니겠니. 내가 말을 듣지 않으니 서울 가서 보자고 윽벼르더라."

"서울 가면 넌 영낙없이 먹혔다."

"먹히긴 도착하자마자 내빼면 되지. 그런데 니꺼는 어느게야?"

"저기 서있는 꺽다리다."

"생긴것부터 싱겁구나."

"그래두 아주 다정다감하더라. 애 아버지 아니면 한번 살아도 괜찮을 남자더라."

"네 남편 왔니?"

"꺽다리곁에 서있지 않니."

"제 네편네 내놓으면서 뭐가 신나서 저러니?"

"둘이 형님 동생하는 처지다."

"야, 넌 진짜 결혼하는거지?"

"그래."

"어느게야?"''

"저기 쭈크리고 앉아있는 사람이다."

"야, 너무 늙었다. 완전히 할아버지구나."

"그래도 제 나이는 45살이라더라."

"볼바엔 제구실도 못하겠구나."

"말도 말라. 묵을대로 묵은 총각이여서 그런지 매일 밤을 셀 지경이다."

"너 복 만났구나."

여기서 보이는 광경과 들리는 말은 바로 지난 세기 말 본 세기 벽두의 조선족 사회의 어떤 분위기를 가장 대표적으로 과시한다고 하여도 과언이 아닐 것이다.

다음으로 작가들의 관심사는 누누이 발생하는 이른바 한국에서 조선족들의 피해 사례와 중국에서 일부 한국인들의 사기행각이다.9)

이러한 현실이 조선족 소설문학에 반영되지 않을 수 없었던 것이다.

이런 소설의 대부분은 피해의식의 발로에 끝이고 가해자에 대한 고발에 열중하는 것으로서 작자 혹은 작자 주변의 사람들의 한국과 한국인에 대한 스트레스를 해소하는 구실을 했을지는 모르겠는데 문학예술의 차원에서는 운운할 가치가 거의 없는 수준이었다.

그러나 이 제재의 작품 중에는 우리 문학사의 흐름과 동류하는 우수한 작품도 소수 있는데 그 중 장편소설로 허련순의 『누가 나비의 집을 보았을까』, 장혜영의 『희망탑』, 리동렬의 『락화류수』 등 작품을 헤아릴 수 있다.

장편소설 『바람꽃』 후 몇 년이 지난 2003년 허련순은 장편소설 『누가 나비의 집을 보았을가』10)를 창출해 냈다.

---

9) 한국의 경제발전과 한국인들의 도덕수준은 별로이고 조선족은 피해자이고 한국인은 가해자라는 편면적인 인식도 보편화되기 시작하였으며 한국에 대하여 실망하고 한국인에 대하여 적대시하는 정서도 날로 커졌으며 게다가 1990년대 중반에 여러 지역에서 발생한 한국인들의 수만 명 조선족들에 대한 가짜비자 사기행각은 한국과 한국인에 대한 조선족들의 거대한 불신과 실망을 조성하였으며 드디어 1996년 8월 2일 페스카마호 사건 같은 일이 발생하였다.

10) 허련순의 장편소설 『누가 나비의 집을 보았는가』. 이 장편소설은 2003년 4월호부터 2004년 4월호까지 7회에 거쳐 ≪장백산≫에 연재되었고, 2007년에 도서출판 온북스에서 단행

이 장편소설은 한국과 한국인 제재의 소설에서 가장 주목되는 작품으로 헤아릴 수 있다.

이 장편소설이 주요한 내용과 읽는 이들에게 주는 제일 큰 계시는 이른바 한국 꿈이 생성된 원인에 대한 문학적인 해명이다.

동북의 여러 곳에서 온 몇 사람들이 오직 돈벌이 목적으로 거금을 내고 숫한 애로를 겪으면서 겨우 한국행 밀입국 배를 탔다. 중국의 녕파(寧波)로부터 한국의 완도 앞 바다까지 가는 동안 며칠 밤 며칠 낮 그들은 세상과 동떨어진 밀항선 밑창에서 육체와 정신상에서 형언할 수 없는 고통을 겪으면서 한국의 어느 항구까지 도착했으나 끝내는 모조리 죽어 버리게 된다.

이 장편소설에 그려진 사람들은 모두 운명적으로 불행한 사람들이며 배워야 할 시기에 제대로 배우지 못하고 사랑의 행복을 찾지 못한 채 겨우 주린 배를 달래는 나날을 살아가는 사회의 밑바닥 인생을 영위해 나가는 안세희와 송유섭과 같은 우리 시대의 한 부류 소외된 사람들의 비참한 인생을 풋풋하게 재현하였다.

작자의 언어대로 표현하면 소설에서 이 밀항선을 탄 사람들은 "욕심 때문에 불무지에 뛰여드는 나비와 다름없는 미물에 불과할뿐이며", "가장 살고싶은 욕망을 가지고 가장 죽음이 도사리고 있는 위험한 선택을 한 안타까운 운명들이다".

주지하는바, 조선족 사회에서 이른바 "서울바람"과 "한국드림"이 생성된 기본 원인은 그 현상으로부터 보면 아주 자명한 것 같고 담론의 여지가 없는 것 같지만 조선족 사회의 복잡다단한 현실과 조선족이라는 이 민족공동체의 파란만장의 역사와 연계시킨다면 해답하기 쉬운 문제가 아니다. 만약 누가 정치학, 경제학, 사회학적으로 해답

본으로 출판하였다.

한다면 그리 힘들지 않을 수도 있겠지만 문학적으로 확인한다는 것은 그렇게 간단한 작업이 아니다.

미국의 철학가 산타야나(Santayana, 1863~1952)는 자기의 저서 『리성의 생활』에서 "행복은 생활의 유일한 격려로 된다. 행복이 상실된 곳에서 존재는 여전히 미친듯한 실험을 계속할것이다"라고 하였다.

허련순씨는 바로 "미친듯한 실험을 진행"하는 인물 형상을 창조하고 부재를 찾아 헤매는 존재의 모질음을 재현하면서 교묘한 서사 책략으로 밀항선 밑창 안에서 벌어지는 현재진행 중에 있는 사건들을 묘술하는 사이사이에 인물들의 인생기억을 되살려 교차시키고 인물들의 피눈물로 얼룩진 지난날과 밀항선을 타게 된 오늘의 실존을 하나로 밀착시키고 한국 꿈을 꾸게 된 생활세부를 생생하게 재현하면서 조선족 사회에서 서울바람과 한국드림이 생기게 된 복잡하고 심각한 원인에 대하여 파고들었다.

이런 의미에서 도적선 밑창에서 갈팡질팡하다가 끝내 꿈을 이루지 못하는 인물들의 처지와 운명은 어떤 상징적 의미까지 있다. 인물들의 한국으로 가는 밀항선에서 당하는 죽음은 바로 어떤 의미에서는 조선족들의 영원히 이루지 못할 한국 꿈이 깨여지는 비참한 현실에 대한 상징이라고 볼 수 있지 않을까. 그리고 또 어떤 의미에서는 한국과 조선족들의 사이에 세워져 있는 영원히 넘지 못할 벽에 대한 암시가 아닐까. 이와 같이 이 장편은 우리 다 같이 심사숙고해 보아야 할 물음을 던져주고 있다.

장혜영의 『희망탑』[11]은 한국과 한국 제재의 소설에서 특수한 위치를 차지하는 작품이다.

이 소설은 중국의 북방에 위치한 북호시 부근의 어느 현성의 조선

---

11) 장혜영의 장편소설 『희망탑』은 ≪흑룡강신문≫ 제3회신춘문예당선작(흑룡강민족출판사, 1998년 출판)이다.

족들의 삶의 현장을 그리면서 한국 꿈이 어떻게 물거품이 되는가? 하는 이야기를 언술하고 있다. 다시 말하면 무너지는 희망탑에 대한 이야기라고 할 수 있겠다.

주인공 주홍은 농촌 부녀로서 가난의 티를 벗기 위하여 고향에 남편과 아들을 두고 현성에 진출하여 식당의 복무원으로 일하면서 돈을 좀 벌었다. 이제 그 돈을 밑천으로 삼고 한국에 나가 돈을 번다는 희망을 품고 동분서주, 좌충우돌하기 시작한다.

그녀는 한국에 가서 4년 노가다판에서 돈을 벌고 고향의 현성에 들어와 국제혼인소개소를 차리고 사기를 일삼는 박민기에게 만5천 원이란 거금을 내고 출국수속이 되기를 기다린다. 그녀는 고향마을에 두고 온 남편과 아들에 대하여서는 일체 관심이 없고 현성에서 하던 식당복무원도 그만두고 오로지 박민기에게 잘 보여서 빨리 한국으로의 출국수속이 되기만 기다리고 있다. 원래 한국으로의 출국은 돈벌이의 수단이 되어야겠는데 이 여자에게 있어서는 생활자체로 되어 버렸다. 그는 위장결혼으로 수속을 시작했는데 노골적으로 진짜 결혼이래도 좋다고 선언하며 추호의 꺼림도 없이 박민기에게 몸을 바치며 박민기에 잘 보이기 위하여 친정집에다 개를 잡아 대접하며 남편 덕표와 박민기가 싸움이 붙었을 때 감히 박민기의 편을 들며 심지어는 박민기를 죽여 버리겠다며 온 동리를 찾아 헤매다가 추위에 떨고 있는 남편을 문 앞에 세워둔 채 박민기와의 섹스를 즐긴다. 한국의 남자 윤석철을 만난 첫날 자기를 처녀로 가장하기 위하여 아들을 동생이라고, 남편을 오빠라고 불어대며 아들을 집에서 쫓아내 겨울 한밤 밖에서 헤매다가 귀를 얼리게 하면서 윤석철과 섹스를 즐긴다.

그러나 끝내 윤석철의 호감을 사지 못하여 그의 희망은 물거품이 되고 만다. 그 다음 주홍은 우연하게 알게 된 심 국장에 의지하여 다시 희망탑을 세우기 시작한다. 심 국장이라는 사람은 60여 세의 퇴직간부로 한국에서 노무수출 명액(名額) 200명을 쟁취했다고 하면서 수출인원모집을 하는데 이 과정에 주홍이가 적극 동참하게 된 것이다. 심 국장에게 잘 보이기 위하여 주홍이는 또 이 노인에게 달갑게 몸을 바치기도 하는데 때는 바로 한국에 돈을 벌려 나가는 바람이 세차게 불어치던 때라 어렵지 않게 100여 명을 모집하게 되고 그녀는 보명한 사람들의 선불을 받아 부자가 된 것처럼 돈을 쓴다. 그러다가 기다리고 기다리던 여권과 비자가 나와 북경공항까지 갔으나 100여 명의 비자가 가짜라는 것이 밝혀졌다. 이리하여 심 국장은 옥살이를 하게 되고 주홍이는 빚쟁이들에게 두들겨 맞아 거의 사경에 이르고 빚쟁이들이 가정집 물을 모조리 털어가서 성냥 한 개비 남지 않는 처지에 빠지게 된다.

거의 정신분열 상태에 닿은 그녀는 별수 없이 다시 박민기를 찾아왔다. 그런데 주홍이가 한국으로 간다고 동분서주하는 와중에 남편 덕표는 한국 밀입국에 성공하여 서울에서 일을 하던 중 하루저녁 거리에서 깡패들에게 강탈, 강간당할 뻔한 조선족 여자를 구하는 격투 중에서 깡패를 칼로 찔러 죽이는 사고를 치게 된다. 공교롭게도 그 조선족 여자가 바로 박민기의 아내였다. 전화를 통하여 진상을 알게 된 박민기는 덕표를 구해줄 생각은커녕 도리어 한국경찰에 덕표를 신고하면서 그의 거처까지 알려 준다. 이에 격분한 주홍이는 민기를 칼로 찔러 죽인다.

이 작품의 얽음새의 고봉에서 심 국장이 책임진 비자가 위조한 것이기에 100여 명이 출국하지 못하게 되는데 바로 그 비자란 것은 "한국사장이 한국대사관의 대사를 잘 안다며 손수 찾아가서 내온것이다. 한국사람은 주홍이가 지켜보는 앞에서 비자를 심국장에게 넘겨주고 나머지 수속금을 챙겨 가방에 넣었었다".

사실은 이 사장이란 한국 사람은 협잡꾼이었던 것이다. 이 협잡꾼에 의하여 한국에 가기 위하여 거금을 밀어 넣은 이 100여 명 조선족들의 "모든것이 박산나고 무너지고 산산쪼각이 나는 소리가 쾅쾅 터지였고 천신만고로 다듬어세운 마음속의 희망탑은 또다시 물먹은 모래섬이 되였던것이다".

  주홍이 외 이 작품의 모든 인물들은 모두 한국 꿈에 빠졌고 한국바람에 미친 사람들이다. 박민기, 은자, 박민기의 아내, 은자의 남편, 소학교 교원 박원봉, 박민기의 처형, 북경 모려행사의 가이드 김양 등등 모두가 그렇다.

  이제 서울바람에 미치고 한국 꿈에 빠진 사람들의 말을 몇 마디 더 들어보자.

  주홍의 말:
    "한국 가서 돈만 벌수 있으면 그만이다."
    "안돼요. 나는 죽어두 한국에 가고야 말테예요."
    "한국 다녀온 사람들은 얼마나 좋을가싶었다."
    "진짜 시집이라도 가겠어요. 나갈수만 있다면 아무것도 두렵지 않아요."

  은미에게 하는 은자의 말:
    "남들은 다 한국 간다고 야단들인데 너넨 꿈도 안꾸니?"

  은미에게 하는 시어머니의 말:
    "온 동네가 다 한국에 간다고 과따치는데 우리만 집구석에 들어앉아 빌어먹겠느냐?"

  ≪아버지≫라는 작문제목을 받은 아이들의 발언:

"우리 아버진 한국에 갔는데 어떻게 씁니까?"

"복동이네 엄마는 한국령감한테 시집을 갔습니다."

"간지 3년이나 되는데 1전도 부쳐오지 않았습니다."

"우리 아버지 어머닌 한국 갔다 와서 아무것도 안하고 날마다 술 마시고 마작만 노는데 그런걸 써도 됩니까?"

"아버지와 엄마들은 다 한국에 나가 돈을 많이 벌어와야 한다고 하였습니다."

여기서 우리는 민족의 열근성(劣根性)에 대한 창조 주체의 심각한 자아성찰의 의지를 보여줄 수 있다. 희망탑이 무너지는 것은 결코 한국과 한국인의 탓만이 아니다. 그것은 중국 조선족이라고 불리는 이 민족공동체 내부의 기질 상에서 약점 혹은 정신상에서의 열근성에 있다고, 아니 희망탑이 무너지는 가장 근본적인 원인은 다른 데 있는 것이 아니라 바로 우리자체의 열근성에 있다고 작자는 소리 없이 절규하는 것이다.

리동렬의 장편소설 『락화류수』12)도 민족 정체성 찾기에서 실패하는 주제를 깊이 있게 다룬 장편소설로 헤아릴 수 있다.

4. 한국과 한국인 제재 소설에서 새로운 탐구

새로운 세기에 들어선 이래 조선족들의 한국과 한국인에 대한 인식도 심각해지기 시작하였으며 조선족 소설에서 한국과 한국인의 이미지는 시나브로 변화되기 시작하였는바 민족의 정체성에 대한 탐구

---

12) 리동렬의 장편소설 『락화류수』는 ≪흑룡강신문≫ 제12회신춘문예당선작(흑룡강조선민족출판사, 2006년 출판)이다.

도 보다 심층적으로 전개되고 조선족 내부의 정신상의 열근성과 기질상의 약점에 대한 자아성찰도 진행되고 한국인, 특히 한국 남자들에게는 조선족 남자들에게 없는 장점이 있으며 문화적으로 앞선 한국의 문화를 착실하게 따라 배워야 한다는 목소리도 울려 나오기 시작하였다. 이따금씩 중국에 진출한 한국인들이 달갑게 조선족 혹은 중국의 주체민족인 한(漢)족의 학생이 되어 많은 것을 배우고 귀국한다는 이야기도 나온다.

여기서 가장 대표적인 작품만 몇 편 예를 들어 보인다.

량춘식의 단편소설「퇴조」13)는 인간의 생명의 원욕과 생활의 원형에 대한 추구를 가장 집중적으로 탐구한 작품으로서 한국과 한국인 제재의 소설 중 새로운 돌파가 있고 새로운 경지가 보이는 작품이다.

여주인공은 숙자라는 중국 조선족 처녀, 그녀는 소학교 교원으로 일하다가 현실에 대한 불만과 뇌익혈로 드러누운 아버지로 하여 곤란하게 된 가정을 구제한다는 결의로 한국에 시집을 오게 되었다. 그런데 정작 와보니 남편 되는 사람의 나이는 28세가 아니라 38세이고 집도 부산에 있는 것이 아니라 무인도 갯마을에 있고 직업도 어선 고용주가 아니라 평범한 어민이었는데, 결국은 모든 것이 사기극 한 마당이었다. 그래서 숙자는 결혼이라고 하였으나 사랑이 없는 남편에게 6개월간 섹스의 기회도 주지 않고 도망칠 궁리만 한다. 그러나 비록 장가를 가기 위하여 거짓말을 하였지만 숙자의 남편은 바다의 사나이답게 참을성이 있고 너그럽고 아내를 끔찍이 사랑하는 남자였으며 6개월이 지난 시점에서는 숙자가 예측하지 못한 관용을 베풀어 가정의 모든 서류와 주민등록증 그리고 현금이 들어 있는 금고 열쇠

---

13) ≪연변문학≫, 2003년 9월호.

를 숙자에게 맡긴다.

그리면서 사나이는 다음과 같이 말한다.

"니 봤나? 천둥이 울고 장검처럼 번개가 하늘을 가르는것, 노호한 파도가 절벽을 꽉 묵어뿌릴 기세로 덮치도 절벽은 다시 그대로랑께. 날카로운 것과 분노한 몸부림 그대로라꼬…억지로 안된다. 그런 짓 하문 죄라꼬…바다가 잠자코 푸르르다카문 절벽에 온갖 새가 날아들끼다. 파르스름한 이끼 유연코, 바닷물은 거울같고 그라문 사랑을 베푼다카이… 난 아무것도 안 믿어도 이것을 믿어요…"

이렇게 정작 서류와 현금을 챙겨가지고 도망칠 수 있는 기회가 만들어졌지만 숙자는 자기 집에 환화 천만 원을 내놓았을 뿐만 아니라 사촌오빠 부부를 한국에 초청하여 돈을 벌게 한 남편의 마음을 생각하고 양심에 어긋나는 일을 너무 지나치게 하여서는 안 된다고 생각하여 한 3년 지내다가 기회를 타서 부산이나 서울 혹은 제주도에 가서 돈을 벌어가지고 귀국하여 새로운 생활을 시작하리라고 궁리한다. 이렇게 결혼한 지 6개월 만에 남편에게 섹스를 허용하고 그럭저럭 나날을 보내는데 하루는 바다에 나간 남편이 돌아오지 못하고 숙자는 남편이 바다에서 실종된 후 2년이 지나도 무인도의 갯마을을 떠나지 못하고 남편의 유일한 피붙이인 아들을 키우며 갯벌에서 게며 조개를 주우며 살고 있다. 이렇게 이 소설에는 생명의 원욕, 생활의 원형, 생명과 생명의 갈등이 있을 뿐 의식형태나 제도의 갈등이 없다.

이 소설에서는 이 제재의 많은 작품에서와 달리 아주 평범하지만 대범하고 너그럽고 마음이 후더운 한국남자의 형상을 창조한 것이 특히 돋보인다. 이 소설에서 숙자와 남편의 갈등은 한국 사람과 조선족 여자의 갈등이 전혀 없는 것은 아니지만 주로는 인간과 인간의 대결, 남자와 여자의 충돌일 뿐이며 그들의 비극 또한 인간이 보편적으로 겪게 되는 비극이며 사실상에서 전 인류적인 비극이다.

「퇴조」는 이념과 체제의 한계를 훨씬 벗어난 이야기로서 생명의 원욕과 생활의 원형을 추구한 작품으로 돋보이며 비록 사회의 밑바닥인생을 살아가지만 남자다운 인격을 지켜가는 한국남자의 형상이 돋보인다.

리여천의 중편소설 「다가설수 없는 사람아」(『장백산』, 2003년 12월호)에서 그려진 김 사장의 형상도 조선족들에 대한 가해자가 아니라는 점에서 우리의 눈길을 끈다. 그는 중국의 수산물을 한국에 수출하는 작은 회사를 경영하는 한국인으로서 조선족들에 대하여 충분히 이해하고 동정하는 남자로 그려졌는바 란이를 데려다 비서를 시키다가 란이와 애매한 관계가 만들어지는 과정, 그리고 생명의 마지막에 김 사장이 나타낸 매력은 남자다운 인격과 약자에 대한 동정심과 인간적인 정의감에 있다. 물론 그에게도 인간으로서 약점과 세속에 물든 일면이 있지만 관건적인 순간에는 본분을 지킨다. 완벽한 인격자가 아니고 영웅이 아니지만 김 사장은 지금까지 한국과 한국인 제재의 소설에서 역시 보기 드문 인물로 창조되었다.

김영자의 중편소설 「소라」[14]가 제일 눈에 뜨이는데 한국, 한국인 제재의 소설에서 새롭고 독창적인 주제의 발굴로 우리에게 큰 계시를 주고 있다.

이 작품은 한국에 돈벌이 갔다 온 정애와 해옥 그리고 고향에서 농사짓는 그녀들의 남편 송호와 창민 네 사람의 이야기로 꾸며졌다.

이 소설에서 정애와 승호의 이야기에는 새로운 것이 있다. 정애는

---

14) ≪장백산≫, 2004년 5월호.

서울에서 아글타글 돈을 벌었으며 또 그 어떤 유혹에도 동요하지 않고 자기를 지켰고 개선가를 부르면서 귀국·귀향하였으며 남편 승호 또 그와 못지않게 고향에서 농사를 잘 지었으며 아내가 한국에서 벌어 부친 돈 한 푼도 허투루 쓰지 않았으며 그사이 큰딸을 일본에 보냈고 둘째딸을 대학에 보냈다. 그런데 뜻밖에도 정애와 승호는 새로운 모순에 부딪치게 된다.

집으로 돌아온 정애가 논밭을 갈고 돈뭉치 나오는 밭작물을 심자고 해도, 연길에 가서 집을 사고 장사하며 살자고 해도 동의하지 않고 반반한 나들이옷 한 벌 갖추자 해도 동의하지 않는 승호는 정애가 한국서 번 돈과 일본서 딸이 보낸 돈을 틀어쥐고 이 돈만 있으면 그녀를 고생시키지 않을 수 있으리라는 생각밖에 하지 않는다.

헤어진 지 6년간 둘이 세상을 보는 눈이 달라졌던 것이다. 정애의 말로 표현하면 6년 만에 고향에 돌아온 그녀는 "고집만 당나귀 뒤발통이 돼버린 남편의 돌지 않는 머리"에 부딪치게 되었으며 돈으로 하여 "모든 사유통로마저 막혀버린", "세상물정에 막힌 남편"을 보게 되었던 것이다. 정애의 실망은 여기서 끝이지 않는다. 담배 문제, 칫솔 문제, 발 씻는 문제 게다가 남편이 제구실을 못하는 문제 등.

"돈만 벌어오면 깨알이 쏟아지게 살줄 알았는데…평생을 삐거덕거리며 저 바위덩이를 안구 살아야 하나? 도척같이…"
"…애초에 우리가 돈 벌러 떠날 때 모자라는건 돈만 아니였나봐."
"꽃으로 피고싶은 욕심."

이러한 정애의 폐부지언은 바로 정애의 새로운 각성을 제시하면서 아울러 소설의 심층주제를 제시하고 있다. 한국에서 정애가 벌어온 것은 돈뿐이 아니었다. 한국인들의 선진적인 생활지혜를 배워왔고 영혼의 어떤 깨우침을 받아 왔으며 한국에서의 생활체험에서 정애의 욕구는 한 단계 높은 데로 승화했던 것이다. 이렇게 되어 남편과의 새로운 갈등이 시작되었던 것이다.

이따금씩 소라를 바라보면서 정애는 이런 생각에 잠기곤 한다.

정애는 장시장위에 올려놓은 소라껍데기를 바라보았다. 처음 들은 바다소리를 죽어서 잊지 않는다는 저 소라, 저 소라껍데기는 오늘도 바다소리를 기억할가? 그리고 그 처연한 바다소리를 정애에게 들려줄가? 정애는 소라껍데기를 내려 들고만 볼뿐 귀가에는 대지 않았다.

「소라」라는 제목은 상징성이 있다. 정애는 그것을 한국에 있을 때에도 소중히 간직했을 뿐만 아니라 고향에까지 가지고 와 이따금씩 바다의 소리를 연상하지만 남편은 그것에 대하여 전혀 모르고 있다. 여기서 우리는 더욱 소라의 상징적 의의를 생각해 보게 된다.

강효근 중편소설 「살아 숨쉬는 상혼」[15]도 한국과 한국인 제재의 작품 중에서 비교적 독특한 색채를 지닌 것으로 우리의 주의를 끈다.

이 작품의 화자는 한국으로 돈벌이 나간 조선족 여성 "나"다. 그녀가 한국에 나가 가정부로 일하는 집은 민대식이라고 부르는 70이 넘은 오른쪽 다리가 없는 의족의 노인이 홀로 사는 집이었다. 몇 개월의 생활 중에서 점차 노인의 평범하지 않은 일생을 두루 요해하게 되며 따라서 그 노인의 일언일행을 관찰하면서 자꾸만 이미 세상을 뜬 아버지의 생전의 일들을 떠올리게 되었다. 아버지가 일찍 세상을 떠났지만 두 분은 연령상 한세대의 사람이었으며 모두 조선전쟁 참

---

15) 강효근, 「살아 숨쉬는 상혼」, 『객귀』, 한국학술정보(주), 2006.

전자들이었던 것이다.

이 의족의 노인과 아버지는 드디어 조선전쟁 중 한 차례 전투에서 서로 총칼을 맞대고 싸운 적이었다는 것을 점차적으로 알게 된다. "나"로서는 확실하게 고증할 수는 없지만 아버지와 이 이족의 노인은 한 차례의 싸움에서 둘 다 중상을 입었는데 이 노인은 한쪽 다리를 잃고 의족으로 한평생 살게 되고 아버지는 창자가 끊어지고 뒤틀려지는 부상을 당하여 한생을 대변 통을 옆구리에 끼고 사는 신세가 되었던 것이다.

소설에서 화자의 인식과정을 통하여 제도와 의식형태가 대립되는 사회에서 살아온 두 노인의 공통점을 깨닫고 남과 북을 포함한 세계에 흩어져 사는 백의겨레의 비극적 운명―역사 노인의 작란에 의해 동족상잔의 전쟁까지 겪은 백의겨레는 비록 국토가 분단되고 국민이 분열된 상황에서 적대되는 이념과 체제하에서 반세기도 넘게 살아가지만 결코 원수로 될 수 없다, 아니 그렇게 되어서는 안 된다는 것을 깨닫게 되었던 것이다.

김영자의 중편소설 「나비의 꿈」[16]은 한국과 한국인 제재의 소설에서 새로운 성과라고 평할 수 있다.

이 소설은 한국에 진출한 진희가 구경에 가서는 나비의 꿈을 이루지 못했다는 이야기를 쓰고 있다. 어머니는 한국에 나온 지 20년이 되고 주인공 진희도 10년이 더 된다. 그렇게 한국에서 아글타글 돈을 벌었는데 결국 나비의 꿈은 이루지 못하고 어머니는 이국타향에서 세상을 뜨고 진희는 무일푼의 빈 털털이로 된다는 이야기에는 창조주체의 심각한 반성의식이 깔려 있다.

여러 가지 여건의 불비로 대학교육을 받지 못한데다가 천성적으로

---

16) ≪연변문학≫, 2012년 5월호.

말까지 더듬는 모병이 있으나 사람이 좋고 부지런한 진희는 한국에서 몇 년 돈을 벌었지만 어머니의 주장에 따르다 보니 돈은 거의 다가 중국의 언니와 이른바 성공한 오빠들에게로 흘러들어 가고 빈 털털이로 되어 버린다. 늦게야 이렇게 해서는 안 되겠다는 것을 깨달은 진희는 어머니와 대판 싸움을 하고 갈라진 후 전화도 가물에 콩 나듯 별로 하지 않고 3년을 지내 왔다. 그런데 갑자기 쓰러진 어머니가 병 치료에 진희의 돈을 다 쓰고 미구에 세상을 뜨게 되고 어머니의 사망이 마치 진희의 탓인 것처럼 오해되어 형제자매들의 심판대에 올랐다. 이렇게 추한 애벌레의 허물을 벗고 화려하게 나비처럼 하늘을 날아 보려는 진희의 꿈은 박살이 났다.

어째서 진희의 나비의 꿈은 이루지 못하게 되었는가? 이 물음에 대한 문학적 확인이 이 소설의 최후 종지인 것이다.

물론 그 원인은 한두 마디 말로 대답할 수 없는 것이다. 작자는 진희와 어머니의 관계, 어머니와 고향에 있는 진희의 아버지, 언니, 두 오빠와 동생의 관계에서 벌어지는 생활이야기에 대하여 진실하게 묘사하면서, 첫째 어머니의 의식에 존재하는 문제에서 그 해답을 찾고, 둘째 진희의 존재에서 그 해답을 찾고, 셋째 이른바 성공했다는 고향의 언니와 두 오빠의 문제에서 그 해답을 찾고 있다. 진희와 고향의 친지들 사이에서 곤혹을 치르는 어머니의 인격에는 자식들을 향한 어머니의 자아희생정신도 분명하게 보이지만 역시 부권사회의 미열도 보이고 진희의 성격에는 주체성의 부족도 보이며 고향의 가족들에게는 역시 오랜 세월에 습관적으로 된 안일한 생존 자세와 이기주의도 보인다. 이러한 문제들이 종합적으로 작용하여 결국 어머니를 이국타향에서 객사하게 하고 진희를 각전 무일푼의 처지에 빠지게 하고 심지어는 어머니를 사망하게 한 것이 네 탓이라는 억울한 누명까지 쓰게 하였다.

귀중한 것은 작자가 진희의 처지와 운명을 서사하면서 아울러 민족의 생존상황에 대하여 심사숙고하고 있다는 점이다. 한국에 나와 20년간 **뼈 빠지게** 일한 어머니의 문제나 고향에 있는 친지들의 문제는 역시 조선족들이 공통으로 안고 있는 열근성이다. 이러한 문제들을 걸머진 채로는, 이러한 수준의 의식으로는 영원히 나비로 변신하지 못하는 번데기로 남게 되리라는 것이다. 이러한 자아성찰의 의지가 한국, 한국인 소설에 분명하게 표현된 것은 김영자의 이 소설이 처음이라고 말해야 할 것이다.

이 소설이 우리의 주목을 끄는 것은 작품의 첫 부분에서 주인공이 일을 하는 집주인 정씨가 소묘식으로 얼핏 그려진 외 모든 인물들과 사건들이 철저하게 조선족들과 조선족들의 이야기라는 것이다. 수많은 한국과 한국인 제재의 소설에서 나타나던 피해의식이거나 한국인에 대한 불신이거나 증오하는 심리가 가뭇없이 사라져 버린 것이 주목된다.

5. 대화와 소통에 대한 이야기

한국과 한국 제재에 대한 작가들의 노력은 식을 줄 모르는 것 같다. 최근 몇 년 사이에도 이 제재의 작품들이 계속 창출되고 있으며 그 중의 수작들은 새로운 의식성향으로 필자의 주의를 끌고 있다.

여기서 필자는 부분적 작가들의 소설에서 나타난 대화와 소통에 대한 갈망이 어떻게 표현되고 있는가에 대하여서만 대충 고찰해 보려 한다.

30여 년래 중국 조선족과 한국인들 사이에는 역사적인 만남이 있게 되었고 그 와중에 상호혜택도 많이 받았으며 아울러 오해도 있었으며 적지 않은 마찰도 생겼으며 갈등과 불신과 저주까지 없지 않았다. 그러다가 세월이 흐르는 가운데서 우리의 작가들은 구경 문제의 해결에 무슨 방법이 없겠는가를 탐색하였는데 그것은 바로 대화와 소통이라는 것을 알게 되었다. 대화와 소통 이것밖에 다른 방법이 없지 않은가.

인간은 본원적으로 소통이 있어야 한다.

13세기 신성로마제국의 황제 프리드리히 2세는 인간의 타고난 자연 그대로의 언어가 어떤 것인지를 알기 위해 한 가지 실험을 했다. 그는 아기 여섯 명을 영유아실에 넣어 놓고 유모들에게 아기들을 먹이고 재우고 씻기되 절대 아기들에게 말을 하지 말라고 명령했다. 프리드리히 2세는 그 실험을 통하여 아기들이 외부의 영향을 전혀 받지 않은 상태에서 자연스럽게 선택하는 언어가 그리스어나 라틴어가 되리라고 생각했다. 그는 그 언어만이 가장 순수하고 본원적인 언어라고 생각했던 것이다. 그러나 황제가 기대한 결과는 보여 주지 않았다. 어떤 언어든 말을 하기 시작하는 아기가 하나도 없었다. 뿐만 아니라 여섯 아기는 모두 날로 쇠약해지다가 결국 죽고 말았다.

아기들이 생존하는 데는 의사소통이 반드시 필요하다. 젖과 잠만으로는 안 된다. 커뮤니케이션(Communication)은 사람이 살아가는 데 있어서 절대적으로 없어서는 안 되는 요소인 것이다.17)

사실 대화와 소통은 인간과 인간의 관계에서뿐만 아니라 단체와 단체, 민족과 민족, 국가와 국가의 제(諸) 관계에서 문제해결의 가장 유효한 방법이다. 전쟁도 폭력도 압제도 유인도 안 된다는 것을 고금중외(古今中外)의 수많은 사실이 증명하였다.

시나브로 우리 작가들도 이 도리를 깨닫기 시작한 것이다. 한 시기

---

17) 베르베르 베르나르, 『상상력사전』, 열린책들, 2011. 커뮤니케이션(communication)이란 사회나 인간 간에 행해지는 사상이나 의사의 전달이나 교환을 뜻하는 낱말.

일부 작가들이 과격한 언사도 던졌으며 근거 없는 비방과 욕설까지 했지만 그것이 방법이 아니라는 것을 깨달았던 것이다.

그리하여 우리 소설에 적극적인 대화와 소통에 대한 이야기가 나타나기 시작하였다. 참으로 조선족의 운명을 위해 다행스러운 일이라고 하지 않을 수 없다.

여기서 먼저 김노의 단편소설 「자유여 안녕」, 「꼭두각씨」, 「어떤 결혼」 등 몇 편은 우리들에게 주는 계시가 크다.[18] 편폭제한으로 여기서는 구체적인 논술을 삭제한다.

허련순의 단편소설 「그 남자의 동굴」[19]은 한국인들과 조선족들 사이에 적극적인 대화와 소통이 얼마나 중요한가를 문학적으로 확인한 수작으로 평가할 수 있다. 이 단편소설의 화자이며 주인공은 '나'라는 중국 조선족 여류작가이다.

작품은 '나'와 한국의 어느 눈이 멀고 하반신이 부실한 장애인 남자와의 한 단락의 교제 과정을 아기자기하게 그렸다.

한국에서 임시 체류 중인 '나'에게 어떤 한국인으로부터 자서전을 써 달라는 청탁이 들어왔다. 하반신 장애자인 그 남자는 자서전의 집필자가 꼭 여자일 것을 바라며 원고료 한화 3천만 원을 지불할 것을 약속하고 2백만 원의 선불까지 내놓고 며칠간 작가를 만나 자기의 인생경력을 구술하다가 갑자기 자서전을 쓰지 않기로 하여 그만두게 된다. '나'는 비록 그 남자의 요구에 의하여 자서전 집필은 끝을 보지 못하지만 둘의 평등하고 진지한 대화를 통하여 이 소통은 원만하게 되었다.

먼저 이 단편소설의 두 주인공의 각색에 대하여 잘 살펴볼 필요가

---

18) 아래에 예를 드는 세 편 작품은 김노의 소설집 『한심한 세상』(2001년 장백산모드모아문학상 수상작, 요령민족출판사, 2001)에 수록된 것들이다.
19) ≪도라지≫, 2007년 3월호.

있다. 한쪽은 한국인이고 장애인이고 남자이고 창작 대상이고, 다른 한쪽은 중국 조선족이고 정상인이고 여자이고 작가이다. 참으로 까다로운 관계라고 할 수 있으며 대화가 얼마나 힘들겠는가를 짐작할 수가 있다. 여기서 우리가 한 번 심각하게 생각해 볼 것은 종래의 한국과 한국인 제재의 소설들에서 조선족은 피해자 한국인은 가해자, 한국인은 주인, 조선족은 고용자로 설정되던 모식이 철저하게 타파되었다는 점이다.

주인공이며 화자인 '나'의 당초의 자서전 집필은 중도이폐되었지만 마침내 이 남자의 인생의 제일 깊은 기억에까지 닿을 수 있었으며 이 불행한 운명의 남자의 상처받은 영혼의 파편들을 하나하나 주어 읽을 수가 있었던 것이다. 대화는 성공적이고 두 영혼의 소통도 완성되었다.

이 작품은 인간과 인간의 대화와 소통이 얼마나 많은 이해와 인내와 관용이 수용되는가를, 좀 더 확장한다면 한국인들과 조선족의 대화와 소통은 얼마나 많은 이해와 인내와 관용이 수용되는가를 심도 있게 보여 주고 있다.

작품의 제목 '그 남자의 동굴'도 의미심장한 상징성이 있다. 사실상에서는 그 남자에게만 긴 동굴이 있는가 하면 화자이며 작자인 '나'에게도 긴 동굴이 있는데 마침내 그 동굴을 통하여 영혼과 영혼의 대화와 소통과 화합을 이루어낸 것이다.

조선족과 한국인, 여자와 남자, 정상인과 장애인, 작가와 창작대상의 오묘하고 신비하고 까다로운 관계를 통하여 결국 인간과 인간의 사이에 가로놓인 벽을 허무는 데는 대화와 소통 이외에 다른 길이 없다는 것을 설복력 있게 확인하였다. 이 대화와 소통의 과정은 힘들다. 그러므로 우리 서로는 참을성이 있어야 하고 너그러워야 하고 또 기다려야 한다는 것이다.

실존주의자 샤르트르에 의하면 타인은 지옥이다. 그러나 아무리 인간과 인간 사이에 허물기 힘든 벽이 세워져 있다고 해도 우리는 그 벽을 허물어야 살아갈 수 있다. 허련순의 이 소설은 바로 이러한 도리를 강조하고 있는 것이다. 바로 이런 점에서 이 소설은 실존주의 철학에 대한 역설이기도 한데 결국 타인은 영원히 지옥일수는 없다는 것, 그렇게 되어서는 안 된다는 것, 인간과 인간의 사이에 세워진 높은 벽은 꼭 허물어야 한다는 것, 허물 수 있다는 신념을 보여 주었다.

6. 맺음말

1992년부터 지금까지 20년간 한국과 한국인 제재의 소설은 대량 생산되어 세기교체 시기의 조선족 소설사 창작흐름의 한 갈래를 이루었다.

한국과 한국인이 보이는 조선족 소설의 첫 단편·중편·장편에서 민족의 정체성을 찾아 몸부림치던 지성인의 형상이 점점 세월의 저쪽으로 사라져 가고 그렇게 많은 작품에 그려지던 피해자와 가해자의 형상도 하나둘 우리의 문학풍경 속에서 자취를 감추고 아울러 이 제재에 대한 조선족작가들의 흥취도 무척 담담해졌다. 드디어 조선족 작가들도 민족의 정체성을 찾는 문학적인 작업이 쉽지 않다는 것을 알게 되었으며 피해자와 가해자의 형상 창조로서는 진정한 문학을 만들어낼 수 없다는 것을 깨닫게 된 것이다.

이제 남은 것은 진짜 문학이다. 진정 소설을 쓸 만한 몇몇 유능한 작가들의 한국과 한국인에 대한 관찰과 사고와 창작에서 이념과 체제의 벽을 뛰어넘을 뿐만 아니라 실존주의, 해체주의 등 현대 철학이 만들어 놓은 가지가지 한계를[20] 하나하나 깨뜨려 버리면서 진짜 인간학으로서의 소설문학, 생존과 발전의 길에서 피 흘리는 영혼의 고통을 겪는 조선족의 삶과 실존을 재현하는 큰 문학을 창출해 낼 것이다.

이런 의미에서 허련순의 「그 남자의 동굴」과 김영자의 「나비꿈」 등 대화와 소통의 소설, 자아성찰의 문학이 우리에게 제시하는 바가 크다. 민족의 정체성을 찾는 작업도 파란만장의 노정을 겪어온 민족공동체의 역사에 대한 지식이 있어야 하고 복잡하고 모순이 가득 찬 민족성원들의 삶의 현장에 대한 넓고 깊은 이해가 있어야 한다. 피해자와 가해자의 형상 창조는 생명개체의 잠재의식에 쌓인 스트레스를 해소하는 데서는 일정한 구실을 할 수 있고 이것 또한 문학이 아니라고 단언하는 것은 무리이지만 결국 문학에 자신의 얼굴을 비쳐볼 수 있는 거울과 같은 인물이 없고 영혼을 조명할 수 있는 빛과 같은 사상이 없으면 아무 쓸모없는 낙서에 불과하다는 것을 이 두 작품은 알려주고 있다.

하기는 우리는 거울이 없는 오늘을 산다는 어느 석학의 결론처럼 거울을 찾기도 힘드니 거울을 만드는 작업이야 쉬울 리 있겠는가.

이런 의미에서 한국과 한국인 제재의 소설 창작은 기타 제재의 소설 창작과 추호도 다를 바 없다. 역시 한국과 한국인 제재도 아무나 성공할 수 있는 제재가 아니다.

상식을 곱씹는 것이지만 분명 강호제군들에게 꼭 하고 싶은 말이므로 한두 작가는 귀담아 들었으면 좋겠다는 기대를 걸면서 이 글을 끝맺는 바이다.

이 글에서 1992년부터 시작된 조선족작가들의 이 제재영역에서의 성과를 순 필자의 구독범위 내에서 해석을 꾀하였다. 앞으로 좀 더

---

20) 오해를 피면하기 위하여 여기서 필자가 한 마디 하고 싶은 말은 인류의 문화발전에 크게 이바지한 실존주의, 해체주의 등 현대철학은 결코 우점과 진리만 있는 것이 아니라 약점과 한계도 있다는 것이다.

많은 텍스트에 접근한다면 보다 감화력이 있고 설복력이 있는 론이 나올 줄 믿으며 이 글이 후학들의 보다 심층적인 연구에 하나의 도움이 되기를 갈망하는 마음을 전하면서 이만 줄인다.

참고문헌

≪천지≫, ≪장백산≫, ≪연변문학≫, ≪도라지≫, ≪흑룡강신문≫

강효근, 『객귀』, 한국학술정보, 2006.

김 노, 『한심한 세상』, 요녕민족출판사, 2001.

김 훈, 『수도권의 촌놈들』, 요녕민족출판사, 2001.

리동렬, 『락화류수』, 흑룡강민족출판사, 2006.

리혜선, 『생명』, 연변인민출판사, 2006.

베르베르 베르나르, 『상상력사전』, 열린책들, 2011.

우광훈, 『흔적』, 연변인민출판사, 2005.

장혜영, 『희망탑』, 흑룡강민족출판사, 1998.

허련순, 『누가 나비의 집을 보았을까』, 온북스, 2007.

박선석 소설연구※

: 장편소설에 대한 대중적 호응의 양상과 의의를 중심으로

박춘란

(서북정법대학교)

1. 대중작가 박선석의 문학지향

지금까지 조선족 문학에 대한 연구는 해방 전 1930년대 중반으로부터 1940년대 중반에 걸쳐 간도 이민구역에서 전개된 약 십 년간의 문학 활동을 가리키는 소위 '간도(間島)문학'과 해방 이후 조선족 사회의 지성인으로 추앙받는 몇몇 작가의 작품연구에만 지나치게 집중되면서 조선족 문학 및 그 연구에 대한 주류가 형성되었다고 할 수 있다. 필자는 조선족 문학에 대한 이러한 지식인 위주의 이해방식에서 벗어나 개혁개방 이후 대중으로 통합되는 조선족 사회의 남녀노소가 가장 사랑한 작가라고 할 수 있는 농민작가 박선석1)의 소설에

※ 이 글은 『한중인문학연구』 39집(2013)에 게재되었던 것을 수정·보완하였다.
1) 1945년 3월 25일, 중국 길림성 집안시(集安市) 유림진(楡林鎭) 영수촌 (迎水村)에서 출생, 본은 밀양(密陽)이고 원적은 평안남도 강서군이다. 1980년 단편소설 「발자국」으로 문단에 데뷔하였다.

주목하고자 한다.

박선석은 중국 조선족 문학사상 매우 특징적인 작가의 한 사람이다. 1980년에 등단하여 지금까지 30여 년간 조선족 문단에서 가장 지속적으로 꾸준하게 글을 써 온 몇 안 되는 다산작가이다. 박선석의 다산성은 몇 작품을 제외하고 농민소설로 일관했다는 점에서 큰 의미를 갖는다. 박선석은 한평생 농촌에 거주하면서 농민신분으로 간고한 농업노동에 종사하면서도 다량의 농민, 농촌제재 소설을 쓰는데 혼신의 힘을 불태워 왔는데 지금까지 백여 편의 중·단편소설들[2]과 3편의 장편대하소설들[3]을 탄생시켰다. 한 작가의 문학적 성과가 작품의 양으로 대치될 수 있는 것은 아니나 건강도 좋지 않고 눈도 잘 보이지 않으면서 치열한 작가정신으로 오랜 기간 한곳에 머물면서 같은 지점을 탐색한 박선석의 집요함과 성실성은 결코 과소평가될 수 없다.

박선석의 소설은 조선족 농촌사회사에 대한 집대성이라고 할 수 있는데 주로 건국이후로부터 개혁개방까지 중국의 정치변동에 따른 조선족 농촌사회의 굴곡적인 변천과정과 조선족 농민들의 지난한 삶을 재현해 냈다. 박선석은 자신이 직접 살아온 시대와 사회를 소설의 틀 속에 담아냈기에 그의 소설에는 그 시대 조선족 농촌사회의 다양한 양상들과 농민들의 절박한 상황이 자세히 묘사되어 있다. 때문에 많은 독자들의 공감을 얻으면서 체험에 근거한 박선석 서사의 리얼리티는 개혁개방 이래 조선족 사회에서 가장 폭넓은 독자층을 형성했다.

박석석의 소설세계는 조선족 농촌현실을 관념적으로 재구성하거

---

2) 중단편소설집으로는 『털없는 개』(요녕민족출판사, 1999), 『즐거운 인생』(연중출판사, 1995), 『웃는 얼굴』(연중출판사, 1995)이 있다.

3) 『쓴웃음』, 『재해』, 『압록강』이다. 「압록강」은 현재 ≪장백산≫에 연재되고 있다.

나 계몽주의적 태도를 표방해 왔던 다른 조선족 작가들의 농민소설과 본질을 달리한다. 때문에 박선석의 소설은 조선족 사회를 이해함에 있어 매우 긴요한 위치를 차지한다고 보며 조선족 문학사 기술에서도 반드시 기술되어야 할 작가라고 본다.

박선석이 창작을 시작하던 무렵은 바로 개인의 피폐해진 삶에 대한 묘사를 통하여 문화대혁명이 개인에게 남긴 상처를 드러내는 상흔문학(傷痕文學)과 문화대혁명이 발생하게 된 원인을 반성적으로 검토해보는 반성문학(反思文學)이 유행하던 때이다. 이 시기 박선석 역시 상흔문학과 반성문학계열의 작품을 다수 창작하였는데 「피와 운명」, 「시대가 낳은 불행아」를 비롯한 소설들은 발표되자마자 문단과 대중들의 주목을 받았다. 그러나 박선석의 소설이 폭넓은 대중적 관심을 받고 그가 조선족 문단의 중견작가로 우뚝 선 시기는 개혁개방이 눈부신 성과를 올리고 있던 때이다. 바로 이러한 전환의 시기에 중국문단에서는 상흔, 반성문학의 사조가 휩쓸고 지난 지 십여 년이란 세월이 흘러 거대담론이 해체되고 다양한 창작이 쏟아져 나왔지만 박선석은 이때로부터 중국 주류문단의 문학적 경향과 그 흐름을 같이 하지 않고 여전히 건국이후로부터 개혁개방 이전까지의 조선족 사회에서의 대약진, 문화대혁명을 비롯한 정치운동에 대해 지속적으로 재현해 냈고 대중들은 이에 열광했다.

허나 대중들의 많은 사랑을 받았던 것과는 대조적으로 박선석의 소설은 학계와 문단으로부터 연구의 대상으로는 너무 외면되었다고 할 수 있다. 그것은 박선석 소설의 대중지향적인 성격과 현존하고 있는 당대 농민작가라는 점이 그에 대한 활발한 연구를 제약하고 있다고 본다. 박선석이 당대 조선족 문학을 대표하는 중요한 작가로 자리매김을 하게 되면서 조선족 학계에서 비록 세 차례의 박선석 문학연구 세미나4)가 열렸고 그의 문학에 대한 평가가 오늘날 상당히

높아지고 논의도 조금씩 진전되고 있으나 지금까지 박선석 문학에 관한 연구는 몇 편의 논고와 한 편의 석사학위논문[5]뿐이고 대부분 연구는 박선석의 소설을 주제에 따라 현상적으로 나열하거나 창작스타일과 미학적 특징에 대한 형식주의 비평과 고찰에 그치고 있다. 중국 역사의 부침 속에서 반세기를 아우르며 살아온 조선족 농촌 공동체의 자화상이자 조선족들의 집단 자서전이라고 할 수 있는 박선석의 방대한 작품에 비하면 그 연구는 너무 단편적이고 박선석이라는 작가의 중요성에 비해 연구 성과는 매우 미진하다고 할 수 있다. 때문에 이 글에서는 지금까지 박선석 문학에 대한 편향적인 인식과 이해를 문제 삼고 1990년대에 들어 중국이 후기 자본주의 사회에 진입할 때 조선족 사회에서 나타난 '박선석 현상'에 주목하여 개혁개방 이후 조선족 사회에서 대중들로부터 가장 많은 사랑을 받은 소설인 박선석의 대표작 『쓴웃음』, 『재해』에 대한 대중적 호응의 양상과 의의에 대해 고찰하고자 한다. 연구과정에 중국 현당대사의 부침 속에서 살아오면서 개혁개방이라는 새로운 사회전환을 맞은 조선족 사회의 대중심리도 함께 알아보면서 박선석의 장편소설은 조선족 사회에서 어떻게 그토록 많은 호응을 얻을 수 있었는가를 분석할 것이다.

---

4) 1996년 3월 연변문학예술연구회와 ≪장백산≫ 잡지사의 공동 주최로 박선석 소설 세미나가 처음으로 열렸고 2002년에는 기업가이며 작가인 박향숙의 후원으로 연길에서 두 번째 세미나가, 2010년 7월에는 중앙민족대학, ≪장백산≫ 잡지사, 연변작가협회의 공동 주최로 '박선석 소설 연구 및 중국조선족 문학의 현황과 전망'이라는 세 번째 학술세미나가 열렸었다.

5) 서령, 「박선석문학연구」, 인하대학교 석사논문, 2011.

2. 대중적 호응의 양상과 의의

1) 체험적 서사와 역사적 진실

박선석의 소설은 체험에 근거한 리얼리티를 특징으로 한다. 체험은 모든 문학에 공통적으로 적용되는 중요요소다. 체험의 내용과 성격 그리고 체험이 갖는 의의에 대해서는 서로 다른 입장이 존재할 수 있다고 하더라도 기본적으로 문학이 체험을 토대로 하여 이루어진다는 것에 누구나 동의한다. 리얼리스트는 물론이고 모더니스트 또한 마찬가지이다. 그만큼 작가의 체험과 작품은 서로 뗄 수 없는 관계를 지니고 있는 것이다.[6]

박선석의 소설은 체험과 문학의 관련양상을 잘 보여 주는데 그가 체험한 세계는 그의 작품 세계와 하나의 통일을 이루고 있을 정도다. 동아시아 역사의 격동 속에서 중국 땅에서 겪은 가족 3대에 걸친 수난[7]과 '부농자제'라는 출신성분으로 인해 박선석은 서른다섯이 되는

---

6) 이선영, 「리얼리즘에 있어서 체험은 무엇인가」, ≪민족과 문학≫, 1990년 겨울호, 376쪽.
7) 박선석의 증조할아버지는 1919년 '3·1 운동' 때 조선독립만세를 부르다가 경찰에 체포되어 매를 맞고 숨을 거두었고 할아버지는 연변일대의 항일부대에서 항일운동을 하다가 '민생단사건'에 연루되어 사망했고 외할아버지는 독립군의 군자금을 대기 위해 돈 장사, 소 장사, 아편 장사를 하였다. 외삼촌은 민주연맹에 참가해 국민당과 싸우다가 변절자의 밀고로 체포되어 총살당했는데 외할아버지도 그 충격으로 사망했다. 박선석의 아버지도 민주연맹에 참가해 공산당이 이끈 유격대를 위해 일하다가 1947년 국민당군대에 의해 체포되어 사형장까지 끌려 나가게 되었으나 다행히 한족 지주의 보증으로 사형만은 면하게 되었다. 그 후 장인처럼 군자금을 마련할 겸 아이들의 교육을 위해 변돈을 내어 산골짜기를 사서 논을 풀고 소학교도 세웠으나 변돈의 이자가 껑충 올라 하는 수 없이 밭을 팔아 빚을 물고 다시 소작농이 되었다. 하지만 토지개혁 때 마을의 공작대가 거의 백호가 사는 마을에 지주, 부농이 한 호도 없으면 안 된다고 하니 농회의 선전위원직에 있었던 그의 부친은 기꺼이 부농 모자를 썼다고 한다. 그런데 정작 부농 모자를 쓰고 나니 가장집기는 물론이고 이불과 옷, 심지어 속옷까지 다 가져가고 고깔모자를 씌워 투쟁했으며 그들은 산골짜기에 있는 남이 버린 집으로 쫓겨났다고 한다. 그때는 박선석이 네 살 되는 해였다. 부농이란 신분 때문에 박해를 받던 박선석의 아버지는 문화대혁명시기에 한 많은 생을 마감했다.

해까지 인생에서 가장 아름다워야 할 황금시기를 중국의 정치동란 속에서 무형의 '감옥'에 갇혀 묵묵히 인내하며 죄인으로 살아야 했다. 출신성분이 그의 삶에 가져다 준 질곡은 「피와 운명」[8]의 주인공 김형철을 통해 엿볼 수 있다.

나는 속으로 생각해보았다. 나에게 무슨 '죄'가 있는가? 아버지가 억울하게 부농모자만 쓰지 않았다면, 나의 혈관에 아버지의 피만 흐르지 않았다면…'죄'라면 오로지 한 가지, 아버지의 피를 물려받은 것뿐이다. 그건 나도 할 수 없는 것이 아닌가?…무엇을 말한다? 옳다! 생각이 난다. 할 말이 있다! 드디어 나는 입을 열었다.

"저의 사상은 원래부터 반동입니다. 제가 세상에 태어나기 전부터 말입니다."

"저는 세상에 태여나기전에 부농가정에서 태어나겠다고 염라대왕께 신청서를 썼습니다. 염라대왕이 후회하지 않겠는가하며 재삼 고려하라고 했지만 저는 견결히 부농가정을 선택했습니다. 이것이 저의 용서 못할 '죄악'입니다."[9] (밑줄은 필자)

소설에서 '부농자제'라는 딱지 때문에 억울하게 투쟁을 받아야만 한 김형철은 결국 반항의 방식으로 자신의 '죄'를 승인한다. 소설에 담겨진 이 상황이 박선석이 겪은 실제 상황이었음은 그가 자신의 실화를 다룬 미니수필 「고마운 사람들」을 보면 알 수 있다.

아버지가 부농이었기에 작가 박선석도 태어날 때부터 새끼부농이란 멍에를 쓰고 복권되기까지 삼십여 년 동안 암울한 삶을 살아왔다. 서령, 앞의 논문, 9~12쪽 참조.

8) 박선석, 《장백산》, 1986년 3월호.

9) 박선석, 「피와 운명」, 『털 없는 개』, 요녕민족출판사, 1999, 133~134쪽.

먼저 자아검사를 했는데 아무리 검사를 잘하느라 해도 공작원을 만족시킬 수 없어 나는 아예 입을 봉하고 말았다…그날 밤 열성분자 회의를 열고 나를 끌어다 투쟁했다. 반동본질을 탄백하라던가? 나는 침묵으로 반항하다 못해 맞아죽을 각오를 하고 입을 열었다.

"저는 원래부터 사상이 반동이었습니다. 제가 태여날 때 염라대왕은 빈농가정에서 태여나라고 했지만 사상이 반동인 저는 기어이 부농가정을 선택했습니다."10) (밑줄은 필자)

부농의 자제로 태어나 평생 동안 사회최하층인 농민신분으로 지금까지 살아오면서 박선석은 당대 중국사회의 정치변동을 온몸으로 겪어왔고 그로부터 한 발자국도 벗어날 수 없었던 지난한 삶의 주인공이었다. 박선석은 가정성분을 재심사해 줄 것을 청구했다가 토지개혁을 번복한다는 혐의를 받고 비판을 받았고 생산대에 잠복해 있는 류소기의 대리인으로 몰려 고역을 치르기도 했으며 그의 아내도 '부농며느리'라는 이유로 '앞장서서' 피임수술을 해야 했다고 한다. 심지어는 자신이 이튿날 투쟁 받게 된다는 소식을 듣고 공포에 사로잡혀 자살까지 결심했었다11)고 한다. 이러한 파란만장한 체험들은 박선석의 작품에 고스란히 반영되어 소설의 리얼리티를 더해 주었다.

'사건'의 기억은 어떻게 해서든지 타자, 즉 '사건'의 외부에 있는 사람들과 함께 나누어 갖지 않으면 안 된다. 집단적 기억, 역사의 언설을 구성하는 것은 '사건'을 체험하지 않은 살아남은 타자들이기 때문이다. 이 사람들에게 그 기억이 공유되지 않으면, '사건'은 없었던 일로 되어 버리고 만다. 그 '사건'을 경험한 사람들의 존재는 타자의

---

10) 박선석, ≪장백산≫, 2004년 3월호.
11) 박선석, 미니수필 「어머니의 사랑」, ≪장백산≫, 2004년 3월호.

기억 저편, 세계의 외부로 내던져지게 되어 역사로부터 망각된다.[12] 누구보다도 이를 잘 알고 있고 또 두려워한 박선석이기에 그의 인생에 깊은 상처를 남긴 지난 세월에 대한 지울 수 없는 기억은 자신이 체험한 시대와 살아온 역사를 증언하고 그 시대를 폭로함으로써 사람들에게서 점차 망각되어 가던 기억들을 불러오고 함께 공유하려는 작가적 집념이 되어 결국 조선족 농촌사회에 드리운 중국의 정치동란을 재현해 내게 했다. 이는 또 그가 시종일관 하나의 작품 세계를 고집스럽게 견지할 수 있었던 원천이기도 했다.

나는 출생죄를 지은 중화인민공화국의 죄인으로 되였고 서른 다섯살이 될 때까지 30여년간 해빛을 보지 못하고 살았습니다. 이 억울한 전반생이 소설을 쓰지 않으면 안되는 후반생을 결정했습니다.[13]

"이 억울한 전반생이 소설을 쓰지 않으면 안 되는 후반생"을 결정했다면 문혁 이후 신분이 복권된 뒤에도 지금까지 조선족 농촌마을에서 한평생 흙과 함께 살아온 농민으로서의 삶은 박선석 문학의 성격을 결정했다. 중국농민의 역사적 운명과 함께 해 온 박선석이기에 농민의 삶에 대해 남다른 관심을 가지고 있는 그의 소설들은 대부분 중국 당대를 시간적 배경으로 중국변방의 한 조선족 농촌마을을 공간적 배경으로 하고 특유의 농민서사로 굴곡적인 정치변동에 휘둘리며 살아온 조선족 농민들의 고된 삶의 이야기를 진실하게 풀어내고 있다. 이는 작가가 살아온 시대와 공간으로서 생활과 문학이 일치되는 작가 의식의 공간이기도 하다.

---

12) 오카마리, 김병구 역, 『기억·서사』, 소명출판, 2004, 147쪽.
13) 박선석, 「내 인생은 따라지 인생: 필을 들어 28년」, ≪연변문학≫, 2008년 12월호.

박선석의 『쓴웃음』, 『재해』는 토지개혁으로부터 문화대혁명까지의 약 30년에 이르는 중국 조선족 농촌사회사에 대한 집대성이라는 점에서 또 역사적인 가치를 획득한다. 소설의 전개는 중화인민공화국 건국 후의 역사흐름과 일맥상통한다.

1955년 7월 31일 중국공산당 중앙위원회에서 소집한 회의에서 모주석이 ≪농업합작화문제에 관하여≫란 제목으로 연설했고 같은 해 11월 25일에는 기층에 전달되었다. 모주석은 이 연설에서 농업합작화에 대해 의심하거나 우려하고 대담히 발전시키지 못하는 간부들을 자기가 빨리 걷지 못하면서 다른 사람이 너무 빨리 간다고 원망하는 ≪전족녀인≫(쪽발녀인)에 비유하여 비판하였다. 그렇게 되자 ≪더 발전시키지 않고 공고히 하는데 전력을 다하는≫방침은 우경사상으로 되어 비판을 받아야 했고 1955년과 1956년초에 맹목적으로 고급합작사를 건립하는 태풍이 휘몰아쳤는데 마침 산간지대에 있는 려명촌까지 불어왔던 것이다.[14]

이와 같이 작품의 곳곳에 등장하고 있는 자료들은 소설로서의 느낌보다는 기록물적인 느낌을 주기도 한다. 박선석은 이렇게 매 시기의 역사 사실들을 당 중앙의 결책과 모주석의 지시와 연결시킴으로써 역사적 진실성을 기하고 이에 대한 정확한 인식과 깊이 있는 통찰로서 중앙으로부터 조선족 사회로 이르는 굵직굵직한 사건의 전개를 일목요연하게 풀어냈다. 하여 모택동 시기 오직 당의 정책과 이념에 의해서만 좌우지 되던 민중의 파란만장한 삶과 조선족 농민들의 그 시대에 대한 현실인식 및 조선족 농촌사회의 변화가 구체적으로 잘 반영되어 있다. 박선석의 작품을 연구해야 하는 이유가 바로 여기에

---

14) 박선석, 『재해』, 흑룡강조선민족출판사, 2007, 42쪽.

있다. 때로는 역사서 기술에서 선택받지 못한 소수자의 진술이 과거를 더 진실하게 구체적으로 드러낼 수 있기 때문이다. 다수자의 발언으로 이루어진 역사가 소수자이며 어떤 의미에서는 약자였던 조선족 농민들에게는 무엇이었는지? 그들은 이 역사과정속에서 어떠한 경험양상들을 치렀는지? 박선석은 『쓴웃음』, 『재해』에서 자신을 포함한 조선족 농민들의 과거에 대한 증언을 담아냄으로써 이 질문들에 대한 답을 제시했다고 할 수 있다.

2) 작품성과 대중적 호응의 이중적 성과

≪천지≫15) 1990년 7월호에 발표된 단편소설 「털 없는 개」16)는

---

15) 1951년에 창간된 월간 잡지로 중국 작가협회 연변 분회 기관지인 ≪연변문예≫가 그 전신이다. 1985년부터 ≪천지≫로 이름을 바꿔 연길에서 출판하였고 현재는 ≪연변문학≫으로 바꿨다.

16) 이 소설로 박선석은 '제3기 길림성 장백산문예상 가작상'을 수상했다. 1999년 소설집 『털없는 개』가 출판 되었는데 이 소설집으로 '모드모아 문학상'과 'YUST 문학상'을 수상했다. 박선석의 단편소설 「털 없는 개」에 근거하여 훈춘시(琿春市) 문화국 창작실의 이종훈과 농민작가 김웅걸은 장막극 〈털 없는 개〉를 각색하였는데 이는 조선족 사회에서뿐만 아니라 중국연극계에서도 폭발적인 반응을 일으켰다. 중국에서 450여 차례의 공연을 가져 당시 100만 원의 티켓 판매, 15만 명의 관객 동원이라는 기록을 세워 중국 문화부 최고상을 수상했고 1992년에는 후우중츄(胡仲球)에 의해 〈哇! 没毛的狗(와! 털 없는 개)〉(1992년 쑤우샹 영화제작사(瀟湘电影制片厂), 감독: 후우중츄(胡仲球), 출연: 보우잔왠(鲍占元), 이용귀이(李永贵), 우쑤친(吴素琴), 장리(张立))라는 영화로 제작되어 대중성과 예술성의 입지를 굳혔다. 뿐만 아니라 연변대학 예술학원 연극학부에서는 〈털 없는 개〉로 2007년 한국 제15회 젊은 연극제에도 참가한 바 있다. 이에 이어 극단 '반도'는 2007년 9월 25일부터 10월 14일까지 대학로극장 무대에서 〈털 없는 개〉의 초연을 가졌고, 흥행에 힘을 실어 10월 16일부터 11월 4일까지는 〈누드 독〉이란 이름으로 연장 공연에 돌입하기도 했다. 공연이 히트를 치면서 박선석하면 「털 없는 개」가 자연스레 떠오를 정도로 이젠 그의 대표작으로 자리를 잡았다. 지금까지 연극 〈털 없는 개〉만을 집중적으로 연구한 연구는 극히 적다. 오상순이 주필한 『중국 조선족 문학사』에서는 '1990~1999년 극문학개관'에서 「털 없는 개」의 줄거리 내지 그 한계를 간략하게나마 언급하고 있다. 잡지 ≪중국희곡≫은 1992년 제12호에 「털 없는 개」에 대한 세 편의 글을 이어 실어 「털 없는 개」 신드롬을 소개하면서 그 구조, 희극성에 초점을 맞춰 성공한 희곡이라 평가한다. 그 세 편의 글은 아래와 같다.

박선석 신드롬의 시작이 되었다. 「털 없는 개」의 성공은 박선석 문학이 중국 조선족을 넘어서서 중국 주류사회와 한국의 대중까지도 열광시키는 힘이 있음을 증명했다.

「털 없는 개」에 이어 조선족 사회에서의 문화대혁명을 중점적으로 재현한 장편대하역사소설 『쓴웃음』을 장장 7년 반 동안이나 ≪장백산≫에 연재[17]하면서 박선석은 더욱 많은 독자들의 사랑을 받았다. 대중들의 열광적인 호응과 더불어 이 작품은 '제8기 전국소수민족 문학창작 준마상', '제7기 연변작가협회 영예상', '제8기 길림성 장백산 문예상', '모드모아문학상' 등 굵직굵직한 상을 여러 번 수상했고 2000년 한국에서 단행본[18]으로, 2003년 중국에서 단행본[19]으로 출판되었다. 박선석의 작품을 독점하다시피 연재했던 ≪장백산≫잡지사 남영전 사장은 『쓴웃음』을 연재한 뒤 독자들의 반응에 대하여 다음과 같이 말했다.

　　작품이 발표되자마자 독자들로부터 센세이숀을 일으켰다. 편집부를 찾아오는 독자마다 작품이 대단히 재미나고 좋다는 이야기를 했고, 먼 곳의 애독자들은 전화와 편지로 호평을 수없이 전해왔다.[20]

『쓴웃음』 연재가 끝난 뒤에는 또 1988년에 발표하였던 중편소설

冯延飞, 「聪明的喜剧-看朝鲜语话剧≪没毛的狗≫」, ≪戱劇文學≫, 1992년 2월호.
　孙喜军, 「世界原本大俗之物-评民族风俗喜剧≪没毛的狗≫」, ≪戱劇文學≫, 1992년 2월호.
　吴乾浩, 「奇情·巧思≪没毛的狗≫」, ≪戱劇文學≫, 1992년 2월호.
　「털 없는 개(没毛的狗)」는 2005년에 인청원(尹成文)에 의해 중국어로 번역되어 『민족문학(民族文學)』 제12호에 게재된 바 있다. 서령, 앞의 글, 37~38쪽 참조.

17) 『쓴웃음』은 1995년 4월~2002년 6월까지 장장 7년 반 동안 ≪장백산≫에 연재되었다.
18) 박선석, 『쓴웃음』(1), 자유로, 2000.
19) 박선석, 『쓴웃음』 상·중·하, 요녕민족출판사, 2003.
20) 남영전, 「광란의 년대」, 『쓴웃음』, 요녕민족출판사, 1쪽.

「재해」[21]를 동명의 장편소설로 확장하여 조선족 사회에서의 대약진 운동에 대해 생생히 재현하였는데 2년 동안 《장백산》 잡지에 연재[22]하면서 역시 문단과 대중들의 깊은 관심을 불러일으켰다. 이 소설로 '모드모아문학상', '제2회 김학철문학상', '제8기 연변작가협회 문학상'을 수상했고 2007년 단행본[23]으로 출판되었다.

박선석의 이 대표작들은 대중적 사랑을 받음과 동시에 그의 눈부신 수상경력에서 알 수 있듯 뛰어난 작품성도 모두 가지고 있는 작품임에는 틀림없다.

앞에서도 언급한 바 있지만 역사와 농민의 삶에 대한 진지한 고민과 성찰은 박선석 작품의 특징이며 다른 작가보다 돋보이도록 하는 가장 큰 장점이다. 중국 역사의 부침 속에서 반세기를 아우르며 살아온 조선족 농촌 공동체의 자화상을 다룬 조선족들의 집단 자서전이라고 할 수 있는 박선석의 소설은 중국 조선족 1, 2세들에겐 공동의 기억을 끌어내고 3, 4세들에겐 어디서 들은 듯한 나와 가족 그리고 이웃의 이야기를 담고 있다. 그래서 조선족 남녀노소 모두가 보기에도 공감할 수 있고 그 시대와 조선족 사회를 이해하고자 하는 모든 사람들에게도 쉽게 다가가게 만드는 힘이 있다. 때문에 박선석이 대중에게서 누리던 인기는 유별났다. 그것은 독자들의 편지로부터도 확인할 수 있다.

나는 《장백산》에서 련재중인 박선석의 장편소설 『쓴웃음』을 매번마다 2차례이상 읽어 보군하였다. 원래 '책귀신'이 아니었던 내가 어찌하여 박선석의 『쓴웃음』에 매혹되어 '책귀신'이 되었는가. 그것은 박선석 선생

---

21) 《장백산》, 1988년 1월호.
22) 「재해」 역시 《장백산》에 2004년 6월~2006년 6월까지 연재되었다.
23) 박선석(2007), 앞의 책.

님이 우리 주변에서 발생되었던 사실을 너무도 재치 있는 필치로 생동하게 엮었기 때문이 아닌가 싶다. 그러기에 어느 기를 막론하고 읽을 때마다 혼자서 웃어보지 않은 적이 없었다. 때로는 크게 소리 내어 웃기도 한다.

원래 필자는 98년 6기에 실린 『쓴웃음』 속의 『변태』를 보고 독후감삼아 여기 이 고장에서 벌어졌던 끔찍한 사건들을 몇 건 적어 편지로 박선생께 보내고 저 3500자가량 써놓았는데 연후에 발표된 『구원』과 『도주』를 보니 상당히 많은 사건들이 어쩌면 내가 써놓은 것과 일치할 줄이야.[24]

우리 주위에서 벌어졌던 일들이 실제생활처럼 엮어져 무수한 련상을 떠올리는 박선석의 『쓴웃음』이여서 나는 《장백산》을 받으면 먼저 읽어봐야 시름이 놓인다.[25]

《장백산》 잡지에 실린 위의 '독자래신'을 보면 소설이 대중들로부터 많은 사랑을 받은 원인은 지난 역사에 대해 회의를 갖고 있던 독자들의 기억을 불러들이고 함께 공감하게 되면서 역사와 당시 조선족 공동체의 삶에 대한 진지하고도 근본적인 성찰을 유도해 냈고 또 작가가 의식적이든 무의식적이든 소설의 어떤 서사적 장치[26]가

---

24) 《장백산》, 1999년 3월호, 207쪽.

25) 《장백산》, 1999년 1월호, 33쪽.

26) 지금까지 박선석 소설에 대한 연구는 그의 소설의 예술적 성취의 중심을 이루고 있는 서사장치들에 대한 미학적 고찰을 중심으로 이루어져 왔다. 이에 대해서는 아래의 연구 성과들을 참고하기 바란다.
박충록, 「박선석의 단편소설의 매력」, 《장백산》, 1999년 2월호; 이복, 「박선석의 이야기와 소설: 박선석의 90년대 단편소설 인상」, 《장백산》, 1996년 3월호; 김성호, 「사실의 이중성과 예술형상의 진실성문제를 두고: 90년대 전반기 《장백산》잡지에 실린 박선석의 중편소설의 경우」, 《장백산》, 1996년 3월호; 김성호, 「박선석 소설에서의 개의 이미지: 소설집 『털 없는 개』의 경우」, 《장백산》, 2000년 2월호; 김룡운, 「음과 양으로 비쳐본 소설의 얼굴: 박선석의 일부 소설의 경우」, 《장백산》, 1996년 3월호; 오상순, 「박선석의 장편소설 『재해』의 매력」, 《장백산》, 2010년 5월호; 윤윤진, 「박선석소설의 해학, 황당, 그리고 풍자」, 《장백산》, 2010년 5월호; 김현철, 「박선석의 유모아적 심미관과 소설에서

58   중국에서의 조선족 문학

대중의 흥미를 끌었기 때문임을 알 수 있다. 박선석이 소설을 통해 보여 준 과거에 대한 통찰은 광범한 독자들의 공감을 얻으면서 과거에는 뛰어 넘을 수 없는 절대적인 기준이었던 신분, 계급투쟁, 무산계급혁명 등에 대해 독자들로 하여금 부정하고 비판하고 질의를 하게 만듦으로써 조선족 농민들이 당시 마주해야 했던 문제의식을 늦게나마 사회적 역사적 지평으로 확대 심화시켰다고 본다.

3) 대중적 호응의 몇 가지 요소

(1) 억압된 비판 의식의 현현

매기마다 애타게 기다리는 원인은 나의 마음속 말들을 조리 있게 잘 역어 내려가고 있기 때문이다.[27]

박선석은 「나의 문학관」이란 글에서 "내가 소설을 쓰는 것은 맘속 말을 하기 위함이다. 일일이 찾아다니며 말할 수 없기에 소설이란 문학 쟝르를 리용한다. 맘속말 중에서도 백성들이 하고 싶어 하는 말을 골라가며 솔직하게 한다"[28]고 말한 바 있다. 실제로 박선석의 문학은 억압받은 조선족 백성을 위한 문학이었다.

"간부놈들은 월급 타먹고 밤낮 사무실에 들어앉아 어떻게 하면 농사군을 못살게 할 것인가만 연구한단 말야."[29]

의 유머적 특징」, ≪장백산≫, 2010년 5월호 등이다.
27) ≪장백산≫, 1999년 3월호, 207쪽.
28) 박선석, 「나의 문학관」, ≪장백산≫, 1987년 5월호, 176쪽.
29) 박선석(2007), 앞의 책, 173쪽.

"죽도록 농사를 지어서 남들한테 다 **빼앗겨야** 하나 말이요? 이게 해방 전 소작살이와 뭐가 다르오?"[30]

우리는 왜 야수처럼 서로 물어뜯으며 악하게 살아야 하나?[31]

"최대장, 우리가 일을 적게 했나? 당의 말을 안 들었나? 우리가 잘못한 게 뭔가? 그런데…그런데 저 멀건 강낭가루죽밖에 남은 게 뭔가?"
"나나…여러분이나 3년 만에 공산주의를 건설한다고…그 그날을 위해 별의별 고생을 다 했수다… 이게 그래 이게 우리가 그렇게 바라던 공산주의요?"[32]

사람들은 멍해졌다. 인제 곧 공산주의생활을 하다니 정말로 꿈같은 일이였다… 그런데 듣고보니 공산주의는 별게 아니라 한데 모여 밥을 먹는 것이였다. 잘 먹고 못먹는 사람이 없이 즉 빈부의 차이가 없이 똑같은 밥을 먹는단다… 사원들은 허구픈 웃음을 웃었다. 그게 가능한가 말이다. 굴통영감은 웃다가 줄방귀까지 뀌였다.[33]

박선석은 이렇게 농민 특유의 걸쭉한 욕설과 육담으로 백성들의 분노를 직설적으로 터뜨리면서 기꺼이 백성의 대변자가 되어 주었고 조선족 공동체가 몸부림치며 겪어 온 현실과의 정면대립이 불가능했던 시대를 날카롭게 비판함과 동시에 웃음으로 승화시켜 독자들을 다독여 주었다. 때문에 독자들은 이러한 대중지향적인 작가적 자세를 갖춘 박선석의 문학에 열광했다. 그동안 박선석처럼 중국 사회

---

30) 위의 책, 175쪽.
31) 박선석(2003), 앞의 책, 832쪽.
32) 박선석(2007), 앞의 책, 538쪽.
33) 위의 책, 254쪽.

최하층인 농민대중이 하고 싶은 말, 그들의 쌓이고 쌓인 울분을 속
시원하게 대변해 준 작가는 없었다. 독자들은 박선석의 소설과 함께
울고 웃으면서 몇 십 년 동안 억눌렸던 감정들을 해소하고 현 시대에
도 적용될 수 있는 지난 역사에 대한 리얼한 폭로와 날카로운 비판을
읽으면서 정신적인 위안을 받았던 것이다.

　중화인민공화국의 건국과 함께 했고 동아시아의 냉전에도 개입되
어 있는 조선족은 중국 공산당으로부터 그 공로를 인정받아 중국 55
개 소수민족 중 가장 나젊은 '스타'로 부상하여 중국역사무대에 등장
하였으나 건국 이후 중앙정치기류의 변화에 따라 다양하고도 특수한
경험양상들을 치렀다. 토지개혁을 통해 땅을 분배받아 신세를 고치
고 정치적 지위상승도 동시에 얻게 된 조선족은 중국 공산당 편에
서서 중국의 항일 및 해방전쟁에 참가하여 피 흘려 싸워 신중국의
탄생에 기여하였다는 자부심으로 신중국의 당당한 주인이라고 생각
하였지만 중앙으로부터 정치광풍이 휘몰아칠 때마다 중심과 동질적
이지 않은 역사성과 문화성으로 인해 때론 중심사회보다 더 폭력적
인 경험양상들을 치르게 되며 이로 인해 조선족 사회는 뿌리째 흔들
리게 된다. 수많은 조선족 간부와 지식인, 일반인들이 변절자, 특무,
반혁명분자, 불순분자로 지목받아 비판과 고문을 당했고 농촌과 공
장으로 보내져 강제노동과 사상개조를 해야 했다.[34] 고유한 민족문

---

34) 1957년 반우파투쟁이 시작되자 중국작가협회 연변분회의 39명 회원 중 19명이 우파로
　　몰렸는데 이처럼 높은 비율은 전국에서도 유일무이하였다. 중앙의 반우파투쟁은 비록 일
　　년 만에 끝났지만 조선족사회에서는 갈수록 더더욱 피비린 투쟁이 이어졌다. 바로 지방민
　　족주의를 반대하는 정풍운동이 1958년 4월부터 본격적으로 시작된 것이다. 이 민족정풍운
　　동에서 조선족작가들은 "자산계급조국관", "자산계급민족주의를 선양한 작품", "민족언어
　　의 순결화" 등을 이유로 비판을 받았는데 이것은 조선족 작가들의 민족성을 말살하여 조선
　　족 문학의 본질적 속성을 거세하기 위한 또 한 차례의 정치적 '토벌'이었다. 주 직속기관에
　　서는 정풍운동을 에워싸고 20만 6천800여 장의 대자보가 나붙었고 900여 명의 간부가 공
　　장, 농촌에 내려가 육체노동에 종사하였다. 민족정풍운동의 중점의 하나로 되어 있던 연변
　　대학에서는 불과 3주 만에 민족문제에 대하여 4만 5천 장의 대자보가 나붙었고 대학에서

화는 낙후한 것으로 분류되면서 조선족은 민족열등감에 빠지게 되었고 강제성적인 제도변천을 거치면서 분배받은 땅을 도로 국가에 반납해야 했다. 생명을 위협하는 기아와 끝없이 이어지는 폭력을 동반한 정치운동 및 국가의 강압적인 이념통합은 조선족 사회의 분열과 대립을 일으키고 공포의 도가니에 빠뜨렸다. 이미 오도 가도 할 수 없는 상황에서 조선족은 디아스포라 신분확인을 하면서 민족공동체의 역사적인 운명과 마주하게 된다.

지금까지 김학철을 제외한 조선족 작가들은 이런 민감한 문제들에 대해 가급적 언급을 회피해 왔으나 박선석의 장편소설에는 특수한 시기에 경계인으로 살아가던 조선족의 특수성과 긴장이 반영되어 있다.

"조선 어디서 살았소?"

"조상때부터 평안도 강서군에서 살다가 한일합방하는 해에 압록강을 건너왔수다. 조사를 해보우."

"이름이 뭐요?"

"리승호라구 부르지요."

는 "속마음을 털어놓는 관"을 설치하고 교수들이 거기서 "밤을 새워가며 속마음을 털어놓게"하였는데 모두 95명의 교수들이 2만 1천485건에 달하는 "속마음"을 털어놓아 자신의 민족주의 경향을 반성해야 했다. 총적으로 수개월 동안 진행되었던 연변지구의 지방민족주의를 반대하는 정풍운동은 집중적으로 "자치구역확장론", "민족우월론", "민족특수론", "민족동화론", "다조국론", "민족언어 순결화"에 대한 비판이라는 슬로건을 내걸고 적지 않은 조선족 간부와 지식인을 사지에 몰아넣었다.

문화대혁명시기에는 또 몸서리치는 "계급대오정리운동"을 겪었다. 이 운동에서 조선족 간부는 거의 다 외국 간첩 아니면 특무로 몰리여 투쟁을 받았다. 이때 붙잡혀 나온 "계급의 적"들은 연변에서만 해도 수만 명이나 되며 심사, 투쟁과정에서 맞아 죽은 사람, 불구로 된 사람, 감옥에 갇힌 사람이 근 2천 명이나 되었다. 이들은 대부분 모두 터무니없는 근거로 "반역자", "외국특무", "지하로동당원", "지하국민당당원" 등의 누명을 썼다. 중국조선민족발자취총서 편집위원회, 『풍랑』, 민족출판사, 1995, 111~436쪽 참조.

"리승호라구? 그럼 남조선대통령 리승만과는 형제벌이 되겠구만. 이름자가 같은걸 보니…"

"본이 다른데 형제가 될수 있소?"

"그럼 조선의 반당분자 리승엽과는 어떻게 되우?"

"리승엽이요? 리승엽이란 사람도 있나요? 난 그런 사람 모릅니다. 이름자가 같다구 친척이라 할수야 없지요. 노랑감투쓴건 다 제할애빈가요? 나원참…"[35]

위의 인용문에서 보면 성이 '리'씨란 이유만으로도 조선족은 '남조선' 또는 '조선'과 연결되면서 의심과 조사의 대상이 된다. 조선족 백성들은 이렇게 중국 소수민족으로 정착해 가면서 감당해야 했던 불이익과 수난에 대해 분노하면서도 정치몽둥이가 무서워하고 싶은 말을 억누르고 이데올로기적 주체의 그림자 인생으로 살아가게 된다. 하지만 그 억눌렸던 말들이 개혁개방이 눈부신 성과를 달성해 가는 새로운 시기에 변방의 한 동포농민 작가의 소설로부터 끝없이 줄기차게 터져 나오는 것을 보면서 독자들은 이에 환호한 것이다.

프로이트는 『꿈의 해석』에서 소망 충족으로서의 꿈과 문학은 그 목적과 효과에서 유사성을 지니고 있다고 본다.[36] 정신분석학이 밝히고 있는 바대로 인간은 누구나 동일한 욕망을 감추고 있다. 꿈이 그 잠재된 소망의 충족이라면 문학 역시도 퇴행적 소망이 언어화되는

---

35) 박선석(2003), 앞의 책, 1460쪽.

36) 프로이트는 환자들과 자신의 꿈 분석을 통해 꿈은 소망의 충족이며 이중의 구조로 이루어져 있음을 규명한다. 꿈은 우리가 접하는 발현몽과 잠재몽으로 이루어져 있다. 이 중 발현몽은 꿈의 내용으로 잠재적 사유를 드러내는 표상들이다. 이것이 은폐하고 있는 것이 잠재몽인데 이는 꿈의 사고로 무의식적 내용을 포함한다. 발현몽은 압축과 치환 혹은 상징화를 통해 잠재몽을 왜곡시킨다. 그러므로 꿈의 해석은 발현몽의 해독을 통해 심층의 구조를 이루고 있는 잠재몽에 닿아야만 하고 그 잠재몽의 본래적 의미, 즉 억압된 소망의 표상을 드러내야 하는 것이다. 이정호, 『텍스트의 욕망: 정신분석과 영미문학 텍스트 읽기』, 서울대학교 출판부, 2008, 5쪽.

장소라는 점에서 꿈과 문학은 유연성을 지닌다. 욕망의 배출구로서의 문학은 꿈과 유사한 목적을 수행하는 것이다. 텍스트에는 작가의 무의식과 독자의 무의식 그리고 등장인물의 무의식이 혼재되어 있다. 여기서 독자의 무의식 층위는 독자가 독서를 통해 어떠한 욕망을 채우는가의 문제가 담겨 있다.[37] 다시 말하면 독자는 자신들의 결핍된 무의식적 욕망을 소설을 통해서 해소하고자 하는 것이다.[38] 여기서 욕망(Desire)이란 사물을 소유하고자 원하기 때문에 생기는 것이 아니라 "존재의 결핍"(a lack of being)[39] 때문에 생기는 것이다. 그렇다면 사람들이 텍스트를 통해 결핍된 욕망을 채우고자 한다는 말은, 다시 말하면 사람들이 텍스트를 소비하는 이유가 된다. 그렇다면 조선족 사회에서 대중들이 박선석의 소설을 통하여 채우고자 한 결핍된 욕망은 바로 수십 년간 억압되어 왔던 하고 싶던 말, 국가의 부당한 처우에 대한 비판의식의 분출이라고 해도 과언이 아닌 것 같다.

(2) 독자와의 감정적 호응

"하고 싶은 말이 있어도 꾹 참고 생각하는 것조차 포기하고 눈 감고 귀 막고 입 다물고 머저리로 살아야"[40] 했던 것은 모든 것이 이념이 우선이던 특수한 시대에 중국 사회를 배경으로 하여 갖게 된 억압된 본능의 결핍이었다면 극좌정책의 시행착오 속에서 변방의 농경사회에서 살아온 조선족 백성들은 심한 물질적 결핍을 겪었다.

건국 후 농민의 역사적 지위의 변화는 농민의 희생을 예고하고 있

---

37) 위의 책, 5쪽.
38) 우리어문학회, 『한국문학과 심리주의』, 국학자료원, 2006, 30~33쪽.
39) 라캉은 주체는 언제나 결핍의 주체라고 본다. 이정호, 앞의 책, 5쪽.
40) 박선석(2007), 앞의 책, 181쪽.

었다. 해방 전 농민은 혁명의 주체로서 혁명의 공로자였다면 해방 후 농민은 개조의 대상으로 전락한다.[41] 이러한 지위의 전락은 곧 도시 노동자와의 생존의 격차로 나타났다.[42] 건국 후 중국은 국가의 재건을 위해 공업을 일으켜 세워야 했고 그 부담을 낙후한 중국에서 농민이 떠안아야만 했다. 결과적으로 도시는 갈수록 좋아졌지만 농촌은 갈수록 가난해져 갔고 농민들은 기아와 중노동에 시달리며 육체적인 고통과 정신적인 고통을 감내해야 했다. 공업지원을 위해 농민들은 늘 강제적으로 고된 노동에 내몰려야 했는데 농사 외에도 저수지 건설운동, 강철 제련운동과 같은 부역에 시달려야 했으며 노동할 권리는 있으나 배불리 먹을 권리는 없었다. 농사를 짓는 일조차 마음대로 할 수 없었는데 상급의 엉터리 지시에 따라 움직여야 했기에 노동 성과는 갈수록 줄어들었다. 농촌에서 박탈해 간 식량을 배급받아 도시인들은 그래도 배를 곯지는 않았으나 농민들은 식량을 자체로 해결하라는 당의 도시와 농촌에 대한 폭력적인 분리정책 때문에 농촌에서는 굶주림에 허덕이다가 아사하는 농민들이 속출했다. 그래서 "배부른 세상, 그것이 간절한 소원이였고 최대의 희망이였다".[43]

"내가… 또… 꿈을 꿨나? 그저… 눈만 감으면… 온통 음식인데… 밥도 있고… 떡도 있고… 암만 먹어도… 배가… 안불러요. 인젠… 깨우지 말아

41) 신민주주의혁명을 완성하고 사회주의혁명으로 과도하는 시기에 와서 모택동은 농민은 인젠 혁명의 주체가 아니고 의거할 역량이 아니라고 인정하였다. 뿐만 아니라 농민은 마땅히 교육을 접수하여야 한다고 하였다. 程贵铭,『农村社会学』, 知识产权出版社, 2006, 57쪽 (최삼룡, 「박선석의 소설과 농촌사회학: 박선석의 소설을 보는 한 시각」,『박선석 소설연구 및 중국조선족 문학의 현황과 전망 학술세미나자료집』, 2010, 각주 17) 재인용).
42) 건국 후 당 공작의 중심은 농촌에서 도시로 옮겨 갔다. 1956년부터 1970년 말까지 농민의 개인소득은 거의 늘지 않았다. 반면 도시는 공업화정책에 따라 비약적으로 발전했다. 모리스 마이스너, 김수영 옮김,『마오의 중구과 그 이후』1, 2004, 227쪽 참조.
43) 박선석(2007), 앞의 책, 594쪽.

요. 실컷 먹어보게요." (…중략…)

"여보, 세상이…좋아지면…내…제사때…제사밥을…무드기…많이 담아
달라요."44)

리서기는 부녀들을 빙 둘러보았다. 신통히도 해방 전 동냥쟁이 차림이
었다. 다 꿰진 홑바지우에다 그래도 추위를 막아보겠다고 껴입은 몽당치
마, 몇 해나 입었는지 솜이 비죽거리고 너무 기워서 형체마저 분간하기
어려운 솜옷…머리에는 쓸 것이 없어 띠개를 두른 사람이 있는가 하면
갓난 애기의 헌 저고리를 머리에 쓰고 두 팔소매를 맞잡아 맨 노파들도
있었다. 신은 더 말이 아니었다. 엷은 운동화나 더덕더덕 기운 솜 신에
북데기를 넣어 신은 사람, 대한계절인데도 아직까지 고무신을 신은 사람,
뒤축이 없는 신을 끌신삼아 발에 끼고 있는 사람…해방 후에 살아졌던
짚신을 신은 사람도 있었다. 얼굴은 모두 얼어서 자주색으로 변했는데
대한 추위에 못 견디어 사시나무 떨듯 떨고 있었다.45)

알몸에 덩그렇게 치마만 걸친 황장수령감 그리고 다닥다닥 기운 속옷
바람으로 춤을 추는 로친… 중국백성은 왜 이렇게 가난해야 하나?46)

독자들은 박선석의 소설을 읽으면서 맹목적인 중국 근대화의 한
복판에서 생존의 위협까지 받으며 혹독한 고역을 치른 모택동 시기
조선족 농촌사회의 상황을 짠한 마음으로 돌아보게 되며 그 시대 조
선족 사회의 최고 이상이었던 "배불리 밥을 먹고 전기를 가설하여
기와집에서 라지오를 듣는"47) 것이 이미 실현되었을 뿐만 아니라 그

---

44) 위의 책, 535~536쪽.
45) 위의 책, 437~438쪽.
46) 박선석(2003), 앞의 책, 1991쪽.

보다 훨씬 풍요로워진 현시대에 살고 있다는 것에 안도감을 느끼게 된다. 하여 흔들림 많은 현당대사를 살아온 그들로서는 존재론적 안정감을 부여받는다. 또 30여 년의 긴 세월을 정치운동에 소모하면서 정치에 신물이 날대로 났고 개혁개방 정책을 계기로 재산의 개인소유가 인정되면서 '돈을 많이 버는 것을 영광'으로, 부의 축적이 사회적 미덕으로 간주되는 시대를 맞아 지긋지긋한 가난에서 탈출하여 잘살아 보자 하는 사람들의 공통된 욕망에 당위성을 제공한다. 이는 사람들이 박선석의 소설에 열광하는 또 하나의 이유라고 할 수 있다.

4) 조선족의 새로운 정체성 확립

박선석이 소설 창작을 시작한 1980년대는 건국 이래 약 30년간 유지되었던 계획경제에서 시장경제로 전환되는 시기였고 『쓴웃음』과 『재해』가 발표될 당시는 시장경제와 함께 이루어진 도시화, 현대화로 하여 사람들의 생존 공간이 급속도로 변화되어 가던 시기였다. 개혁개방의 결과는 급격한 사회 변화와 놀라운 경제성적표로 나타났다. 모택동 시기 국민경제의 파탄으로 비참할 정도로 낮았던 생활수준은 개혁개방으로 급격히 향상되었다. 농촌에서는 생산책임제의 도입으로 농촌경제가 활성화되면서 농민들의 의식주 문제를 해결했을 뿐만 아니라 생활의 질도 대폭 개선되었다. 때문에 사람들은 대부분 개혁개방을 긍정했고 이에 적극적이었다.[48] 하여 과거 주자파라며 비판받던 사영경제부문이 헌법적 지위를 보장 받자 너도나도 돈 버는 일에 뛰어들었다. 이러한 현상은 과거에는 생각조차 못했던 일이

---

47) 박선석(2007), 앞의 책, 595쪽.
48) 양찹삼, 「중국의 개혁개방과 연변 조선족의 적응방향」, 『디지털경제연구』 7, 2002, 212쪽.

었다.

　조선족은 중국의 다른 소수민족보다 개혁개방에 더 적극적이었다. 하여 조선족은 중국의 개방화 정책에 잘 적응하고 있다는 평가를 받았다. 개방화로 인한 생활변화에 조선족 스스로도 놀라했다.[49] 그러나 문화대혁명의 쓰린 경험은 이러한 변화에 대해 또 일면 두려운 마음도 가지게 했다. 그것은 세상이 언제 어떻게 변할지 모른다는 의구심 때문이었다.[50] 게다가 시간이 지나면서 개혁개방정책이 서서히 부작용을 노출시켰다. 시장경제의 도입과 현대문화, 외래문화는 폐쇄적이고 낙후하고 가난한 농촌에 커다란 충격을 안겨줬다. 그 충격은 도시에 준 충격을 훨씬 능가했다. 농민들은 사회적 격변 속에서 전통적 가치 관념과 치열하게 부딪치며 충돌을 일으켜 정신적으로 곤혹과 방황, 고뇌를 겪게 되었다.[51] 도시에서는 수십 년간 국가경제의 근간을 이루었던 국유기업이 합병, 매각, 파산되었고 한번 들어가면 평생을 보장받던 철밥통이 깨졌다. 중앙에서 내건 선부론(先富論: 능력 있는 자, 먼저 부자가 되라)의 슬로건으로 인해 도시와 농촌의 격차는 점점 크게 벌어졌다. 지리적으로 변방에 위치한 농경사회에 속하는 조선족 사회도 도시와의 격차가 크게 생길 수밖에 없었다. 1990년대에 들어서면서 조선족 사회에서도 대부분의 국유기업이 정리정돈, 파산하면서 수많은 정리실업자가 생겼고 사람들은 이러한 변화에 두려움을 갖게 되었다. 개혁개방은 또 조선족 공동체사회에 여러 면에서 해체현상을 가져왔다. 특히 가족해체, 교육해체, 정체성 해체현상이 대표적이다. 중화인민공화국의 성원이 되면서 혁명의 일

---

49) 위의 글, 200쪽.
50) 위의 글, 201쪽
51) 김춘선, 「개혁개방과 중국 조선족 농민소설에 나타난 의식의 변화」, 『한중인문학연구』 6, 2001, 117쪽.

꾼으로 자신의 정체성을 획득하였던 조선족인민들은 갑자기 모든 것이 경제를 중심으로 재편되는 사회이념의 변화를 겪으면서 또 다시 중심을 잃고 우왕좌왕하면서 정신적 지표를 잃게 될 위기에 놓이게 된다. 이러한 상황에서 가장 중요한 것은 시장경제시대의 주인으로서의 정체성의 확립과 변화에 대한 두려움을 완화시켜 주는 것이다.

"그놈의 똑같이 바람에 녹아는 건 우리야 한날한시에 나온 손가락도 길고 짧고 한데 그 많은 사람이 똑같이 살수가 있니?"[52]

"공산주의에 간다구 네것내것 없이 〈공산〉을 한 결과 세상이 어떻게 됐나? 모두 굶어죽게 되잖았나?"[53]

위의 농민들의 불만으로부터 우리는 모택동 시기의 평균주의와 집체화에 대립되는 자본주의 개인주의 이데올로기에 대한 추구를 읽을 수 있다. 뿐만 아니라 이 대화들은 놀랍게도 새로운 계급의식을 받아들이도록 선부론이라는 슬로건을 국가적 차원에서 대대적으로 선전하던 새 시기 개혁개방 이데올로기와 맞닿아 있음을 발견할 수 있다.

마슈레는 발자크의 「농민들」을 분석하면서 작가가 반드시 말하고자 했던—의도했던—것이 아닌 것도 실제로 하나의 언표가 되어 작품에 나타나는 경우도 있다[54]고 했다. 박선석은 『쓴웃음』과 『재해』에서 대약진, 문화대혁명과 같은 지난 역사를 부정함으로써 의도하든 의도하지 않았든 현재 진행 중인 현대화, 개혁개방을 긍정하게

---

52) 박선석(2007), 앞의 책, 240쪽.
53) 위의 책, 579쪽.
54) Pierre Machery, 배영달 역, 『문학생산이론을 위하여(A Theory Of Literary Production)』, 백의, 1994, 291~292쪽.

되었고 경제력으로 재편되는 변화한 사회질서를 받아들일 수 있게 하고 시장경제시대의 새로운 가치관을 부여하게 되었다. 바로 이렇게 박선석의 소설은 새로운 변혁의 시대를 맞이하여 우왕좌왕하던 조선족들이 시장경제시대의 새로운 정체성을 확립하는 데 도움을 주었다고 본다.

3. 박선석문학 평가

이 글은 지금까지 박선석 문학에 대한 편향적인 인식과 이해를 문제 삼고 1990년대에 들어 중국이 후기 자본주의 사회에 진입할 때 조선족 사회에서 나타난 '박선석 현상'에 주목하여 개혁개방이후 조선족 사회에서 대중들로부터 가장 많은 사랑을 받은 소설인 박선석의 대표작 『쓴웃음』, 『재해』에 대한 대중적 호응의 양상과 의의에 대해 고찰 했다. 연구과정에 중국 현당대사의 부침 속에서 살아오면서 개혁개방이라는 새로운 사회전환을 맞은 조선족 사회의 대중심리도 함께 알아보면서 박선석의 장편소설은 조선족 사회에서 어떻게 그토록 많은 호응을 얻을 수 있었는가를 분석했다.

박선석의 대표작인 『쓴웃음』, 『재해』는 대중적 사랑을 받음과 동시에 그의 눈부신 수상경력에서 알 수 있듯 뛰어난 작품성도 가지고 있다. 박선석은 이 장편소설들에서 체험에 근거한 리얼리티와 투철한 역사인식으로 다수자의 발언으로 이루어진 역사가 소수자이며 어떤 의미에서는 약자였던 조선족 농민들에게는 무엇이었는지? 그들은 이 역사과정 속에서 어떠한 경험양상들을 치렀는지에 대해 자신을 포함한 조선족 농민들의 과거에 대한 증언을 담아냄으로써 중국 당대사에 대한 새로운 총체화를 시도하였고 묻혀버릴 뻔한 조선족 농촌사회의 민간역사를 복원하였다.

이 글에서는 박선석의 장편소설이 조선족 사회에서 대중들로부터 가장 많은 사랑을 받은 원인은, 첫째 지난 역사에 대해 회의를 갖고 있던 독자들의 기억을 불러들이고 함께 공감하게 되면서 지난 역사와 당시 조선족 공동체의 삶에 대한 진지하고도 근본적인 성찰을 유도해 냈기 때문이며, 둘째 수십 년간 억압되어 왔던 대중들이 하고 싶던 말, 국가의 부당한 처우에 대한 그들의 비판의식을 분출시켰기 때문이며, 셋째 독자들과의 감정적 호응을 성공적으로 이뤄내면서 맹목적인 중국근대화의 한복판에서 생존의 위협까지 받으며 혹독한 고역을 치른 모택동 시기 조선족 농촌사회의 상황을 짠한 마음으로 돌아보게 하면서 흔들림 많은 현당대사를 살아온 조선족들에게 존재론적 안정감을 부여하고 개혁개방을 계기로 지긋지긋한 가난에서 탈출하여 잘살아 보자 하는 사람들의 공통된 욕망에 당위성을 제공했기 때문이라고 보았다.

이 글에서는 또 박선석의 소설은 새로운 변혁의 시대를 맞이하여 우왕좌왕하던 조선족들이 시장경제시대의 새로운 정체성을 확립하는 데 도움을 주었다고 보았다. 그것은 박선석은 『쓴웃음』과 『재해』에서 대약진, 문화대혁명과 같은 지난 역사를 부정함으로써 의도하든 의도하지 않았든 현재 진행 중인 현대화, 개혁개방을 긍정하게 되었고 이는 독자들에게 경제력으로 재편되는 변화한 사회질서를 받아들일 수 있게 하고 시장경제시대의 새로운 가치관을 부여하였다고 보았기 때문이다.

총적으로 박선석의 『쓴웃음』, 『재해』는 순수한 체험과 관찰을 토대로 조선족 농민의 시선으로 당대 중국사회의 정치변동 속에서 조선족 농촌사회가 직면했던 제 문제를 구체적으로 그리고 생동감 있게 반영하면서 그 시기에는 뛰어 넘을 수 없었던 절대적인 기준과 가치관에 대해 독자들로 하여금 부정하고 비판하고 질의를 하게 만듦으로서 조선족 농민들이 당시 마주해야 했던 문제의식을 늦게나마 사회적 역사적 지평으로 확대 심화시킴으로써 조선족 농민소설의 수준을 한 단계 끌어올렸으며 조선족 문학의 새로운 지평을 개척했다는 점에서 커다란 문학사적 의의를 지닌다고 본다.

참고문헌

1. 기초자료

박선석, 『털 없는 개』, 요녕민족출판사, 1999.

_____, 『쓴웃음』, 요녕민족출판사, 2003.

_____, 『재해』, 흑룡강조선민족출판사, 2007.

2. 단행본

Pierre Machery, 배영달 역, 『문학생산이론을 위하여』, 백의, 1994.

Jhon storney, 박만준 역, 『대중문화와 대중연구』, 경문사, 2007.

모리스 마이스너, 김수영 옮김, 『마오의 중국과 그 이후』(1, 2), 이산, 2004.

오상순, 『중국조선족 문학사』, 민족출판사, 2007.

_____, 『개혁개방과 중국조선족 소설문학』, 월인, 2001.

오카마리, 김병구 역, 『기억·서사』, 소명출판, 2004.

오쿠무라 사토시, 『새롭게 쓴 중국 현대사』, 조합공동체소나무, 2000.

우리어문학회, 『한국문학과 심리주의』, 국학자료원, 2006.

이광일, 『해방 후 조선족소설문학연구』, 경인문화사, 2003.

이정호, 『텍스트의 욕망: 정신분석과 영미문학 텍스트 읽기』, 서울대학교 출판부, 2008.

조셉 칠더·즈 게리 헨치, 황종연 옮김, 『현대문학 문화비평 용어사전』, 문학동네, 1999.

중국조선민족발자취총서 편집위원회, 중국조선민족발자취총서 7, 『풍랑』, 민족출판사, 1995.

지그문트 프로이드, 김인순 옮김, 『꿈의 해석』, 열린 책들, 2010.

한림대학교 아시아문화연구소, 『중국 문화대혁명시기 학문과 예술』, 태학사, 2007.

3. 논문

김룡운, 「음과 양으로 비쳐본 소설의 얼굴: 박선석의 일부 소설의 경우」, ≪장백산≫,
　　　　1996년 3월호.

김성호, 「사실의 이중성과 예술형상의 진실성문제를 두고: 90년대 전반기 ≪장백
　　　　산≫잡지에 실린 박선석의 중편소설의 경우」, ≪장백산≫, 1996년 3월호.

＿＿＿, 「박선석 소설에서의 개의 이미지: 소설집 『털 없는 개』의 경우」, ≪장백산≫,
　　　　2000년 2월호.

김춘선, 「개혁개방과 중국 조선족 농민소설에 나타난 의식의 변화」, 『한중인문학
　　　　연구』 1, 2001.

김현철, 「박선석의 유모아적 심미관과 소설에서의 유머적 특징」, ≪장백산≫,
　　　　2010년 5월호.

박충록, 「박선석의 단편소설의 매력」, ≪장백산≫, 1999년 2월호.

서　령, 「박선석문학연구」, 인하대학교 석사논문, 2011.

안낙일, 「중국조선족 대중소설 연구」, 『겨레어문학』 12, 2008.

양참삼, 「중국의 개혁개방과 연변 조선족의 적응방향」, 『디지털경제연구』 7,
　　　　2002.

오상순, 「박선석의 장편소설 『재해』의 매력」, ≪장백산≫, 2010년 5월호.

윤윤진, 「박선석소설의 해학, 황당, 그리고 풍자」, ≪장백산≫, 2010년 5월호.

이　복, 「박선석의 이야기와 소설: 박선석의 90년대 단편소설 인상」, ≪장백산≫,
　　　　1996년 3월호.

이선영, 「리얼리즘에 있어서 체험은 무엇인가」, ≪민족과 문학≫, 1990년 겨울.

장춘식, 「계급투쟁담론 해체의 미학: 박선석의 대하장편 『쓴웃음』의 경우」, ≪장
　　　　백산≫, 2010년 5월호.

최삼룡, 「박선석의 소설과 농촌사회학: 박선석의 소설을 보는 한 시각」, ≪연변문학≫,
　　　　2008년 11월호.

전환기 조선족 사회와 문학의 새로운 풍경※

김호웅

(연변대학교)

1. 머리말

조선족 문학에 대한 연구 성과로 임범송·권철의『조선족 문학연구』
(1989), 조성일·권철의『중국조선족 문학사』(1990), 오상순의『중국조
선족소설사』(2000), 북경대학조선문화연구소의 『중국조선민족문화
대계: 문학사』(2006), 오상순의『중국조선족 문학사』(2007), 송현호·
최병우의『중국조선족 문학의 탈식민주의 연구』(2008) 등이 나왔다.
그러나 1990년에서 2010년에 이르는 전환기 20년 동안의 문학에 대
해서는 모두 소루하게 다루었다. 특히 전환기라는 새로운 사회문화
콘텍스트(语境) 속에서 다양한 방법론을 도입해 치밀하게, 체계적으
로 다루지 못하였다.

기실이 20년간 조선족 문학은 복잡다단한 정치, 경제, 문화의 변화

※ 이 글은『한중인문학연구』 37집(2012)에 게재되었던 것을 수정·보완하였다.

속에서 활발하게 전개되었으며 그 주제경향이나 기법에 있어서 중국의 주류문학에 크게 기여했을 뿐만 아니라 세계 우리민족문학의 지평을 넓혀주는 데도 크게 기여했다. 그러므로 전환기 조선족 사회의 정치, 경제, 문화 콘텍스트와의 관련 속에서 이 20년간 문학을 다양한 시각과 방법론을 통해 진맥, 분석하는 것은 조선족 문학의 새로운 성과를 세상에 알리고 중국의 주류문학 내지는 한국문학을 비롯한 세계 우리민족문화권의 문학과 교류하는데 유조하리라 생각한다. 특히 글로벌시대 조선족 문학을 "단순한 국가 범주에 가두지 말고 그 지평을 확대해야 한다"[1]고 할 때 전환기 20년 동안의 조선족 문학을 정리, 분석, 종합하는 것은 세계 속의 우리민족문학의 위상을 높이는 데 아주 필요한 작업이라고 생각한다.

이 글은 전환기 중국사회, 특히 중국과 한반도의 경계지대에 위치하고 있는 조선족 공동체의 정치, 경제, 문화적 콘텍스트 속에서 1990년에서 2010년에 이르는 조선족 문학의 변화, 발전 양상을 윤곽적으로 고찰해 보고자 한다. 본고에서는 전환기 조선족 사회의 변화, 다원문화(多元文化)환경과 조선족 문학, 조선족 문학의 주제경향과 창작방법 및 예술형식의 변화와 실험 등 세 가지 문제로 나누어 논의를 전개하고 나서 조선족 문학의 향후 과제를 내놓고자 한다.

2. 전환기 조선족 사회의 구조적 변화

20세기 후반기에 가장 중요한 역사적 의미를 갖는 날로 불리는 1989년 11월 9일 베를린장벽 붕괴사건을 전후로 동구권인 붕괴되고

---

1) 최병우, 「중국 조선족 문학연구의 필요성과 방향」, 『한중인문학연구』 20, 2007, 4~5쪽.

구소련이 해체되었다. 1989년 6월의 '천안문사태'를 전후하여 중국의 개혁개방은 한동안 우여곡절을 겪기도 했지만, 1992년 등소평의 남방순시연설(南巡講話)과 중한수교 이후 보다 심도 있고 광범위하게 전개되었다.

연변을 중심으로 하는 여러 조선족 집거지에서도 개혁개방은 더욱 심도 있고 광범위하게 전개되었다. 이런 과정에서 중국 조선족 농민들은 공업과 상업에 종사하거나 노무자로 해외로 나가 수입을 많이 올렸다. 따라서 과거 벼농사에만 의존했던 국면은 크게 타개되었고 전반 조선족의 삶의 질은 물질적인 측면에서 크게 향상되었다. 그리고 사상, 의식의 차원에서도 폐쇄성에서 벗어나 견식을 넓힐 수 있는 계기로 되어 새로운 의식과 관념을 수립하고 개척정신, 모험정신, 진취정신을 갖게 하였다. 조선족은 선진적인 경영방식, 생산관리방법 등을 배웠을 뿐만 아니라 중국의 주류문화 및 모국문화와의 유대를 보다 긴밀하게 맺음으로써, 한편으로는 중국의 주류문화를 보다 많이 수용할 수 있었고 다른 한편으로는 고국에 대한 동경과 민족에 대한 애정을 회복하게 되었다. 아울러 이런 다원적이고 활발한 문화정보의 교류를 통해 민족 정체성을 보다 절실하게 인식하게 되었다.

세상만사는 새옹지마라고 1990년 이후 개혁개방의 심화와 발전은 조선족 공동체에 긍정적인 작용만 한 것이 아니라 부정적인 작용도 했음을 간과해서는 안 된다. 조선족 공동체는 1990년까지만 해도 폐쇄적이었지만 아주 안정적인 특성을 갖고 있었다. 조선족은 주로 동북 3성에 거주했고 주로 농촌에 집성촌(集成村)을 형성하여 벼농사를 지으며 안정된 삶을 영위하였다. 조선족이 백 년 남짓이 자체의 문화전통을 지키고 민족 정체성을 유지할 수 있었던 것은 무엇보다도 먼저 이주 초기부터 조선족 집거지(集居地)를 형성하였기 때문이다. 그러나 1990년대에 들어서자 조선족 사회는 거대한 변화의 물결에 휩

싸이게 되면서 연변을 중심으로 하는 조선족 집거지는 크게 요동치기 시작하였다. 이러한 격변의 배경적 요소로는 1990년대에 와서 더욱 심화, 발전된 개혁과 개방이 몰고 온 파급효과를 들 수 있겠는데, 조선족 공동체는 중국의 주류사회의 보편적인 문제를 안고 있을 뿐만 아니라 그 자체의 특수한 난제도 안게 되었다. 그것을 다음과 같은 몇 가지로 귀납할 수 있다.

1) 경제생활의 급변과 조선족 인구의 대이동

1980년대로부터 여러 계층의 인사들이 시장경제의 조류에 대거 합류했는데, 1990년대에 들어와서 그 기세는 여전히 수그러들지 않았다. 직업선택의 자유가 많이 주어지면서 대학 졸업생들이 무역회사, 여행사 등 경제수입이 상대적으로 많은 분야에 취직하는 현상이 늘어나고 원래 종사했던 정부, 학교, 문화 등 분야에서 탈피하여 '하해(下海)'한 직업인들도 속출했다. 말하자면 많은 조선족 청년남녀들이 음식점, 술집, 여관, 다방, 노래방, 카바레 등 소비성 산업이나 유흥업소에 몰려드는 현상이 나타났다.

이보다 더욱 심각한 변화는 조선족 농촌에서 일어났다. 1990년대에 들어서서 수많은 조선족 농민들은 벼농사를 중심으로 하는 전통적 농경방식에서 탈피하여 다각경영을 모색하기 시작하였다. 특히 대외개방이 심화되면서 국제경제활동에 적극 참여하였다. 적잖은 도시인과 농민들이 조선, 러시아에 가서 '보따리장사'를 하였다. 중한수교 이전 한국에서의 약장사도 한때는 조선족 가운데서 인기가 높았는데, 1992년 중한수교 이후 한국을 가장 주요한 대상국가로 하는 조선족의 해외인력수출은 급속도로 늘어나기 시작했다. 특히 조선족 농촌의 노동력 가운데서 많은 부분이 중국 국내의 도시나 해외로 진출하여 시골에서 농사를 짓는 노동력은 급속하게 줄어들었다. 국내 대도시와 외국으로의 대규모 진출로 특징지어지는 이농향도(離農向都)의 추세는 날이 갈수록 거세어졌다. 이리하여 1990년대에 들어와서 조선족 사회는 인구의 대이동이 일어나게 되었는데, 대체로 세 가지 방향으로 나누어 볼 수 있다. 첫째는 중국의 북경·상해·청도 등 대도시나 연해지역으로의 이동이고, 둘째는 한국을 비롯한 외국으로의 이동이며, 셋째는 동북 3성의 여러 도시로의 이동이다.

요컨대 1990년대 이후 도시화·산업화·세계화의 거세찬 조류에 휘말려 들어 조선족 사회는 거대한 인구이동의 물결을 이루었고, 이러한 전환기에 들어선 조선족 공동체는 거대한 변화의 소용돌이에 빠져들기 시작했다.

2) 조선족 사회의 인구격감 및 이산, 농촌마을의 해체 위기

1990년 이후 날로 확산되고 있는 인구이동은 조선족의 수많은 농민과 시민들의 이산을 초래하게 되었다. 특히 농촌의 수많은 미혼, 기혼 여성들이 도시와 외국으로 진출하였고 그 대신 수많은 농촌 총각들이 결혼할 수 없게 되고 조선족 농촌사회는 날로 황폐화되었다. 가족이산, 국제결혼(또는 위장결혼)으로 말미암은 이혼율의 급증, 농촌 총각들의 결혼공황 등 각종 사회현상들은 필연적으로 농촌인구의 격감을 초래하게 되었다. 1970년대 중반에 이미 인구의 재생산 수준이 떨어지기 시작한 조선족의 출산력은 1990년 이래 날로 확산되고 있는 인구이동으로 말미암아 더욱 급속하게 떨어져 현재는 세계에서 가장 낮은 출산수준을 기록하고 있다.

이러한 인구의 격감추세는 또한 조선족 공동체의 보금자리였던 농촌마을들의 공동화(空洞化)를 초래하였다. 1990년대 중반 산재지구에서 시작된 조선족 마을의 공동화 또는 해체는 도시와 비교적 가까운 농촌과 조선족이 집중적으로 거주하는 자치현이나 연변조선족자치주까지 광범위하게 나타나고 있다.

3) 조선족농촌의 공동화(空洞化)에 따른 조선족농촌학교 교육의 위기

조선족 농민들의 인구이동은 조선족 농촌마을의 인구격감과 공동화(空洞化)를 초래했고, 이는 또 조선족 농촌학교 민족교육의 위기를 초래하였다. 1990년대 중반부터 조선족 농촌의 소학교나 중학교는 학생 수가 급속하게 감소하고 이로 말미암은 학교의 통폐합이 잇달았다. 인구의 대이동으로 인한 가족분산은 자녀교육에도 막대한 부면(負面)적 영향을 끼쳤다. 2000년 좌우 동북 3성 조선족 중, 소학교들을 보면 일반적으로 학생수의 35%에서 70%의 학생이 부모 없이, 또는 한 부모 아래서 살고 있는 실정이다. 이런 학생들은 부모의 부재로 말미암아 정서불안, 일탈행위, 학력저하 등 각종 폐단을 드러내고 있다. 바꾸어 말하면 조선족 부모들은 '산돼지 잡으러 갔다가 집돼지 놓치는 형국'이 되어 버렸다.

4) 사회 환경의 변화와 조선족의 민족의식, 가치관 및 생활방식의 변화

조선족 고유의 경제생활과 민속생활 그리고 말과 글을 중심으로 하는 민족교육의 가장 중요한 토대와 장소로 되었던 조선족의 촌락 공동체의 공동화는 자연적으로 민족 정체성의 유지에 준엄한 도전을 걸어오고 있다. 고국을 갖고 있는 과경(跨境)민족으로서의 조선족은 중국의 국민이지만 그들의 조상들은 한반도에서 왔고 지금도 고국에 살고 있다. 특히 1992년 중한수교 이후 거세게 불어친 '서울바람'은 조선족의 모국의식을 크게 자극했다. 모국의식은 조선족이라는 자각과 민족공동체의식을 더 깊게 하였다. 특히 한국과의 밀접한 경제, 문화의 교류는 민족적 긍지감을 더 느끼게 하였다. 하지만 이와 동시에 아무런 정치, 경제, 문화적 권리가 없는 최하층 노무자로서의 뼈저린 한국체험, 특히는 '사기피해 사건', '페스카마호 사건' 등을 통해 많은 조선족 구성원들은 모국과 자기 사이에 엄연히 존재하고 있는 깊은 갭을 실감하게 되면서 중국 국민으로서의 국가신분을 확인하고 국민의식도 새롭게 강화하게 되었다. 그리고 1990년대에 들어서서 중국 국내 혹은 세계 각국의 미지의 땅으로 진출해 그곳에 정착해 사는 조선족 구성원들이 늘어나면서 새로운 정체성이 등장하여 이들의 정체성이 다양화되는 경향을 보여 주었다. 이밖에도 1990년대 말에 이르면 세대 사이에, 그리고 지역 사이(연변 지역과 기타 산재지구)에 정체성이 분리되는 조짐도 나타나기 시작하였다. 요컨대 1990년 이후 조선족 공동체는 호미 바바가 지적한 바와 같이 중국과 모국의 경계를 넘나들면서 사상과 감정의 양가성(兩價性)과 문화의 혼종성(混種性)을 보다 선명하게 드러내고 있다.

이러한 사회 환경의 변화는 조선족의 의식에도 커다란 변화를 가져왔다. 개혁개방 이전은 집단주의, 정신만능의 가치관이 주도하던 시대였다면 개혁개방 이후는 시장경제에 따르는 금전만능의 풍조가 급속도로 확산되면서 개인주의, 물신주의의 가치관 및 이에 따른 도덕관, 인생관, 성별의식, 생활방식도 날로 뚜렷하게 변화되기 시작했다. 이혼율의 급증, 위장결혼의 성행, 그리고 '현지처', 매음, 밀입국, 과소비, 사기와 도박 등의 범람은 조선족 사회의 새로운 풍속도로 되었다. 이리하여 과정을 생략한 '한탕주의'가 성행하기 시작했고 성실성과 근면성을 상실한 대신 퇴폐주의, 향락주의 생활방식이 급속하게 조선족 사회를 좀먹기 시작했다. 말하자면 개혁개방의 다원문화시대를 맞아서 조선족이 갖고 있던 기존의 폐쇄적인 정체성의 기본이 되었던 민족공동체의 기반과 민족의식이 뒤흔들리기 시작했다.

3. 다문화환경과 조선족 문학

1990년대 이후의 다문화환경을 이해하는 것은 이 시기 조선족 문학을 이해하는 또 다른 중요한 전제라고 할 수 있다. 그것은 세계화의 시대를 맞아서 1990년대의 조선족 문학은 중국 문화 환경 이외에도 해외 문화 환경이라는 다문화환경 속에서 생산되고 소비되어 왔기 때문이다. 보다 다원화되고 개방된 사회 환경 속에서 존속해 온 1990년 이후의 조선족 문학은 주변의 여러 계통과 끊임없이 정보교환을 하면서 발전하여 왔는데, 주로는 중국 주류문학과 모국인 한국을 비롯한 외국문학 계통과의 역동적인 상호 교류관계 속에서 변화, 발전하여 왔다.

주지하다시피 1990년대 이후 중국문화는 이른바 '공명(共名)'으로부터 '무명(无名)'의 형태, 즉 일원문화독존의 형태로부터 다원문화공존의 형태로 바뀌기 시작하였다. 무명상태에서 지식인들의 목소리는 각이하고 다양한 개인의 목소리로 변했다. 말하자면 개인적 담론이 허용됨에 따라 지식인들의 계몽적 담론과 탈계몽적 담론 등 여러 가지 다양한 소리들로 한 시대의 다원적이고 풍부한 문화정신의 전일체를 이루게 되었다.

상술한 상황에 걸맞게 1980년대 단선(单线)으로 발전해 오던 문학에도 무주조(无主潮), 무정향(无定向), 무공명(无共名)의 현상이 나타남으로써 여러 가지 문학경향이 동시에 병존하는 다원가치취향을 드러냈다. 이를테면 흔히 국가의 경제적 지원이나 문학상 시상제도에 의

존해 그 가치를 확인하던 이른바 주선율을 선전하는 문학작품, 대중 문화시장의 환영 여부를 성공의 잣대로 삼는 소비형 문학작품, 자기 가 속한 울타리안의 전문가들이나 동일취미를 가진 사람들의 환영 여부로 성공을 가늠하던 순수문학작품 등이다. 이리하여 국가권력의 식형태, 지식인의 현실비판정신의 전통 및 민간문화형태의 삼분천하 (三分天下)의 판도가 보다 확고해졌다. '무명'의 문화 상태는 여러 가 지 시대적 주제를 내포하고 있고, 따라서 상대적으로 다차원이고 복 합적인 문화구조를 이루고 있기에 문학은 비로소 여러 가지 취향을 드러낼 수 있는 자유로운 국면을 형성할 수 있게 되었다.

또한 1990년 이후 한국의 문화는 조선족 문학의 중요한 배경으로 서 무시할 수 없는 작용을 하였다. 개혁개방 이전 조선 문학이 조선 족 문학의 중요한 대외적인 참조계통으로 되었다면 개혁개방 이후에 는 점차 한국문학이 그 자리를 대체하기 시작하였으며, 1992년 중한 수교 이후 한국과의 실질적인 문화교류가 활성화됨에 따라 한국 문 화와 문학은 조선족 문학의 아주 중요한 참조계통으로 부상되었다.

조선족의 삶의 터전은 중국이고 조선족은 정치·경제·문화적인 면 에서 주로 중국의 영향권에 놓여 있기에 한국 문화 및 문화의 영향은 주로는 언어구사, 형식과 기교에서 많이 나타났다. 언어예술로서의 문학에서 어떤 언어를 사용하는가 하는 것은 아주 중요한 문제인데, 1990년 이후 문학어의 사용면에서 조선 일변도의 경향에서 벗어나는 추세를 보이기 시작하였다. 이를테면 김문학 같은 문학인은 "한국어 는 너무 멋있고 세련되고 아름다운 반면 평양이나 조선족의 작품은 그 감탄의 반대쪽이므로 조선족도 서울말을 써야 한다"고 주장한 것 은 이 점을 단적으로 보여 준다.

문학의 교류는 주로는 인원의 교류와 서적, 텔레비전, 방송 같은 대중전파매체를 통하여 이루어지는데 문체, 구성, 기교 등 여러 면에서의 조선족 문학에 대한 한국문학의 영향 역시 주로는 이런 루트를 통하여 이루어졌다. 이를테면 1990년대 이후 조선족 문단의 적잖은 문인들은 한국에서 몇 년씩 체류, 유학, 취직한 경력을 갖고 있으며, 한국의 많은 문인들도 연변을 비롯한 조선족 거주 지역들에서 여행, 체류, 연구, 창작을 위한 현지답사 혹은 조선족 문학인들을 대상으로 문학 강연을 한 경력을 갖고 있다. 이밖에도 중한수교 이후 금서로 되었던 많은 한국문학 관련 서적들이 해금되고 또한 각종 루트를 통해 조선족 문학인들이 손쉽게 얻어서 읽을 수 있게 되었다.

이런 서적들을 통해 조선족 문학인들은 한국문학만이 아니라 구미를 중심으로 하는 외국명작이나 세계문학의 새로운 사조를 접할 수 있는 기회를 갖게 되었다. 이를테면 최룡관은 서구 모더니즘 시문학에 대한 자신의 수용은 주로는 한국어로 된 한국문학서적을 통해 이루어졌음을 말한 적 있다. 구미 현대문학사조의 수용을 놓고 볼 때 중국어나 외국어능력이 그다지 신통치 않은 조선족 문인들에게 있어서 한국문학작품은 거의 유일한 루트라고 할 수 있다. 그러므로 조선족 문인들이 얻은 정보는 결코 신문(新聞)이 아니라 적잖은 경우에 몇 십 년 전 혹은 거의 백 년도 넘는 구문(舊聞), 즉 낡은 정보들이었다. 이런 까닭에 해가 이미 중천에 솟아올랐는데도 늦게 깨어난 이들이 해돋이를 본다고 착각하는 것과 비슷한 해프닝이 조선족 문단에 자주 벌어지는 것은 아주 자연스러운 일이다. 따라서 외국이나 중국 주류문단에 나타난 사조들이나 창작현상들이 조선족 문단에는 몇 년 심지어 몇 십 년 후에야 비로소 나타나거나 성행하게 되는 것 역시 조선족 문학이 갖고 있는 주변성으로 하여 일어나는 것이다.

1990년대 이후 시장경제의 심화와 발전에 따라 경제활동이나 물질문화와는 거리가 먼 문학은 자연히 사회생활의 중심에서 변두리로 밀려나게 되었다. 이런 경제본위, 물질본위의 시대에 있어서 문학은 자연스럽게 많은 난관과 어려움에 봉착하게 되었다. 특히 아주 협소한 문화시장을 갖고 있는 조선족 문학의 경우는 더욱 그러했다. 물론 조선족의 문학생산이 위축되어 침체의 수렁에 빠져들게 된 데는 1990년대에 들어서서 거세차게 불어친 출국바람, 그로 말미암은 인구의 격감 및 독자층의 격감도 중요한 원인으로 작용하였다.

이러한 시장경제의 충격 속에서 1980년대만 해도 국가의 재정지원으로 무난하게 운영되던 ≪아리랑≫, ≪북두성≫, ≪갈매기≫와 같은 문학지는 폐간되고 ≪은하수≫, ≪송화강≫과 같은 문학지는 살아남기 위해 종합지로 변신을 하였다. 순수문학지로 ≪연변문학≫, ≪장백산≫, ≪도라지≫만이 남았고, 그것마저 경제난으로 어렵게 지탱해 오고 있다. 조선족의 출판업 위기설은 1990년대 초반으로부터 언론의 중요한 화제로 떠오르기 시작하였다. 바로 이런 격변 속에서 적잖은 작가들은 조선족 문학의 전도에 대하여 비관적으로 보면서 호구지책을 마련하기 위해 아예 붓을 꺾고 '상해(商海)'에 뛰어들기도 했다.

1990년대 중반에 들어서면서 곤혹과 침체의 늪에서 허우적거리던 작가들이 점차 차분한 분위 속에서 성숙한 모습을 보여 주기 시작하였고 따라서 조선족 문단도 상대적으로 새로운 안정된 국면을 되찾게 되었으며, 조선족의 문학생산도 시장경제시대의 현실에 차츰 적응해 가기 시작하였다. 이리하여 1990년대에 들어서서 조선족 문단에는 그 어느 때보다 많은 작가, 시인, 평론가들이 자기의 작품집을 출간해 오히려 개인 작품집 출판의 성황을 이루기도 했다. 특히 세계화에 편승해 해외에서의 출판기회를 포착하고 자기의 작품들을 해외에서 출판하는 문인들도 나타나기 시작하였다. 이를테면 김학철의 『20세기의 신화』(1996), 『격정시대』(1988), 『최후의 분대장』(1993), 『누구와 더불어 지난날의 꿈을 이야기하라』(1994)이나 정판룡의 자서전『내가 살아온 중화인민공화국』(1994), 허련순의 장편소설『누가 나비의 집을 보았을까』(2005), 리혜선의 보고문학『코리언 드림: 그 위기와 희망의 보도서』, 그리고 김학송의 10여 권의 시집 등은 바로 이 시기에 한국에서 출판되었다.

조선족 문단의 문학상은 작가들의 창작의욕을 자극하여 보다 훌륭한 작품을 쓰도록 고무, 격려하는 중요한 기제로서 개혁개방 초기로부터 줄곧 시행되어 왔다. 1980년대까지만 해도 조선족 문단의 문학상은 많지도 않았거니와 주로는 정부나 출판사, 잡지사들에서 자금을 대는 방식으로 운영되었다. 하지만 1990년 이후 해외의 독지가들에 의해 적잖은 자금이 지원되어 다양한 문학상들이 생겨났다. 하지만 일부를 제외하고 대부분 문학상은 단기성을 면치 못하고 있으며 따라서 문학상은 장기성, 권위성, 공정성 문제에서 늘 많은 시비들이 생겨나기도 하여 때로는 문단을 시끌벅적하게 만들기도 했다. 비록 조선족 문단의 문학상에 일부 문제가 있다고 해도 1990년대 이후의 각종 문학상들은 문학창작을 자극하는 중요한 기제로 작용해 왔음을 부인할 수 없다. 요컨대 1990년대 이후의 조선족 문학의 내부조건은 비록 외부환경의 변화로 인해 적잖게 위축되거나 어려워졌지만 동시에 많은 새로운 유리한 외부환경 요소들도 나타나서 생존을 담보해주고 있다.

4. 전환기 조선족 문학의 창작주체와 창작상황

1990년 이후 시·소설·산문·평론이 풍성한 성과를 거두었고 극문학은 상대적으로 위축되었다.

1) 시문학

1980년대 시단에서 활약했던 시인들이 1990년대에도 의연히 왕성한 창작활동을 하면서 계속 중견역할을 했고 그 외에도 조광명, 윤청남, 김영건, 림금산, 박설매, 리옥순, 윤영애, 김영춘, 허련화 등 젊은 시인들이 두각을 나타내기 시작했다. 1990년대에 시가 모두 1만여 수 발표되었고 시집이 46종 출판되었는데, 그 중 개인 시집이 40여 종이다. 2000년에 들어선 후 더욱 많은 시집이 출간되었는데, 이를테면 한국학술정보(주)에서만 해도 100권 이상에 달하는 조선족시인들의 시집을 출판했다.

2) 소설문학

1980년대 활약했던 소설가들이 1990년대에 들어와서도 의연히 왕성한 창작활동을 하면서 계속 중견역할을 했고 그 외에도 최국철, 김혁, 리동렬, 장혜영, 강재희, 류순호, 손룡호, 량춘식, 정형섭, 김영자, 박옥남, 리진화, 박초란, 김금희 등 수많은 신인들이 두각을 나타내기 시작했을 뿐만 아니라 소설 창작의 주력군으로 되었다. 1990년대 이후 단편소설 2,000여 편, 중편소설 260여 편, 장편소설 30여 부, 개인 작품집 60여 종, 종합작품집 40여 종 발표, 출간되었다. 2000년 이후에도 많은 장편소설, 중단편소설집이 출간되어 소설 창작의 풍성한 성과를 떠올렸다.

3) 극문학

1990년 이후 극단의 운영과 일정한 양의 관객의 확보를 존재의 전제로 하는 조선족 극문학은 해외진출 등으로 인한 인구의 격감, 대중오락의 흥성, 영화와 TV드라마의 충격, 시장경제에 따른 극단 운영에서의 경제난 등 여러 가지 복합적인 원인으로 하여 점차 위축되면서 불황을 초래하였다.

4) 산문문학

1990년대 이후 김학철, 정판룡 등 원로작가들에 의한 산문창작이 계속됨과 동시에 장정일, 황유복, 최균선, 김관웅, 김호웅, 서영빈, 류연산, 우상렬, 김경훈, 김문학, 리선희, 리화숙, 최순희, 양은희 등 중견 수필가들이 전반 산문분야를 이끌어 가고 있으며 리영애, 신영애, 리경자, 오설추, 김점순, 남영도 등 많은 신인들이 수필문단에 두각을 드러냈다. 1990년대 이래 산문은 극문학 같은 다른 장르에 비해 개화기와 성숙기를 맞이했다. 수필, 잡문, 실화, 전기, 보고문학, 실기, 역사산문 등 다양한 양식의 산문들이 대량 창작되면서 풍성한 성과를 거두었고 개인수필집도 수십 종 출간되었다. 특히 1980년대부터 창작되어 1990년대에 이르러 더욱 성숙된 모습으로 나타난 김학철의 잡문은 조선족 문학에 대한 일대 공헌이라고 할 수 있다. 이밖에도 이 시기에는 김문학, 류연산, 김관웅, 김호웅, 우상렬, 김광림 등에 의해 중한일 3국 문화의 비교에 초점을 맞추거나 우리민족의 역사, 문화를 소재로 하는 역사산문, 문화 산문이 모습을 드러내기 시작했다.

5) 문학비평과 문학연구

1990년대 이래 조선족 문학비평은 다른 분야와 마찬가지로 커다란 성장을 하여 왔다. 정판룡, 권철, 조성일, 임범송, 박충록, 임윤덕, 최삼룡, 전국권, 현동언, 장정일, 김봉웅, 김해룡, 김월성, 전성호, 림연, 조일남, 김성호 등 1980년대부터 활약했던 기성 비평가들이 계속 활발한 평론활동을 진행했다. 특히 연변대학, 중앙민족대학 및 한국의 여러 대학들에서 문학박사학위를 받은 김병민, 김관웅, 김호웅, 오상순, 채미화, 윤윤진, 장춘식, 서영빈, 우상렬, 김경훈, 강옥, 리해영, 김홍매 등 학원파 비평가들이 1990년 이후 속속 등장함으로써 더욱 활기를 띠게 되었다.

1990년대 여성의식의 각성과 함께 1980년대 중반부터 여성작가들은 자신의 생활세계에 눈을 돌리기 시작하였다. 특히 1990년 이후 여성의 사회진출의 확대와 사회적 역할의 증대로 인한 여성위상의 향상에 힘입어 조선족 문단의 여성 문인들은 남성 중심사회에서의 여성의 운명과 생존상황에 대해 주체적 사고를 하기 시작했으며, 이에 기초하여 많은 수준 높은 작품을 산출함으로써 각종 문학상시상식에서는 말 그대로 '여자가 남자에게 양보하지 않는(巾幗不讓步須眉)' 진풍경을 창출하였다. 물론 평론 같은 특정된 문학 분야에 있어서의 여성의 진출은 아직 미흡하지만 시, 소설, 산문, TV드라마 등 여러 분야에서의 여성문학인들의 활약상은 대단하다. 오늘날의 시점에서 볼 때 여성문학은 분명 전반 조선족 문학의 절반 천하를 차지하고 있다.

5. 전환기 조선족 문학의 주제경향, 창작방법과 예술형식의 변화와 실험

　주제적 경향의 측면에서 전환기 조선족 문학의 전반 흐름을 거시적으로 살펴본다면 아래와 같은 여러 가지 부동한 주제적 경향들이 병존하는 다원적인 전개양상을 보여 주고 있다.

　1) 계몽적 주제경향 혹은 "민족적사실주의"[2] 성향을 지닌 작품들이다. 이 경우, 민족의 현실을 정시하고 민족적 위기를 극복하기 위한 다양한 민족 구성원들의 몸짓을 구체적으로 형상하고 있다. 김학철의 일련의 수필, 잡문이 가장 대표적이다. 이밖에도 소설에서는 최홍일의 『흑색의 태양』, 김훈의 『또 하나의 '나'』, 최국철의 『제5의 계절』, 리원길의 『직녀야, 니나 내려다구』, 박옥남의 『둥지』, 량춘식의 『달도』, 정형섭의 『기러기문신』, 손룡호의 『울부짖는 성』, 강재희의 『탈곡』과 같은 작품을 들 수 있고, 시에서는 석화의 조시 『연변』 같은 시작들을 들 수 있다. 이 계열의 작품들은 전환기의 빈부격차와 지역격차 그리고 조선족의 실존상황에 초점을 맞추어 소외계층의 울분을 대변하고 조선족 공동체의 위기상황을 여실하게 재현하며 그들의 끈질긴 생명력을 노래함으로써 수많은 독자들의 공감을 불러일으켰다.[3]

　1990년 이후의 조선족 문학은 중국 주류문학의 이런 무명상황 속의 자유로운 문학 환경에 편승하여 다양한 문학작품을 산출하였고 독특하고 개성 있는 문학적 탐구를 할 수 있었다. 따라서 적잖은 특

---

2) 김관웅, 「민족적사실주의 길로 나가는 김응룡시인」, ≪연변문학≫, 2007년 8월호.
3) 김호웅, 「전환기 조선족 문학의 주제학적 고찰」, 『중국조선족우수단편소설집』, 연변인민출판사, 2010, 711~732쪽.

이한 문학현상들을 파생시킬 수 있었다. 이를테면 김학철 같은 작가들은 현실성, 전투성, 비판성을 지닌 노신(魯迅) 이래의 계몽문학전통을 계승하여 조선족의 삶의 현장에 튼튼히 발을 붙이고 정신적 방황상태에 있는 조선족 사회를 향해 "계몽, 그리고 호소"하는 계몽문학의 주제를 계속 고수하기도 하였고, 정세봉의 중편소설 「볼쉐비크의 이미지」, 박선석의 장편소설『쓴웃음』,『재해』등은 1980년대 반성문학의 연장선에서 정치운동, 계급투쟁이 초래한 인권에 대한 유린과 문화에 대한 파괴 등 시대적 비극을 재현하면서 정치공명(共名)시대의 극좌노선이 몰고 온 사회적인 대재난을 폭로, 비판하는 작업을 계속하였으며, 리원길 같은 소설가들은 1980년대 개혁문학의 계보를 이어서 장편소설『땅의 자식들』등을 통해 '시대의 서기관'처럼 개혁개방이라는 이 격동기에 처한 조선족 농민들의 삶의 현실을 재현하기도 하였으며, 허련순의『바람꽃』같은 소설은 한국바람에 흔들리고 있는 조선족 공동체의 현실을 보여 주면서 민족적 정체성에 대해 깊이 있는 사색을 하기도 하였다. 또한 김재국의『한국은 없다』, 김혁의『천국의 꿈에는 색조가 없다』같은 실화문학작품들은 해외진출과정에서 겪게 된 조선족의 아픔과 고통을 세상에 알림으로써 강한 현실성과 참여정신을 보여 주었다. 이와는 달리 최룡관, 김파 등 시인들은 또 개혁개방의 열린사회 환경에 편승하여 구미 모더니즘, 포스트모더니즘을 수용하면서 조선족의 삶의 현실과는 오불관언(吾不关焉)이라는 '순문학'의 기치를 들고 주로 시의 형식과 기교면에서 탐구와 실험을 하기도 하였는데 이들은 선명한 탈정치, 탈이데올로기, 탈계몽적인 성향을 보여 주었다. 그리고 혹자는 초미의 현실문제나 집단의식과는 별로 연관성이 없는 개인의 무의식세계를 파헤치거나(리혜선의 장편소설『빨간 그림자』의 경우), 인류의 항구한 모성애(허련순의 중편소설 「우주의 자궁」의 경우)를 예찬하거나, 민족문화의 뿌리를 추적(남영전의 토템시의 경우)하거나, 인간실존의 허무와 무의미(우광훈의 중편소설「가람 넌느지 마소」의 경우)를 보여 주거나, 인간과 자연의 관계에 착안한 생태시(김학송, 최룡관의 1990년대 이후의 적잖은 시작의 경우)를 시도하거나, 서구 낭만주의의 문명비판의 주제를 반복하기도 하였다. 이와 같은 문학의 다원적인 전개양상은 조선족 문학사에서 전례 없는 현상이었다. 그야말로 문자 그대로 '백화제방(百花齊放)'의 백화원(百花園) 같은 문학풍경이 나타났다.

2) 1990년대 이후 중국주류문단의 많은 작가들이 공동의 사회이상으로부터 개인적 서사입장으로 전향함으로써 개인적 담론, 개인적 표현을 지향한 문학작품들이 쏟아져 나오게 되었다. 즉, 중국의 작가, 시인들은 가급적이면 서로 부동한 방식으로 자기 자신이 체험한 시대정신을 재현하거나 표현하려고 노력했다. 이러한 특점은 조선족 작가나 시인들 속에서도 나타나고 있다. 이를테면 최홍일 같은 작가는『눈물 젖은 두만강』(1993) 같은 장편소설에서 김학철, 리근전 같은 기성작가들이『해란강아 말하라』(1953),『고난의 년대』(1983) 등 장편소설에서 이미 다루었던 조선족의 이민사, 투쟁사를 소재로 다루면서도 이 한 단락의 역사의 기억을 자기 나름대로 재구성하여 재현하려고 노력하였는데 비교적 선명한 개인적 서사입장을 보여 주었다.

시대적 공명(共名)의 소실로 하여 자아에 직면하게 된 작가들이 개인의 심리공간을 개척하는 글쓰기 실험에 착수하게 된 것은 아주 자연스러운 귀결이라고 할 수 있다. 1990년 이후 중국주류문단에서의 이러한 심리주의 창작경향은 조선족 문학에도 많은 계시를 주었다. 이를테면 리혜선의 장편소설『빨간 그림자』는 무의식의 세계를 제시하려고 노력한 작품으로서 조선족 소설문학에 있어서 심리주의소설의 개척성적인 작품이라고 할 수 있으며, 김혁의 장편소설『마마꽃

음달에서 피다』는 작가 자신의 특이한 성장과정과 개성적인 심리적 여정이 다분하게 투영되어 있는 작품으로서 개인의 심리공간을 개척하기 위한 노력이 엿보이는 작품이라고 할 수 있다.

3) 탈정치, 탈이념적 성향 그리고 이미지의 조합이나 문체, 형식미에 탐닉하는 순수문학 혹은 탐미주의 성향이다. 일부 작가나 시인들은 기존의 정치적 이데올로기나 통념에서 벗어나 탈이데올로기, 탈정치적 경향을 보이면서 생명본체의 욕구나 세속적인 삶에 의미를 부여했다. 그들은 십자가를 짊어진 하느님도, 민중을 이끄는 정신적 스승이 아니라 오곡잡량(五穀雜糧)을 먹고 섹스하면서 살아가는 세속적인 인간이다. 이러한 주제적경향의 효시(嚆矢) 또는 대표적인 작품들로는 1990년대 초반에 발표한 정세봉의 『빨간 '크레용 태양'』, 『태양은 동토대의 먼 하늘에』, 『엄마는 교회에 가요』와 같은 작품을 들 수 있다. 이러한 작품들에서 정세봉은 신(神)의 부재, 가치관의 혼란, 신앙과 희망을 상실한 현대인간의 비애를 다루고 있다.[4] 이는 선행시기의 조선족 문학에서는 찾아 볼 수 없었던 새로운 주제적 경향으로서 이 시기 문학의 가장 큰 특징이라고 볼 수 있다. 이러한 경향을 가장 잘 보여 준 사례로는 또 최룡관, 김파, 김성종 등 시인들의 일련의 실험 시들을 들 수 있다.

4) 민족이나 개인의 정체성에 관한 문제를 다룬 디아스포라문학의 성향이다. 김재국의 장편수기 「한국은 없다」는 작자의 진실한 체험과 아픔을 통하여 민족 정체성의 문제를 처음으로 한·중 언론매체에 전면으로 부각시킨 작품이라면, 허련순의 장편소설 『바람꽃』, 『누가

---

4) 김호웅, 「정세봉과 그의 문학세계」, 『인생과 문학의 진실을 찾아서』, 요녕민족출판사, 2003, 357~373쪽.

나비의 집을 보았을까』와 조성희의 단편소설 「동년」, 석화의 조시 「연변」, 김호웅의 평론 「중국조선족과 디아스포라」, 「근대에 대한 성찰과 조선족 문학의 주제」 등은 민족 정체성의 문제를 다룬 대표작들이다.

5) 여성의 인간적인 자각, 그리고 자존, 자강, 자애의 여성형상을 부각하면서 남성 중심주의를 향해 화살을 날린 여성주의 성향이다. 허련순의 단편소설 「하수구에 돌을 던져라」, 「우주의 자궁」, 김영자의 「섭리」 등이 그 대표작이라고 할 수 있다.

6) 당시의 현실 속에서가 아니라 역사 속에서 민족문화의 뿌리나 민족문화전통을 확인하려 하는 역사 문화적 성향이다. 그 대표적 작가와 작품으로는 남영전의 토템 시나 최홍일, 최국철 등의 이민사를 소재로 다룬 작품들이다.

7) 인간과 자연의 공존공생의 관계에 주목하는 생태주의 성향이다. 국제교류의 활성화로 생태주의 문학사조도 1990년대 말부터 조선족 문단에 수용되기 시작하여 생태주의문학이 태동하기 시작했다. 이 계열의 대표작으로는 김학송의 『20세기의 마지막 밤』, 김관웅의 단편소설 「산신령과의 대화」, 최룡관 등의 생태주의 시들을 들 수 있다.

전환기 조선족 문학에서의 사실주의 창작방법은 여전히 주도적인 지위를 차지하지만 이를 두 가지로 나누어 볼 수 있다.

첫째는 계몽주제를 담은 현실적, 비판적, 전투적인 사실주의로서 노신 이래의 계몽적, 비판적 사실주의전통을 계승한 것이다. 김학철은 생애의 마지막까지 이런 사실주의를 주장했고 또한 실천했다. 이런 창작경향을 대표한 작가들로는 김학철, 리상각, 조룡남, 리원길, 박선석, 정세봉, 허련순, 최홍일, 박옥남 등을 들 수 있다.

둘째는 탈정치, 탈이데올로기적 신사실주의이다. 1980년대 이래 이미 전통적인 '사회주의적 사실주의'나 '혁명적 낭만주의와 혁명적 사실주의를 결합한 창작방법'의 구속에서 완전히 풀려났을 뿐만 아니라 당시의 특수한 시대적 상황으로 말미암아 '5.4' 이래 노신 식의 현실 참여적, 전투적, 비판적 사실주의를 거부한 것이 바로 신사실소설(新写实小说)이다. 중국 주류문단에서 성행하였던 탈정치권력, 탈이데올로기적 성향이 아주 짙었던 신사실소설(新写实小说), 신력사소설(新历史小说)이 조선족 문학에 미친 영향이 가장 컸다고 할 수 있다. 신사실소설의 영향은 조선 문단의 대부분 소설가들이 받았지만 우광훈, 리혜선, 김혁 등이 가장 대표적이다.

이 시기 조선족 문학에서는 모더니즘적 요소를 적극 수용하고 있다. 모더니즘의 다양한 수용은 이 시기의 창작방법, 예술형식 변화에서의 중요한 현상이다. 즉, 1990년대는 여전히 사실주의를 주축으로 하면서도 모더니즘의 여러 요소들이 많은 작가나 시인들에 의해 정도부동하게 수용되었다. 말하자면 다의적인 이미지창조, 주제의 다의성, 구성의 다층차성, 서술시점의 다원성, 표현수법의 다양화 등으로 모더니즘적 요소는 동시다발, 다원공존의 양상을 드러냈다. 모더니즘적 요소의 수용에서 가장 대표적인 작가나 시인으로는 한춘, 최룡관, 리혜선, 우광훈, 김혁, 김성종, 조광명 등을 들 수 있다.

또 이 시기의 창작방법의 측면에서 볼 때 아주 분명한 혼성성(混成性)의 양상을 띠고 있다. 즉, 전반 문단의 상황을 거시적인 각도에서 볼 때 사실주의와 모더니즘은 상호 침투, 상호 작용의 양상을 보여주고 있다. 미시적으로 본다면 적잖은 작가나 시인들의 경우에도 사실주의와 모더니즘의 상호 침투, 상호 작용의 혼성성을 띠고 있다.

이를테면 사실주의 창작방법에는 일부 모더니즘적 요소도 가미되어 있는데, 1990년 이후의 사실주의는 사회, 문화, 가족, 개인, 여성, 심리 등으로 그 시야가 전례 없이 넓어졌으며 따라서 그 종류도 이른바 생존사실주의, 체험사실주의, 심리사실주의 등으로 다양화되었다.

6. 맺음말

이 글에서는 전환기 조선족 사회의 구조적 변화와 한국을 비롯한 외국의 영향으로 말미암은 다원문화의 환경에 대해 살펴본 기초 위에서 조선족 문학의 창작주체의 변화와 창작상황, 조선족 문학의 주제경향, 창작방법과 예술형식의 변화와 실험에 대해 윤곽적으로 살펴보았다.

여기서 조선족 문학의 한문창작과 중국주류문단에의 진출에 대해 논의함으로써 결론을 대신하고자 한다.

중국 조선족은 재일조선인문학이나 재미한국인문학과는 달리 100여 년간 주로 자기 말과 글로 문학창작을 견지함으로써 민족문화의 정체성을 올곧게 지켜왔다. 이는 물론 조선족문인들의 긍지이며 자랑이다. 하지만 조선족 문학은 모어창작(母語創作)을 주축으로 하는 민족문학을 견지해 온 대가로 중국 주류문단에서는 거의 외면되고 있으며 여전히 주변부적 위치에 처해 있다. 조선족 문학에 대해 중국의 주류문단 내지 독자들은 거의 모르고 있는 실정이다. 중국의 주류문학과 조선족 문학은 "서로 아는 사이인 것 같지만 또한 서로 낯선 사이"로 되고 있다. 조선족 문학은 오랫동안 자기의 좁은 생활공간, 문학공간에 갇혀 살아왔다. 만일 이런 상황이 지속된다면 조선족 문학은 중국에서 자멸을 자초할 수밖에 없다. 중국에 있어서의 조선족 문학의 이러한 위기상황을 두고 김관웅은 '학철지부(涸轍之鮒)', 즉 '수레바퀴자국에 고인 물에 갇혀 있는 붕어'와 같다고 갈파한 바 있다.

조선족 문학은 반드시 위기상황에서 벗어날 수 있는 출구전략(出口戰略)을 내놓아야 한다. 조선족이 출구전략에는 세 가지가 있을 수 있다. 첫째는 우리 모어창작의 질을 높여 한국문단에 진출하는 것이고, 둘째는 모어로 창작한 우수한 작품을 번역해 중국에 널리 알리는 것이며, 셋째는 조선족의 한어창작대오를 우리 조선족 문단에 망라시킴으로써 조선족 문학의 구조개혁을 시도하는 것이다.

모어창작과 한어창작이란 쌍궤운행(雙軌運行)은 이민초기의 조선족 문학에 나타났다가 해방 후에 점차 모어창작이란 단일 궤도의 운행으로 바꿔졌다. 그러다가 1980년대, 특히 세기교차기에 다시 나타나기 시작했다. 1980년대 '중국 록음악의 아버지'로 불린 최건(崔健, 1961~)이 있기는 했지만, 세기교체기에 한문창작을 통해 조선족 문학의 이미지를 크게 개선한 남영전(南永前, 1948~), 김인순(金仁順, 1970~), 장률(張律, 1962~) 등 조선족 시인, 작가, 영화인들이 나타났다. 아직은 개별적인 현상이지만 그 영향력을 대단하다. 특히 중국 주류문단에 있어서의 김인순의 위상은 다른 조선족 작가들의 추종을 불허한다. 그러므로 중국 조선족 문학이 한국문학, 중국 주류문학과 소통하기에 앞서 조선족 문학 내부에서 모어창작과 한어창작이 서로 소통해야 한다.

참고문헌

김호웅, 「전환기 중국조선족소설의 주제학적 연구」, 『중국조선족우수단편소설집』,
　　　연변인민출판사, 2010, 711~732쪽.

김춘선 등, 『중국조선족통사』, 연변인민출판사, 2009.

북경대학조선문화연구소, 『중국조선민족문화사대계(문학사)』 2, 민족출판사, 2006.

오상순 등, 『중국조선족 문학사』, 민족출판사, 2007.

전성호 등, 『중국조선족 문학비평사』, 민족출판사, 2007.

조성일·김호웅, 『중국조선족 문학통사』(상, 하), 연변인민출판사, 2011~2012.

조성일·권철, 『중국조선족 문학사』, 연변인민출판사, 1990.

중국 조선족 문학과 중국어 창작※

: 리근전의 중국어 창작과 번역 발표를 중심으로

이해영

(중국해양대학교)

1. 중국 조선족 문학의 현재

중국 조선족 문학은 그동안 많이는 한국문학의 범주에서, 해외 한 민족문학의 한 갈래로 논의되어 왔으며 그의 다른 한 중요한 의미 범주인 중국 내 소수민족 문학이라는 측면은 상당 부분 외면되어 왔 다. 일부에서 혹 중국 조선족 문학과 한족 문학과의 관계를 비교적 측면에서 검토하기도 하였지만 그러한 연구는 어디까지나 매우 제한 적으로 이루어져 왔으며 그러한 연구 역시 결과적으로는 중국 조선 족 문학을 중국 내 소수민족 문학으로보다는 해외 한민족문학의 한 갈래로 바라보았다. 중국 조선족 문학의 특수성 내지 이중성의 한 측면으로 중국 내 소수민족 문학이라는 측면이 강조되기도 하였지만 그것은 중국 조선족 문학이 중국의 정치, 사회, 문화적 환경으로부터

※ 이 글은『한중인문학연구』34집(2011)에 게재되었던 것을 수정·보완하였다.

결코 자유로울 수 없음을 지적하는 데 그치고 있다.

　이러한 조선족 문학에 대한 편향된 연구는 우리에게 왜서 조선족 문학이 중국의 소수민족 문학이면서도 정작 중국학계에서 철저히 외면당해 왔는지, 왜서 조선족의 작가 중에는 만족, 티베트족, 회족, 몽고족, 묘족, 어원커족 및 기타 소수민족의 작가들처럼 전국적인 문명을 획득한 국가적 수준의 작가가 배출되지 못했는지, 왜서 조선족의 작품 중에는 회족 작가 곽달(霍达)의「穆斯林的葬礼」와 같은 명작이 배출되지 못했는지에 대한 문제제기를 하고 있다. 이는 조선족의 교육수준이 중국 내 소수민족 중에서 앞자리를 차지하며 몽고족이나 장족 등 소수민족을 초월하고 있는 것과는 매우 대조적이다. 중국 조선족 문학은 해외 한민족문학의 측면에서는 조선 문학, 한국문학과 더불어 세계조선어문학권의 3대 산맥을 이룬다[1]고 평가 받는 것과는 달리 중국문학 속에서는 같은 소수민족 문학으로서 티베트족이나 몽고족, 회족, 묘족 문학의 위상에 훨씬 미치지 못하며 변두리 위치에 처해 있다. 중국 주류문단과 조선족 문단의 관계는 그러므로 조선족 문단이 비록 중국 작가협회 연변분회의 형식으로 소속관계에 있으나 상대적으로 매우 느슨한 편이며 조선족 문단이 중국의 문예정책의 이행과 같은 정치, 사회적 변화에 대해 중국 주류문단을 통해 수용하고 중국 문단의 대표적 작품을 수용할 뿐, 조선족 문학작품은 중국 문단의 관심과 이목을 전혀 끌지 못하고 아무런 영향력도 행사하지 못하고 있다. 그 가장 중요한 원인은 중국 조선족 문학이 중국을 창작환경으로 하면서도 중국의 통용문자인 중국어가 아닌 한국어 내지 조선어로 씌어졌으며 극히 적은 단 몇 편의 작품만이 특별한 수요에 의해 중국어로 번역되었기 때문이

---

1) 조성일,「세계조선어문학권에서의 중국조선족 문학의 위상」,『조선족 문학 개관』, 연변교육출판사, 2003, 147쪽.

다. 중국 조선족 문단에서 중국어로 창작을 하는 작가들은 어디까지나 "개별적"이며 이들은 "중국 조선족 문학의 주된 흐름을 이루지 못하고 있다".2) 이는 중국 조선족이 중국 공산당의 소수민족 정책에 의해 중화인민공화국의 건국 초기부터 연변에 조선족자치주를 설립하고 민족교육과 문학을 발전시켰기 때문이다. 그러므로 여태까지 중국 조선족 문학에서 중국어 창작의 문제는 러시아 고려인 문학, 재일동포문학 등 기타 해외민족문학에서 민족어 창작이냐 거주국 언어 창작이냐의 문제처럼 심각하게 표면화되거나 거론되지 않았다.

그러나 개혁개방과 시장경제의 충격으로 인한 조선족의 민족 집거지의 해체에 따른 생존환경의 변화와 창작환경의 변화, 그리고 중국 문학 속에서 조선족 문학의 위상 정립의 요구 등으로 하여 중국 조선족 문학에서 중국어 창작의 문제는 더는 간과할 수 없게 되었으며 필연적으로 중대한 논쟁적 문제로 떠오를 수밖에 없었다. 이러한 맥락에서 중국 조선족의 제1세대 작가이자 주로 중국어로 창작하였고 발표는 번역하여 한국어(조선어)로 하였던 리근전의 중국어 창작과 번역 발표의 의미에 대해 상세히 논의하고 구명하는 것은 그러므로 변화된 환경에서 중국 조선족 문학의 발전을 위한 중대한 모색으로 된다.

---

2) 김관웅, 「중국조선족 문학의 력사적사명과 당면한 문제 및 그 해결책」, 국제고려학회 문학부회, 연변대학 조선언어문학학부 편, 『조선민족문학연구』, 흑룡강조선민족출판사, 1999, 88쪽.

2. 중국어 창작의 의미

중국 조선족 문학에서 중국어 창작의 의미를 논의할 때 반드시 짚고 넘어가야 할 점은 그것이 이중어 글쓰기의 한 형식인가, 즉 조선어, 중국어로의 창작이 모두 가능한 작가가 외적인 상황의 개입이나 혹은 자유의지에 의해 그 중의 한 언어를 선택한 경우인가, 작가의 제1언어로서 중국어 창작인가, 전적으로 작가의 언어 선택의 문제인가, 외적 상황의 개입에 의한 것인가 하는 것들이다. 이는 작품의 구상과 실제 창작 시의 언어가 일치한가 일치하지 않은가 하는 문제와도 연결된다. 다시 말하면 작가의 구어와 문어의 일치와 불일치의 문제와도 연결된다. 이는 기타 해외민족문학에도 동일하게 적용되는 전제이다.

작가 리근전이 우리말보다 한어에 더 익숙하고 그의 작품의 대부분이 한어로 창작되었음은 이미 알고 있는 사실이다. 그의 두 편의 장편소설『범바위』와『고난의 년대』역시 한어로 창작된 후, 역자에 의해 번역된 것이다. 강정일은 리근전에 대한 추모문「손에서 붓을 놓지 않은 작가」에서 다음과 같이 증언하고 있다.

정작 편집에 착수하고 보니 걸리는 문제도 많았다. 우선 문학은 언어예술인만큼 작품의 제 분야에 거쳐 세련된 언어로 일관되어야 하겠음에도 불구하고『범바위』는 그렇지 못하였다. 세인이 거의 알다싶이 리근전선생은 조선말보담 한어에 능한 분이었다. 그러므로『범바위』이전의 그의 작품 거의가 한어로 씌여진것이였으며 또 그것으로 문단에 오른것도 사실이다.『범바위』도 한어로 집필된 것이다. 그것을 어느 역자에게 부탁해서 우리 말로 번역한 것이 분명했다… 리근전 선생은『범바위』원작이 한어문이였음은 승인했으나 누가 번역했는가 하는 나의 물음에는 시종 대답하지 않았다. 그러므로 지금까지도 나는 그 역자를 누군지 모르고 있다.

(…중략…)

70년대의 말께라 생각된다. 그때 연길 북산가 언덕밑에 자리잡고있는 우리 집을 리근전선생이 아들을 앞세우고 찾아왔다. 어디서 어떻게 알고 찾아왔는지 무등 반갑기만 하였다. 그날밤 그는 처음으로 장편소설『고난의 년대』의 구상을 털어놓았다. 우리는 밤이 깊도록 진지하게 소감을 주고 받았다.

이것을 계기로 그후 우리는 자주 상종하게 되였는데 지어 집필과정에서 그는 종종 나를 찾군 하였다.

80년대초엽에 드디어『고난의 년대』상집의 초고가 탈고되자 리근전선생은 나더러 역자를 담당해달라고 청을 들었다 (…중략…) 사양, 사양하다가 나중에는 하는수없이 출판사 지도부의 동의를 얻고 마침내 역자담당을 응낙하고말았다.[3]

위의 인용문 중 한어(汉语)란 중국어를 가리키는 것이다. 이 증언은 리근전이 조선말보다 중국어에 능하며 대부분의 작품이 중국어로 창작된 것이고 중국어 창작에 의해 그가 문단에 등단했음을 보여 준다. 그리고 그의 두 편의 장편소설『범바위』와『고난의 년대』모두 중국어로 창작되었으며 작가의 의도에 의해 우리말로 번역 발표되었음을 알 수 있다. 또한 증언은 리근전이『범바위』원작이 중국어로 창작된 것이고 역자에 의해 우리말로 번역 발표된 것임을 공식적으로 밝히기 꺼려함을 보여 준다.

여기서 주목해야 할 점은 리근전이 조선말보다 중국어에 능하다는 부분이다. 리근전이 조선말에 어느 정도 서투른지, 아예 조선말로 창

---

3) 강정일, 「손에서 붓을 놓지 않은 작가」, ≪장백산≫, 1997년 6월호, 14~15쪽.

작을 할 수 없는 것인지, 그리고 중국어에 어느 정도 능한지, 어떤 도경을 통하여 언어, 문자를 습득하였으며 초기 습작기의 언어는 어느 언어인지, 발표작은 어느 언어인지, 또한 말하기와 쓰기 언어가 하나로 통일되어 모두 중국어를 제1언어로 하는 것인지 하는 부분들에 대한 면밀한 검토가 요구된다. 여기에 대해서는 리근전의 동시대나 후배 문단인들의 증언도 있지만 그 자신이 다음과 같이 말해놓고 있어 알아내기가 어렵지 않다.

> 사회에서 저를 작가라고 하는데 걸어온 길을 돌이켜보면 우연한것임을 생각하게 됩니다. 어린시절, 그러니까 위만때 우리 가정은 몹시 빈한하여 아이들이 학교 다닐 형편이 못됐지요. 그중 제가 학교에 다녔는데 복식반을 꾸리는 농촌소학교에서 전부 일본말로 6년을 배웠습니다. 조선글을 1년밖에 못배우고 한족마을에서 살다나니 한어말은 잘했으나 글을 몰랐지요. 그러다가 해방맞아 혁명에 참가하여 문자를 좀 장악하게 되자 우리 조선족인민들이 당의 령도밑에 새사회를 건설하는 나라의 주인으로 되여 날따라 부유해지는 참신한 새모습을 보고느끼고 하게 되니 자연 무엇으로 이러한것들을 표달해보려는 충동을 받게 됩니다. 이렇게 돼서 쓰게 된 것이 통신같은것들인데 아마 이것이 그후 창작의 첫 계기랄까요. 그리고 저희 어머니가 이야기를 잘하셨는데 〈심청전〉, 〈춘향전〉, 〈량산백과 축영대〉, 〈사씨남정기〉 등 하여튼 많은 이야기들을 들려주셨습니다. 이 영향도 매우 컸지요.[4]

위의 인용문에서 보다시피 리근전은 1년밖에 조선글을 배우지 않았고 한어로 말하기가 더 편하다고 고백하는데 이것은 그에게 있어

---

4) 리근전·김경훈 대담, 「력사를 통한 민족의 넋을」, ≪문학과 예술≫, 1985년 3월호, 70쪽.

서 '제1언어', '최선의 언어', '가장 자연스러운 말'이 중국어임을 의미한다. 다시 인용문의 말미에서 "그러다가 해방맞아 혁명에 참가하여 문자를 좀 장악하게 되자"고 고백하는데 이때 장악한 문자가 한어인지 조선어인지 밝히지 않고 있다. 리근전은 "혁명에 참가하여 문자를 좀 장악하자" 문학적 충동을 느껴 통신 등 글쓰기를 시작하는데 그러므로 이때 장악한 문자가 리근전에게는 문학창작의 제1언어, 즉 최선의 언어일 것임은 물론이다. 리근전은 해방을 맞아 의용련, 무장공작대, 토지개혁공작대에 참가하며 후에는 길림시에서 당무사업에 종사한다. 이러한 일련의 경력은 리근전이 부대에서 문자를 장악했음을 보여 준다. 부대에서 장악한 문자란 두말할 것도 없이 한어이다. 그의 처녀작 「사소한 문제(小问题)」 역시 중국어로 창작되어 중국어 잡지 ≪동북문예≫에 발표되었다.[5] 리근전에게 있어서 중국어는 제1언어로 이미 모국어의 위치에 있는 것이며 그는 작품의 구상과 창작 모두를 중국어로 진행한다. 그러므로 리근전의 중국어 창작은 엄격한 의미에서 이중어 글쓰기가 아니며 단일 언어의 창작이다. 이는 일제말기, 일본어 글쓰기에 대한 논쟁을 두고 구카프 서기장 임화가 제기한 표현 원본주의와 동일선상에 놓여 있다.

임화는 「말을 의식한다」(≪京城日報≫, 1939.8, 16~20면)에서 그의 표현 원본주의를 내세우고 있다. 표현원본주의 내용은 대체로 다음과 같다. 작가란 어떤 경우에도 최선의 언어를 사용한다는 것, 따라서 '좋은 말'이란 자기가 표현하기에 알맞고 타인이 읽기에 알맞은 것이어야 한다. 그렇지 않은 부자연스러운 말은 좋지 않은 말이다. 창작을 일본어로 할 것이냐 모어인 조선어로 할 것이냐에 대한 논쟁이란 이로 보면 작가에게 있을 수 없다. 어느 쪽이든 자연스럽기만 하면

---

5) 리근전, 「문학창작의 첫발자국」, 『흘러간 세월』, 흑룡강조선민족출판사, 1997, 120~126쪽 참조.

'좋은 말' 급에 속하기 때문이다. 임화에 의하면 작가의 마음이란 표현에의 의지인데 이는 완벽함과 미를 의미한다. 이것만이 전부이기에 어떤 정치적 경향성도 앞설 수 없다. 작가의 이런 의지를 충족시킬 수 있는 말은 물을 것도 없이 자연스러운 말이다.[6]

물론 임화의 이 표현원본주의는 일제 말기, 일본어 글쓰기에의 강요라는 외적인 상황에 대응한 발언이지만 '최선의 언어', '자연스러운 말'이란 명제는 리근전의 중국어 창작에도 적용되는 부분이다.

그러나 리근전의 중국어 창작은 일제말기, 일본어 글쓰기와는 본질적으로 구별되는바, 거기에는 어떠한 외적 상황의 압력 내지 강요가 없었으며 순수하게 작가의 언어적 조건에 의한 것이다. 건국 후, 조선족은 중국 공산당의 민족구역자치제도 정책[7]에 의해 1952년 9월 3일[8] 연변에 '연변조선민족자치구'[9]를 설립하고 민족구역자치[10]

---

6) 김윤식, 『일제 말기 한국 작가의 일본어 글쓰기론』, 서울대학교 출판부, 2003, 78~81쪽 참조.

7) 민족구역자치제도 정책은 중국의 기본국책과 기본제도이다. 1949년 9월, 중화인민공화국 창건전야에 북경에서 중국인민정치협상회의가 소집되었는데 주덕해가 동북의 100만에 달하는 조선족 인민을 대표하여 회의에 참석하여 각 민족 대표들과 함께 건국 대사를 토론하였다. 회의에서 채택된 '공동강령'에서는 중화인민공화국은 여러 민족 인민들이 공동으로 세운 "통일된 다민족 국가"이며 "중국경내에의 여러 민족은 일률로 평등하며 지난날의 민족차별시정책과 편견을 타파하고 민족 압박과 민족 분열 행위를 금지하여 서로 단결하고 서로 도우면서 새 중국을 여러 민족이 우애, 합작하는 대가정으로 건설할 것"을 호소하였다. 그리고 "각 소수민족이 집거한 구역에서는 마땅히 민족구역자치를 실시하여 민족집거의 인두대소와 구역대소를 나누지 말고 분별 있게 각종 민족자치기관을 건립해야 한다"고 지적하였다. 이로부터 중국 공산당은 최종적으로 민족구역자치를 민족문제를 해결하는 중국의 기본정책으로 명확히 규정하였다. 중국에서 제일 처음으로 설립된 민족 자치구는 1947년 5월 1일에 설립된 내몽고 자치구이다. 김동화, 「중국조선족에 대한 중국공산당의 민족정책의 력사적 고찰」, 『당대중국조선족연구』, 집문당, 1995, 29~35쪽 참조.

8) 9월3일은 연변조선족자치주 설립 기념일로 제정되었으며 연변에서는 해마다 '9.3' 명절을 성대히 기념한다.

9) 1952년 8월 29일, 연변에서는 각족 각계 제1차 인민대표대회를 소집하고 '길림성연변조선민족자치구인민정부 조직조례'를 일치하게 통과하였으며 주덕해를 주석으로 한 자치구 인민정부를 조직하고 민족단결을 강화할 것에 관한 결의를 통과하였다. 9월 3일, 연길에서 연변조선민족자치구 창립대회를 거행하고 자치구의 성립을 선포하였다. 1955년 12월 중화

를 실시하였다. 민족구역자치의 실시로 하여 중국 조선족은 자기 민족의 언어와 문화, 풍속과 전통을 보존하고 발전시킬 권리를 갖게 되었고 조선어와 중국어 이중 언어 사용이 현실적으로 가능해졌으며 제도적으로 보장되었다.

물론 그의 첫 장편소설 『범바위』가 창작되던 1959년, 중국 조선족 문단에 지방민족주의를 반대하는 운동이 일어났고 일부에서는 문학 언어의 측면에서 한어와의 융합을 주장하는 극단적인 논조까지도 있었으나 그러한 비판은 주로 작품의 내용적인 측면에 치우쳤다. 언어의 측면에서 조선어로의 창작과 발표는 여전히 가능했는데 그것은 조선족의 많은 작가들이 중국어 수준의 제한으로 사실상 중국어 창작이 거의 불가능했기 때문이다. 그러므로 리근전의 중국어 창작은 작가에게 있어서 가장 편한 말, 좋은 말, 자유로운 말의 선택이라는 것 외에는 다른 어떤 이유도 끼어들 틈이 없다. 그의 창작 동기에 대하여 리근전은 "문자를 좀 장악하게 되자 우리 조선족인민들이 당의 령도밑에 새사회를 건설하는 나라의 주인으로 되어 날 따라 부유해지는 참신한 새모습을 보고 느끼고 하게 되니 자연 무엇으로 이러한 것들을 표현해보려는 충동을 받게 되였다"고 고백하고 있다. 여기서 중요한 것은 그의 창작 충동이 조선족의 생활과 모습을 표현하려는 것이었다는 점이다. 리근전이 그가 표현하고자 하는 조선족의 생활을 그에게 가장 익숙한 표현 도구인 중국어로 표현한 것은 그러므

인민공화국헌법에 근거하여 자치구를 자치주로 개칭하였다. 9월 15일 길림성 장백조선족 자치현이 설립되었으며 요녕성에서도 5개의 자치향, 내몽골자치구에서도 1개의 민족향을 세웠다. 김동화, 앞의 글, 앞의 책, 35쪽.

10) 민족구역자치는 중국 공산당이 민족문제를 해결하는 기본정책이다. 민족구역자치란 당과 국가의 통일적인 영도하에 소수민족이 비교적 집중하여 살고 있는 지역을 토대로 하여 그에 상응한 자치지방과 자치기관을 세우고 소수민족이 그 지방에서 주인으로 되어 자체로 자기 민족 내부의 지방 사무를 관리하게 하는 것이다. 송관덕, 「연변의 민족간부양성사업에 대한 력사적 회고」, 위의 책(『당대중국조선족연구』), 51쪽.

로 여타의 조선족 작가들이 조선족의 생활을 그들에게 최선의 표현 도구인 조선어로 표현한 것과 동일한 맥락에 놓인다고 볼 수 있다.

이러한 중국인과 다름없는 뛰어난 중국어 수준과 중국어 감각, 그리고 중국어로의 작품 구상과 중국어 창작은 리근전으로 하여금 날카로운 정치 감각과 현실 감각을 확보할 수 있게 하였으며 그가 중국 공산당의 정치적 견해, 공식 입장과 일치함을 확보할 수 있게 하였다. 당시 중국 조선족의 많은 작가, 문인들은 번역을 통하여 중앙의 정책이나 결책 등을 수용함으로써 시간적, 심리적으로 일정한 거리를 둘 수밖에 없었다. 이러한 조선족 문단과 중앙의 공식입장과의 거리에 대해서는 다음의 인용문이 잘 보여 주고 있다.

해방 후 연길이 조선족 문학의 중심으로 되었음은 이미 언급한바 있다. 지정적인 시점에서 보면 연길은 중앙문단의 중심인 북경과는 거리가 너무 멀었다. 이 거리는 단지 지리적인 거리뿐만아니라 정보적, 문화적인 거리였다. 그리하여 중앙문단에서 벌어지는 사건이나 류행되는 문학사조는 흔히 1, 2년이 지나야 연길에 영향을 미치게 되었다. 뿐만아니라 접수자의 시점에서 볼 때 중앙문단의 문학적인 사조가 려과를 거치지 않고 그대로 조선족 문학에 파급되는 것도 아니였다. 왜냐하면 연변의 문예활동을 주도하는 지도기관이 인정하는 문학리념과 중앙의 문학리념이 어떤 경우에는 차이를 보이기 때문이다. 중앙에서 손을 들어주는 문학작품이라도 연변의 경우에는, 특히 연변에서 창작된 경우에는 공개발표되기가 힘들었다. 이는 개별적인, 특수한 문제가 아니라 정치공명시기를 거치면서 점차 형성되고 고체화된 현상이였다. 반우파투쟁부터 문화대혁명 결속까지 줄곧 이어진 정치공명시기에 조선족작가들은 정치의 참조계와 문학의 참조계를 중앙에 둘 수밖에 없었고 곁눈을 팔수가 없었다. 왜냐하면 이 시기에 있어서 문학의 미적인 문제가 아니고 정치적생존과 그에 따른

육체적생존이 위협을 받았었기 때문이다.11)

　위의 인용문이 보여 주다시피 중앙의 공식입장과 조선족 문단의
거리는 물론 중국어의 직접 수용과 번역을 통한 수용과의 차이에 의
해 형성되는 것만은 아니다. 그것은 중국 내에서 주체민족과 소수민
족의 차이, 중국 내의 기타 소수민족과도 구별되는 과경, 월경 민족
으로서 중국 조선족의 역사·철학적 범주로서의 특수성과 그로 인한
특유의 정치적 눈치 보기 등 보다 복잡한 정치적·역사적·현실적 원
인이 작용한 결과이기도 하다. 그러나 인간의 사고가 본질적으로 언
어를 통해 이루어지는 것임을 염두에 둘 때, 이러한 거리 형성에서
언어의 문제가 하나의 중요한 요소임에는 틀림없다.

　리근전은 조선족의 기타 작가들과는 달리 중국어 원문을 그대로
접함으로써 중국 공산당의 공식입장과의 거리를 최대한 좁힐 수 있
었다. 리근전은 조선족의 모습과 생활, 그리고 중국의 각 역사발전에
서 부딪친 민족적 문제 등에 대하여 중국 공산당의 시각에서 바라보
고 파악하며 그것을 중국인민의 문제라는 보편적 범주에로 승화시킬
수 있는 예리한 정치적 안광을 확보할 수 있었다. 그리하여 리근전은
조선족 문단에 리근전 문학현상을 형성하였는데 그것은 다름 아닌
소설 속에 "당의 령도하에서 인민들이 계급적으로 각성하고 자각적
인 투쟁에로 궐기한다"는 패턴을 형성시킨 것이다.

　이러한 사상과 패턴은 1955년 발표한 단편소설 「홍수질 때」에 처음
으로 나타난다. 이야기는 매우 간단하고 단순하다. 홍수가 질 때 마을
에 숨어 있는 지주와 그의 졸개인 박영만은 파괴활동을 하기 위해
제방을 허물려고 한다. 이때 창길이와 순희가 생명의 위험을 두려워

---

11) 리광일, 「해방후 조선족 소설문학 연구」, 연변대학교 박사논문, 2002, 114~115쪽.

하지 않고 이들과 싸워 제방을 구해내고 나중에 파괴분자들을 붙잡는다. 이 작품은 예술성을 획득하지는 못했으나 중국 조선족 소설문학에 처음으로 사회주의건설을 파괴하는 계급의 적을 등장시킴으로써 계급투쟁을 반영하는 소설의 시작으로 되었다는 그 정치·사상적 의미가 있다. 이로부터 문화대혁명이 결속될 때까지 조선족 문단에는 계급투쟁 반영의 소설이 대거 창작되었는데 이는 중국의 정치적 변화에 대한 조선족 작가들의 민감한 반응과 눈치 보기, 발 맞추기였다.

중국의 정치적 변화에 대한 파악에서 리근전은 그 어느 조선족의 작가에 비해서도 우위에 있을 수밖에 없었는데 그것은 그가 중국 공산당의 주요한 당정간부였다는 것 외에도 중국어가 그의 제1언어였다는 언어적 감각의 일치도 중요한 요소로 작용하였을 것이다. 많은 작가들이 반우파투쟁에서 창작 권리를 박탈당했지만 그만은 이 시기 조선족 소설문단에서 작가적 지위를 확고하게 수립하였고[12] 1962년 그의 첫 장편소설이자 해방 후, 조선족의 두 번째 장편소설인 『범바위』를 발표하였다.

이러한 리근전의 중국어 창작의 의미는 중국 북경에 거주할 당시, 김학철의 중국어 창작과 연계시켜 보면 한층 더 명쾌해진다.

김학철이 북경에 거주하게 된 것은 어떤 준비된 상황이 아니라 전적으로 우연한 계기에 의해 이루어진 것이다. '6·25'전쟁 중, 피난 차 압록강을 넘어 중국 집안까지 왔던 김학철은 거기서 조선 의용군 시절 전우 서휘를 만나며 서휘의 권고로 북경 중앙문학연구소 소장 정령(丁玲)의 문하에서 문학수업을 받게 된다.[13] 김학철은 1951년 1월

---

12) 위의 논문, 91~92쪽 참조. 그러나 민감한 정치적 감각을 확보하고 있었음에도 불구하고 리근전 역시 그 뒤의 문화혁명은 무사히 넘길 수 없었는데 그의 장편소설 『범바위』가 '민족주의'를 고취한 '대독초'로 몰려 투쟁 받았고 그 역시 '독초'의 작가로 타도되었다. 이는 과경·월경 민족으로서 조선족의 작가가 아무리 노력해도 결코 넘어설 수 없는 정치적 한계였다.

부터 1952년 10월 연변으로 가기 전까지 북경 중앙문학연구소에서 연구원으로 창작활동에 종사한다. 이때 김학철은 중국어로 중편소설 『범람(泛濫)』과 단편소설집 「군공(軍功)메달」을 인민문학출판사에 출간하게 되는데 여기에 대하여 김학철은 훗날 "정령.풍설봉 두 분의 덕분"[14] 이라고 쓰고 있다. 여기서 "정령·풍설봉 두 분의 덕분"이란 작품 내용의 문제일 수도 있고 언어의 문제일 수도 있으며 발표의 문제일 수도 있다.

김학철에게 있어서 중국어는 상해 의열단 시절 그의 나이 19세 때, 투쟁의 수요에 의해 배운 것이다.[15] 서울에서 보성고등학교를 졸업하고 문학지 ≪조선문단≫에서 자원봉사를 하며 소설 창작에도 꿈을 두었던 청년이 19세 때부터 배운 중국어가 그의 언어체계에서 외국어의 차원을 넘어 모국어와 동등한 제1언어로 자리 잡기란 어려운 것이다. 더구나 그는 서울 보성고등학교 시절 ≪조선문단≫에서 자원봉사를 하며 첫 번째 습작기를 가지게 되는데 이때 형성된 문학언어란 두말할 것도 없이 서울말이다. 중국으로 건너온 초기, 상해 의열단 시절 그는 중국어를 배우기는 했으나 의열단 자체가 조선인 민족주의자들과 무정부주의자들로 구성되었다는 점을 감안할 때 그가 사용했던 주요한 언어가 조선어였음은 이론의 여지가 없다. 그 뒤 황포군관학교 재학 시 조선인 독립중대의 형성, 조선의용대의 건립 등으로 하여 그는 늘 조선인들 속에서 생활하였는바 그의 제1언어가 어디까지나 조선어였음은 자명한 것이다. 그리하여 김학철이 태항산 시절, "양계(阳界)와 고생우(高生友) 두 청년이 륙색에다 문세영(文世荣) 편찬으로 된 우리나라 최초의 『조선어 사전』을 짊어지고

---

13) 김학철, 『최후의 분대장』, 문학과지성사, 1995, 340~351쪽 참조.
14) 위의 책, 346쪽.
15) 위의 책, 113쪽.

태항산으로 들어왔을 때", 깊은 감명을 받고 "우리의 한글은 불사조다. 영원히 살아 있을 것이다!"16)라고 했던 것은 결코 우연이 아니다.

김학철이 북경 시절, 그에게 가장 '편한 언어', '최선의 언어'가 될 수 없었던 중국어로 창작을 할 수밖에 없었던 것은, 그러므로 전적으로 외적인 상황 때문이었다. 우선 연변에 조선족자치주가 성립되기 전이었고, 연변, 즉 만주에 대한 사전 지식과 이해가 전무했던 김학철이 광복 후, 재정비 중이었던 연변의 조선족 문단에 연결될 수 있는 통로를 찾기란 불가능한 것이었다. 더구나 그것이 '6·25'전쟁 중이었음을 감안하면 더더욱 불가능한 것이었다. 북경에서 문학작품을 발표하기 위해 김학철은 중국의 발표기관에 의존할 수밖에 없었고 중국어로 발표할 수밖에 없었다. 또한 이때 연변, 즉 만주의 조선족에 대한 이해가 전무했던 김학철은 그의 독자로 중국인들을 상정할 수밖에 없었는데 그들을 독자로 확보하려면 중국어로 창작하는 것 외에 다른 선택이란 있을 수 없는 상황이었다. 그러므로 김학철의 중국어 창작은 발표기관과 독자 문제 등 외적인 상황의 영향에 의한 것이었다.

작가의 내적인 언어조건에 의한 것과 외적인 상황의 영향에 의한 것이라는 리근전과 김학철의 중국어 창작의 의미가 가지는 이러한 차이는 훗날 조선어로의 창작과 발표가 가능해졌을 때 그들의 번역 활동을 통해서도 나타난다. 리근전은 조선작가 이기영의 장편소설 『고향』을 중국어로 번역 출판하였고 김학철은 정령의 장편소설 『태양은 桑干河를 비춘다』와 노신의 중편소설집 『阿Q正传』과 중편소설집 『祝福』을 조선어로 번역 출판하였다. 이는 리근전과 김학철의 중국어 창작의 의미를 단적으로 보여 주는 부분이라고 할 수 있다.

---

16) 위의 책, 249쪽.

3. 번역 발표의 의미

　리근전의 두 편의 장편소설 『범바위』와 『고난의 년대』는 모두 중국어로 창작된 뒤 번역 발표된 작품이다. 여기서 우선 주목할 부분은 두 편의 소설 모두 중국어로 발표된 뒤 다시 조선어로 번역 발표된 것이 아니고 먼저 조선어로 번역되어 발표되었다는 점이다. 『범바위』는 1962년 연변인민출판사에서 조선어로 발표된 뒤, 인민문학출판사에서 중국어로 출판하려다 문화대혁명 중, '민족주의'를 고취한 '독초'로 비판 받으면서 출판이 좌절되었다. 정치적 동란이 결속된 후, 1982년에야 사천민족출판사에서 중국어로 출판하게 되었다. 『고난의 년대』는 원본인 중국어판은 출판되지 않았고 번역되어 조선어판으로만 출판되었다. 보통 원작이 발표되고 다시 원작에 대한 번역 작품이 발표되는 것에 비해보면 리근전의 경우는 특이한 경우에 속할 것이다.

　중국어로의 출판, 즉 원작의 출판이 여의치 않아서일 것이라는 가설이 제기될 수도 있는데 1960년대 초 당시, 리근전이 중공연변주위 정책연구실 부주임, 중공연변주위선전부 부부장 등 당의 요직에 있었던 점을 감안하면 이 가설은 성립되기 어렵다. 특히 중국 공산당의 행정체계 상·중공연변주위선전부라고 하면 연변 지구의 신문사, 방송국, 출판사, 잡지사 등 기관에 대해 통일적으로 지도하며 모든 언론매체의 사전검열을 책임진 주요한 부문이다. 이런 부문의 부부장으로 있었던 리근전에게 중국어판 출판은 그리 문제되는 일이 아니었음은 자명한 것이다. 실제로 리근전은 1960년대 초를 선후하여 한문으로, 즉 중국어로 산문집 두 권을 출판하였다. 그러므로 리근전의 번역 발표는 특별한 의미를 가지며 보다 자세히 검토되어야 할 사항이다.

리근전의 번역 발표에 대해서는 주로 두 가지 측면에서 검토할 수 있다. 우선 작품의 내용과 관련된 측면이다. 두 편의 작품 모두 조선족의 모습과 생활 그리고 정치 현실에 대한 이념적 대응 등을 보여 주고 있다. 『범바위』는 광복을 맞은 시점에서 조선족 인민들의 심각한 선택의 갈등을 다루고 있으며 김치백을 비롯한 서위자촌 조선인들이 중국 공산당의 영도하에 국민당 반동파와 조선인 친일지주 등과의 투쟁에 궐기하는 과정, 서위자촌 조선족 소년 김근택, 즉 호랑이가 무공대의 전사, 간부로 성장하는 과정을 통하여 광복 후, 조선족 인민이 나아가야 할 길을 제시하고 있다. 『고난의 년대』는 조선족의 중국으로의 이주의 원인과 과정, 중국 땅에서의 정착 과정, 항일투쟁, 중국 공산당 이념에의 동조 등에 대해 다루었으며 광복 후 조선족의 중국 선택과 중국 공산당 이념의 선택은 필연적인 것임을 보여 주었다. 두 편의 장편소설 모두 조선족을 주요 인물로 설정하고 있으며 조선족의 역사와 삶의 모습을 보여 주는 것을 주요 내용으로 하고 있다. 이러한 내용적 측면은 조선어로 번역하여 발표한 1차적 원인이 될 수 있다.

다음으로 독자층에 대한 고려와 관련된 측면이다. 작가는 작품을 창작하고 발표할 때, 이상적인 독자층을 미리 상정하게 된다. 리근전의 경우, 독자층에 대한 고려는 작품의 내용, 더 주요하게는 작품의 창작 동기와 직접적으로 연관되며 문학의 효용성의 측면에 대한 고려와 연관된다. 리근전이 조선족의 역사에 대해 관심을 갖게 된 것은 1953년 신문기자로 있을 때, 조선족의 역사에 대한 한 소학교 선생의 질문을 받고나서 부터이다. 그때로부터 리근전은 조선족의 역사에 대한 확인과 복원의 필요성을 절감하며 그것이 민족교육의 측면에서도 큰 효용성을 가짐을 알게 된다. 또한 차츰 항일전쟁시기와 해방전쟁시기, 항미원조전쟁시기 조선족의 역사적 공훈을 알게 되고 벼농사의 역사에 대해서도 알게 되는데, 이로부터 리근전은 더욱 강렬한 역사 복원 의식을 갖게 되며 작품 창작에 들어가게 된다. 그러므로 작품을 통하여 조선족 인민들로 하여금 조선족의 역사를 알게 하고 민족적 긍지를 갖게 하는 것이 작품 창작의 동기이고 목적인데, 이는 리근전이 처음부터 조선족 인민들을 제1독자층으로 상정하고 있었음을 보여 준다. 두 편의 장편소설 모두 먼저 조선어로 번역되어 출판된 것은 독자층에 대한 고려가 주요한 원인으로 작용했을 것이다. 이는 1960년대는 물론 1980년대 말까지도 상당수의 사람들이 중국어 수준의 제한으로 중국어로 된 책을 그다지 읽지 않았던 것과 무관하지 않다. 실제로 리근전은 두 번째 장편소설 『고난의 년대』를 창작할 때, 작품의 구상단계로부터 미리 훗날 이 소설의 번역을 부탁할 강정일을 찾아 작품의 구상과 내용에 대해 논의하였으며 집필과정에서도 자주 그를 찾아 의견을 교환하였다. 이는 그가 구상단계로부터 『고난의 년대』의 번역발표를 염두에 두고 있었음을 보여 준다.

이러한 창작 동기와 목적으로 인한 조선어로의 번역 발표는 중국 공산당의 당정간부이면서도 그들과는 막 바로 같아질 수 없는 민족간부라는 특수한 이름이 갖고 있는 민족적 정체성과 민족의식을 의미한다. 실제로 1962년 당시 『범바위』를 조선어로 번역 발표한 것은 상당한 위험부담을 동반한 것이다.

1957년부터 1962년에 이르는 기간 동안 연변지역에서는 '민족정풍운동'을 전개하면서 민족자치와 조선인의 이익을 옹호하고 한(韓)민족의 고유문화를 보존 발전하려는 조선족 출신의 간부와 지식인들은 '지방민족주의자', '우경분자' 등으로 매도되었고 한족(汉族) 중심의 사회주의 조국에 대한 애국주의 교육이 강조되었다. 따라서 한국어와 조선족의 독특한 문화에 대한 교육보다는 중국어와 중국혁명에 대한 교육과 동화가 강조되었다.[17] 특히 1959년에 있은 지방민족주의를 반대하는 운동이 조선족 문단에 준 피해는 엄청난 것이었다. 그 정도가 지나쳐 조선족 작가들이 조선족 생활을 반영하는 것을 지방민족주의의 표현으로 인정하였는데 한 연극단이 한족의 극을 조선족의 생활로 각색한 것도 비판당했으며 조선족의 전통적인 애정윤리를 다룬 극시 「김옥희와 팔거북」 등이 모두 '독초'로 비판대에 올랐다. 더욱 극단적인 것은 부동한 민족어간의 차이점을 무시하고 그들간의 '공동성분'만을 지나치게 강조함과 아울러 한어와의 융합까지 주장하면서 조선어의 규범화는 '언어순결화'를 야기시키는 것으로 모두 "오유적이고 반동적인 것이므로" 견결히 비판할 것을 주장하였다. 이런 정세하에 문학지 『아리랑』(1957년 7월호)에 발표된 김창걸의 「연변의 창작에서 제기되는 민족어규범화문제」라는 논문도 호된 비판을 당하게 되었다.18)

이러한 정세에 중국 공산당의 지방 당정 요직에 있었던 리근전이 둔감했을 리는 없다. 조선족과 관련된 모든 것을 지방 민족주의로 몰아붙이고 심지어 조선어와 한어의 융합론까지 제기되는 마당에 조선어로 번역·발표하는 것이 얼마나 큰 위험부담을 안고 있는 것인지를 리근전이 알아차리지 못했을 리는 없다. 그것은 그의 정치적 생명과도 직결되는 민감한 부분이었다. 그럼에도 리근전이 굳이 조선어로 번역 발표한 것은 그의 민족적 정체성 혹은 민족의식의 근저에 닿아 있는 부분일 것이다. 이것은 그의 내면 풍경과도 맞닿아 있는 부분이다.

마지막으로 짚고 넘어갈 것은 중국어 창작에 대한 작가 자신의 내면 풍경이다. 내면 풍경이란 작가론·작품론보다 일층 은밀한 또는

---

17) 김영모, 『중국 조선족 사회 연구』, 한국복지정책연구소, 1992, 172쪽.

18) 조성일·권철, 『중국조선족 문학사』, 연변인민출판사, 1990, 292~293쪽.

섬세한 영역이며 그 섬세함이란 창작에서의 의식과 무의식의 분리점에까지 추구해 들어갈 때 발생하는 것이다. 내면 풍경을 문제 삼는다는 것은 문학만이 가진 또는 예술만이 가진 현실에의 환원 불가능한 마음의 내밀한 요소의 작용과 그 작용이 창작의 중요한 요소를 이루고 있다는 전제를 승인할 때 비로소 가능해지는 것이라 할 수 있다. 말을 바꾸면 작가론에서도 빠뜨리는 요소, 작품론에서도 다스리기 어려운 미묘한 삶의 감각적 인식에 관한 것을 포착하고 이를 확대경으로 드러내어, 어떤 의미 단위를 환원해 보이는 것을 두고 이름 지을 수 있는 것이 바로 내면 풍경의 탐구이다. 내면 풍경의 실상은 창작의 원초적 충동에 걸려 있다.[19]

리근전은 생전에 그 어떤 글에서도 『범바위』와 『고난의 년대』가 중국어로 창작된 것이고 조문판은 번역된 것임에 대해 밝히지 않았다. 외려 「시대감과 주제사상: 장편소설 『범바위』를 수개하면서」에서 "장편소설 『범바위』는 1962년에 연변인민출판사에서 출판하게 된 것이다. 헌데 문화대혁명때 그도 액운을 면치 못하고 끌려나와 비판을 받다가 끝내 해빛을 보지 못한 채 없어지고 말았다. 그래서 이번에 다시 쓰면서 수개하였다"라고 씀으로써 마치 원 창작이 조선어이고 후에 중국어로 번역된 듯한 착각까지 주고 있다. 왜 그는 중국어 창작임을 굳이 밝히고 싶지 않았던 것일까. 이 드러나지 않은 부분은 작가의 내면 풍경에 관계되는 부분이다.

이 부분을 굳이 해석해 본다면 그것은 작가의 민족적 정체성과 민족의식과 연관된 부분이라고 할 수 있을 것이다. 리근전의 수필집 『흘러간 세월』에 수록된 수필들을 보면 리근전이 우리 민족의 역사, 풍속 등에 굉장히 해박한 지식을 갖고 있음을 알 수 있다. 수필 「타향

---

19) 김윤식, 『한국 현대 현실주의 소설 연구』, 문학과지성사, 1990, 239쪽.

살이」, 「옛날의 며느리들」, 「열두새 삼베옷」, 「우리 민족의 혼인잔치」
등이 대표적이다. 이 수필집의 서언 「내 수필을 읽는 이들에게」에서
그는 "수필은 더구나 작가 고의로 만들어내는 것을 허락하지 않는다.
꾸밈이 없고 진술해야 한다. 텁텁하면 텁텁한 대로, 제 목소리 못났
으면 못난 대로, 제 얼굴 탁하면 탁한 대로, 제 영혼의 몸부림이길
강요한다"고 수필에 대한 소감을 밝히고 있다. 그가 정말 그의 수필
에서 이러한 의식을 실현하였다면 그의 수필을 통하여 우리는 그의
내면 풍경의 한 부분을 엿볼 수 있다. 조선족이라면 당연히 조선어를
잘해야 한다는 자의식을 작가가 갖고 있었기 때문이라면 지나친 비
약일지도 모르나 작가가 일관적으로 드러내 보인 민족적 정체성과
민족의식과 연관시켜 보면 타당한 해석일 가능성도 없지 않다.

그러므로 리근전에게 있어서 번역발표란 조선족의 삶에 대한 문학
적 형상화로서의 작품의 내용적 측면과, 창작에 앞서 미리 상정한
독자층으로서 조선족 독자대중을 염두에 둔 지극히 당연한 것이고
오히려 조선족 작가로서의 자의식 때문에 감추고 싶은 불편한 부분
이었다. 적어도 리근전이 첫 장편소설을 발표하던 1960년대로부터
두 번째 장편소설을 발표하던 1980년대, 그리고 지금에 이르기까지
조선족 문학작품은 조선어로 쓰는 것이 당연한 것으로 받아들여졌고
중국어 창작은 전혀 고려되지 않던 부분이었다.

4. 중국 조선족 문학의 좌표 설정 문제

이제 우리는 중국 조선족 문학이 나아갈 방향을 설정할 문제, 즉
좌표 설정 단계에 와 있다. 지금까지 중국 조선족 문학은 해외 한민
족문학의 한 갈래로서의 측면만 부각되어 왔고 그의 다른 한 측면인

중국 내 소수민족 문학으로서의 측면은 거의 인식되지 않고 있었다. 재만조선인문학의 기초 위에서 광복 이후, 미귀환한 중국 경내 조선인 작가들을 중심으로 형성된 중국 조선족 문학은 연변조선족자치주를 중심으로 중국의 굴곡적인 역사발전과 함께 중국의 사회정치적 변화와 이데올로기를 수용하면서 나름대로 스스로의 명맥을 이어왔다. 특히 중국의 개혁개방 정책으로 하여 문예의 다원화가 가능해졌을 때, 1980년대 중반을 전후로 중국 조선족 문학은 ≪연변문학≫ 판매 부수가 8만 부에 육박할 정도로 광대한 조선족 독자층을 형성하면서 최고의 전성기를 구가하기도 했다. 1992년 한중수교와 함께 한국문학과의 교류가 활발하게 이루어지면서 중국 조선족 문단은 한국을 통해 다양한 문예이론과 문예사조를 유입하고 창작방법을 유입하는 등 한국문학 배우기에 주력하였으며 한국의 작가 내지 문학 평론가, 연구자들도 중국 땅에서 한국어로 창작된 조선족 문학에 경이로움과 감동을 금치 못했으며 그리하여 리근전, 김학철 등 조선족 1세대 작가들의 작품이 그들에 의해 한국의 독자대중들에게 소개되기도 하였으며 관련 연구 내지 평론도 이루어졌다. 혈통과 언어의 동질감은 조선족 작가들로 하여금 한국문학에 강한 친화력을 갖도록 하였으며 이는 조선족 문학의 한민족문학으로서의 성격을 더욱 두드러지게 하였다.

　그러나 개혁개방과 한중수교는 조선족 문학에 참신한 충격과 발전의 계기를 가져다주었지만 역으로 조선족 문학의 침체와 위축이라는 결과를 초래했다. 이는 개혁개방과 한중수교가 중국 조선족 문학의 기반인 중국 조선족 사회의 구조를 근본적으로 변화시켰기 때문이다. 1980년대 말까지 대체적으로 무리 없이 안정성을 확보하고 있던 조선족 사회는 조선족 마을, 즉 촌락공동체를 그 하위 구조로 하고 있었다. 개혁개방으로 인한 조선족 농촌 인구의 대규모 도시 진출과 한중수교로 인한 노동력 수출은 조선족 사회의 기반이었던 마을, 즉 촌락 공동체의 붕괴와 피폐를 야기했으며 결과적으로 연변조선족자 치주의 존폐설이 대두되게 되었다.

조선족 사회의 이러한 위기설은 조선족 문학의 발전에 심각한 영향을 끼쳤는데 가장 직접적인 영향은 바로 독자대중의 대대적인 축소와 시장경제의 충격으로 인해 직면한 존재 위기이다. 물론 개혁개방 이후 독자대중의 축소와 시장경제의 충격으로 인해 존재 위기에 직면한 것은 조선족 문학만이 아니다. 중국문학 역시 침체와 위기를 겪기는 마찬가지였다. 그러나 조선족 문학은 조선어로 씌어져 원래부터 그 독자대중이 중국 내 200만 조선족에 한정되어 있었기 때문에 그 위기는 한층 절실한 것이었다. 현재 중국 조선족 문학은 해외 한민족문학의 한 갈래로 평가받고 있기는 하지만 한국문학의 변두리적 위치에 처해 있고 중국문학의 범주에서는 그 존재가 망각되어 있다.

그렇다면 이제 중국 조선족 문학은 어디로 가야 할 것인가? 두말할 것도 없이 변화된 외적 환경에 적응하여 중국어 창작과 번역 발표를 적극 추동해야 한다. 그러나 이는 우선 다음과 같은 두 가지 근본적인 문제에 대한 합의가 이루어진 후에라야 할 것이다. 하나는 한국문학의 범주 설정 문제인데 중국어로 쓰인 문학이 과연 한국문학의 범주, 즉 해외 한민족문학의 범주에 속하는가 하는 부분이다. 일본어로 쓰인 재일교포문학이나 영어로 쓰인 재미교포문학이 해외 한민족문학의 범주에 속한다는 것에 비추어 이 역시 무리 없이 받아들일 수 있는 부분이 아닐까? 그러나 여기에는 한층 내밀한 부분이 있어서 선뜻 단정 짓기 어렵다. 왜냐하면 중국 조선족의 경우 민족어의 습득만 이루어지지 않는다면 조선족으로서의 민족적 정체성이나 내면세계를 획득하기 어렵기 때문이다. 이는 중국의 소수민족 정책이 비교적 성공적으로 이루어져 조선족은 중국 내에서 민족어에 의한 주체민족과의 이질성 외에 기타 재일 교포나 재미 교포가 거주국에서 겪는 차별과 소외 등을 별로 느끼지 못하기 때문이다. 역으로 말하면 조선족은 민족어의 습득이 이루어지지 않는다면 자신이 조선족이라는 것을 기억하기 어렵다는 뜻이다.

여기에서 두 번째 문제, 즉 민족어(한국어 내지 조선어)와 중국어 창작의 관계 문제가 제기된다. 개혁개방 이후, 중국 조선족 사회 해체의 가장 중요한 원인의 하나로 떠오른 문제가 바로 민족교육의 유실이었다. 조선족의 많은 학생들이 더 좋은 교육을 향유하기 위해 조선족 학교 진학을 포기하고 한족 학교에 진학함으로써 실질적으로 민족어교육이 난관에 부딪쳤으며 민족어를 구사할 줄 모르는 많은 조선족 학생들이 배출되게 되었다. 위에서 살펴보았지만 민족적 억압이나 차별을 피부로 느끼지 못하는 중국에서 민족어의 포기는 결국 조선족임을 망각하는 것에 다름 아니다. 자신이 조선족임을 기억하지 못하는 작가에 의해 중국어로 창작된 문학이 과연 재일교포문학이나 재미교포문학이 집중적으로 드러내고 있는 민족적 갈등이나 정체성의 갈등을 드러낼 수 있을까? 또한 이러한 중국어 창작이 그렇지 않아도 어려운 민족어교육에 더욱 큰 문제를 제기하리라는 것은 자명한 일이다. 민족어교육과 중국어 창작은 과연 양립할 수 없는 것인가? 하지만 중국 조선족 문학이 더는 조선어 창작만 고집하면서 한국문학의 변두리, 중국문학의 변두리에 머물러 있을 수 없음은 이론의 여지가 없다. 중국 조선족 문학의 변두리성을 극복하기 위해서는 더는 중국어 창작의 문제를 간과할 수 없다.

이때 조심스럽게 제기해 볼 수 있는 해결책이 바로 번역이다. 1960년대 중국 조선족의 제1세대 작가였던 리근전은 자기의 작품을 조선족 독자대중들이 수용할 수 있도록 조선어로 번역하여 발표하였다. 역으로 조선어로 창작된 중국 조선족 작가의 작품들이 중국의 독자대중들에게 수용되고 소개되어 조선족 문학이 중국문학 속에서 그 위상을 수립하기 위해서는 조선족 문학 작품을 중국어로 번역하여 발표하는 방안을 적극 추진하여야 한다. 또한 앞으로 중국어로 창작된 조선족 문학작품은 다시 조선어로 번역하여 조선족과 한국의 독자대중들에게 소개하는 방안 역시 적극적으로 고민하여야 할 것이다. 두 가지 언어를 잇는 교량으로서의 번역은 두 언어에 대한 고도의 숙지를 필요로 한다. 그러므로 번역은 어쩌면 지금까지 양립 불가능한 것으로 인지되어 왔던 민족어교육과 중국어 창작 사이의 환충지대로, 양자가 서로에게 보완이 되도록 작용할 것이다. 따라서 민족어교육과 번역인재 양성을 유기적으로 결합시킬 경우 민족어교육과 중국어 창작의 관계 역시 유기적인 연관 관계로 재설정이 가능할 것이다. 번역 인재의 양성을 위해서는 민족어교육은 포기될 수 없는 중요한 축으로 인지될 것이며 이는 민족어교육이 이념의 차원에서 현실의 차원으로 전환할 수 있는 중대한 계기로 작용할 것이다.

5. 중국 조선족 문학의 향후의 과제

지금까지 우리는 개혁개방과 한중수교 이후, 중국 조선족 문학이 한국문학권에서도 중국문학권에서도 변두리적 위치에 처하게 된 원인을 살펴보고 그러한 변두리적 위치를 극복하기 위한 대안으로 중국어 창작과 번역 발표를 적극 추진할 것을 제안하였다.

중국 조선족 문학이 조선족을 제외한 중국인 독자들에게 전혀 소개되지 못하고 수용되지 못했던 것은 중국 조선족 문학이 중국의 통용어인 한어가 아닌 조선어로 창작되었기 때문이다. 그러므로 중국 조선족 문학은 줄곧 중국 조선족이라는 한정된 독자대중을 수용 층으로 하고 있었다. 개혁개방으로 인한 조선족 농촌 사회의 도시화와 한중수교로 인한 조선족의 한국행은 조선족 사회 구조를 지탱하던 농촌 공동체의 해체와 붕괴를 가속화시켰으며 조선족 사회의 해체와 붕괴를 가속화시켰는데, 이리하여 조선족 문학은 원래 갖고 있던 제한된 독자대중들마저 이탈하게 되어 그 입지가 더욱 좁아졌다.

이러한 조선족 문학의 변두리성을 극복하기 위해 본고는 중국어를 제1언어로 사용하고 있었고 중국어로 창작한 뒤, 조선어로 번역하여 발표했던 중국 조선족의 제1세대 작가 리근전의 중국어 창작과 번역 발표의 의미에 대해 살펴보았다. 리근전은 중국 조선족의 제1세대로서 광복 후, 미귀환한 작가이다. 그러나 리근전은 조선족의 기타 제1세대 작가들과는 달리 조선어보다는 한어에 익숙했으며 한어가 그의 습작기의 제1언어였다. 이는 리근전이 아버지를 따라 이주한 곳이 한족이 대다수 살던 지역이었고 그가 참군을 통해 부대에서 문자를 익혔던 것과 연관된다. 그러므로 리근전에게 있어서 문학창작의 제1언어, 자연스러운 언어는 조선어가 아닌 중국어이다. 그럼에도 불구하고 리근전은 자기가 조선어로 창작할 수 없다는 사실을 다른 사람들에게 밝히는 것을 극히 꺼려했고 그의 대표작이자 중국 조선족 문학의 대표작이기도한 두 편의 장편소설 『범바위』와 『고난의 년대』가 중국어로 창작된 뒤 역자에 의해 조선어로 번역되어 출간된 것임을 끝까지 고백하고 있지 않다. 이는 리근전이 고향이었던 조선 자강도에서부터 몸에 배인 민족성 때문이라고 해석할 수도 있다.

그러나 이제 우리는 보다 적극적으로 주위의 변화된 환경에 적응하고 조선족 문학의 발전을 모색해야 할 단계에 와 있으며 조선족 문학은 더는 중국어 창작을 외면할 수 없는 단계에 와 있다. 그러나 조선족 문학에서 중국어 창작을 적극 추진하는 문제는 해외 한민족 문학의 범주 설정이라는 대단히 근본적인 문제와 민족어교육과의 양립이라는 대단히 민감한 문제를 넘어야 한다. 특히 중국의 소수민족 정책으로 민족어의 습득만 이루어지지 않으면 조선족의 정체성을 기억할 수 없다는 문제는 조선족에게 조선어야 말로 기타 민족과의 이질성을 인지시키고 민족적 정체성을 획득하기 위한 유일한 방법이자 징표이다.

이 글은 민족어교육과 중국어 창작을 대립항, 즉 대타적 차원에서 상호보완적인 관계로 전환시키기 위한 완충지대로 번역 발표의 방안을 제시해 보았다.

참고문헌

강정일, 「손에서 붓을 놓지 않은 작가」, ≪장백산≫, 1997년 6월호.

김관웅, 「중국조선족 문학의 력사적사명과 당면한 문제 및 그 해결책」, 『조선민족 문학연구』, 흑룡강조선민족출판사, 1999.

김동화, 「중국조선족에 대한 중국공산당의 민족정책의 력사적 고찰」, 『당대중국 조선족연구』, 집문당, 1995.

김영모, 『중국 조선족 사회 연구』, 한국복지정책연구소, 1992.

김윤식, 『일제 말기 한국 작가의 일본어 글쓰기론』, 서울대학교 출판부, 2003.

_____, 『한국 현대 현실주의 소설 연구』, 문학과지성사, 1990.

김학철, 『최후의 분대장』, 문학과지성사, 1995.

리광일, 「해방후 조선족 소설문학 연구」, 연변대학교 박사논문, 2002.

리근전, 「문학창작의 첫발자국」, 『흘러간 세월』, 흑룡강조선민족출판사, 1997.

리근전·김경훈 대담, 「력사를 통한 민족의 넋을」, ≪문학과 예술≫, 1985년 3월호.

송관덕, 「연변의 민족간부양성사업에 대한 력사적 회고」, 『당대중국조선족연구』, 집문당, 1995.

조성일, 「세계조선어문학권에서의 중국조선족 문학의 위상」, 『조선족 문학 개관』, 연변교육출판사, 2003.

조성일·권철, 『중국조선족 문학사』, 연변인민출판사, 1990.

『바람꽃』을 통해 본 조선족 정체성의 변이양상※

한홍화

(중국해양대학교)

1. 조선족 정체성의 연구 현황

사전적 해석으로 볼 때 이주는 "개인이나 종족, 민족 따위의 집단이 본래 살던 지역을 떠나 다른 지역으로 이동하여 정착함"[1]을 뜻한다. 이주의 원인이 자발적이었든 비자발적이었든 이주민은 자신이 소속되어 있던 집단적 공동체를 떠나 전혀 다른 집단적 공동체와 더불어 새로운 환경에 적응하여 살아가야 하는 현실적 국면에 놓이게 된다. 새로운 환경에 적응하면서 살아가는 과정에는 민족 집단의 객관적·주관적 요소[2]로 인한 수많은 거시적·미시적 마찰과 갈등이 존

※ 이 글은 『한국민족문화』 38집(2010)에 게재되었던 것을 수정·보완하였다.
1) 국립국어원 표준국어대사전 사이트 http://www.korean.go.kr(검색일: 2010.8.19).
　여기에서 '이동'이란 국내에서의 여러 가지 형태의 이동뿐만 아니라 민족과 국가를 넘어선 국제적인 이동까지도 포함한다. 이 글에서는 주로 국제적인 차원에서의 이동을 다루기로 한다.
2) 민족성 내지 민족 집단을 구성하는 여러 요소들을 크게 객관적 요소와 주관적 요소, 두

재하기 마련인데, 이는 결국 이주민의 정체성의 형성과 직결된 문제
이다.

정체성(Identity)은 복수 타자와의 관계 속에서 규정되어야 하는 주
체의 귀속과 관련되는 문제3)로써, 그것은 고정불변의 개념이 아니
라, 타인 또는 타 집단과의 끊임없는 상호작용과정에서 언제든 수정
되고 변화하는 유동적인 성질의 것이다.4) 특히 이미 다른 지역으로
이주한 이주민들이 다시 모국으로 역이주(Return Migration)5)를 하게
되는 경우, 그 정체성의 변화는 더욱 복잡한 양상으로 나타나게 된다.
중국 조선족의 경우가 그 전형적인 예라고 할 수 있다.

중국 조선족의 정체성 문제는 그동안 조선족 학자들에 의해 중요하
게 다루어져 왔던 문제이다. 이러한 논의는 대부분 사회·역사·문화학
적인 측면에서 민족과 국가 간의 상호관계 속에서 이루어지고 있다.
한국을 '낳아 준 어머니', 중국을 '키워 준 어머니'로 보고 '낳은 정'보
다는 '키운 정' 더 크다고 역설한 김재국6)과 조선족을 '중국에 시집
간 딸'에 비유하면서 시댁에서의 조선족의 적응 과정을 강조한 정판

개의 분야로 나눈다고 할 때, 객관적 요소란 외모, 언어, 종교 등 물체적 또는 가시적인
문화적 요소를 말하는 것이고, 주관적 요소란 감추어진 문화, 즉 이념적 또는 의식적인
것을 말한다. 의상, 음식, 행위유형 등이 객관적 요소에 포함된다면, 귀속의식과 같은 개인
의 심리적 상황이나 집단 무의식 등은 주관적 요소에 포함된다(이광규, 『민족과 국가』, 일조
각, 1997, 22~27쪽 참조).

3) 김호웅, 『인간은 만남으로 자란다』, 한국학술정보, 2009, 89쪽.
4) 이주민의 정체성은 반드시 스스로의 의지에 의해서만 결정되는 것이 아니다. 그것은 주어
진 사회의 정치 경제적 산물이기도 하다. 즉, 수용 국가 또는 사회의 여러 요인과 배출
국가와 사회의 여러 요인이 복합하여 이주민들의 정체성이 결정된다. 또 이주민 집단 내에서
이주 세대에 따라, 계층에 따라 정체성의 차이가 발견되기도 한다(권태환, 『중국 조선족
사회의 변화: 1990년 이후를 중심으로』, 서울대학교 출판부, 2006, 119~120쪽 참조).
5) 이광규, 앞의 책, 114쪽. 역이주는 이주민들이 특별한 사정이 발생하여 고국으로 돌아가
는 경우를 말하는데, 역이주가 발생하는 경우는 조국의 사정이 변하여 이루어지는 경우와
이주지의 사정이 변하여 행하는 경우가 있다.
6) 김재국, 『한국은 없다』, 민예당, 1996.

룡[7])의 논의는 민족보다는 국가적인 측면에 치우치고 있다. 그러나 이처럼 모국과 조국을 구별하는 것은 책임회피의 자세이며(김재국의 '낳은 정 키운 정론'), 조선족을 주권국가의 국민으로 당당하게 여기지 못하는 굴종적인 자세(정판룡의 '며느리론')를 드러낸 것이라는 이유로 김강일의 비판을 받게 된다. 한편 그는 조선족의 정체성은 중국인과 조선인으로서의 정체성이 융화되어 만들어진 새로운 정체성이라는 주장[8])을 내세운다. 김강일의 '융합론'과 같은 맥락에서 김호웅은 '접목의 논리'를 펼친다. 즉, 조선족 문화는 한반도에서 갖고 온 모체문화라는 대목(臺木)에 중국문화라는 접목(椄木)을 가접시켜 새롭게 생겨난 문화이며 중국의 조선족과 같은 약소민족은 이러한 접목의 원리를 지킬 때만이 민족적 정체성을 지켜낼 수 있다는 것[9])이다.

조선족 정체성에 관한 상술 논의들을 보면 조선족의 민족성과 국민성 사이에서 어느 쪽에 힘을 더 실어주느냐에 따라 어느 정도 차이를 보이고 있긴 하지만 근본적으로는 조선족 정체성의 '이중적 성격'론[10])에 바탕을 두고 있음을 알 수 있다. 바로 이러한 '이중성'

---

7) 정판룡, 「중국조선족문화의 성격문제」, 『정판룡문집』 2, 연변인민출판사, 1997, 1~15쪽.
8) 김강일, 「중국조선족 사회 지위론」, 『중국조선족: 사회의 문화우세와 발전전략』, 연변인민출판사, 2001, 3~44쪽.
9) 김호웅, 앞의 책; 김호웅, 「근대에 대한 성찰과 우리문학의 새로운 주제」, 『국제학술대회』 제16회, 한중인문학회, 2006, 1~7쪽.
10) 조선족의 이중적 성격은 중국의 조선족 학자들이나 한국 학자들에 의해 보편적으로 언급되고 또 인정되는 부분이기도 하다. 반면, 조선족의 이중성에 대해 전면 부정하는 황유복 교수와 같은 조선족 학자도 있다. 황유복 교수는 「이중성성격의 사람은 있어도 이중성 민족은 없다」라는 글에서 조선족의 디아스포라적인 성격과 이중적 정체성을 부정하면서 "100%의 조선족", 모국과의 문화적 연계를 인위적으로 차단시키고 있다. 그러나 그는 중국의 『현대한어사전』에서 언급된 '이중성'의 뜻풀이(한 가지 사물이 두 개의 대립된 성질을 동시에 갖고 있음)를 가지고 조선족 정체성의 '이중성'론을 반박함으로써 "말꼬투리를 잡아서 상대를 궁지에 몰아넣으려 한다"는 비판을 면하지 못하고 있다. 황유복 교수는 '이중성'이란 낱말 대신 '쌍중성(雙重性)', '중층적 신분'이라는 말을 사용하고 있는데, 김호웅 교수의 지적처럼 조선어에는 '쌍중성'이란 낱말이 없기에 '이중성(二重性)'(한 가지 사물에 겹쳐 있는 서로 다른 두 가지의 성질)이란 낱말로 대신할 수밖에 없는 것이다.

때문에 조선족은 늘 모국과 거주국 사이에서 우왕좌왕하는 것이며 끊임없이 갈등할 수밖에 없었던 것이다. 그러나 조선족이 이중적 정체성을 가지고 있다고 해서 이 두 가지 성질이 일대일의 비례로 공존해 있거나 동등한 위치에 놓여 있는 것은 아니다. 이 두 가지 성질은 주변 환경의 변화에 따라 수시로 위치가 바뀔 수 있으며 그러는 가운데 조선족의 정체성은 거듭 수정되고 재확립되어 가는 것이다.

조선족 여성작가 허련순은 장편소설 『바람꽃』(1996)에서 조선족 정체성의 이러한 현실적 문제를 핍진하게 그려내고 있다. "한국과 중국 언제나 한 곳에 오래 머무르지 못하고 다른 한 곳에 대한 끊임 없는 추억과 망각, 그리움과 원망의 갈등을 수없이 겪으며 우왕좌왕"11)했던 '나는 누구일까?'라는 문제의식을 가지고 완성한 작품이 바로 『바람꽃』이다. 『바람꽃』에 대한 기존 연구의 대부분은 조선족의 이중적 정체성 문제를 둘러싸고 논의가 전개되고 있긴 하나,12) 조선족의 민족적 정체성에 보다 주목하였거나 또는 국민적 정체성을 밝혀내는 데 치중하여 왔다. 오상순의 연구13)는 주인공이 한국을 찾게 된 목적에 주목하여 중국 조선족의 '뿌리 찾기 의식', 즉 민족적 정체성의 추구에 초점을 맞추고 있고, 최병우의 연구14)는 중국 조선

---

http://zoglo.net(검색일: 2010.8.20); 김호웅, 「중국조선족과 디아스포라」, 『한중인문학연구』 제29집, 한중인문학회, 2010, 1~20쪽 참조.

11) 허련순, 「서문」, 『바람꽃』, 범우사, 1996.

12) 여성적 시각에서 이산여성의 젠더 경험과 정체성을 분석한 오경희의 논문은 예외이다 (오경희, 「민족과 젠더의 경계에 선 여성의 이산: 강경애의 『소금』과 허련순의 『바람꽃』 비교」, 『아시아여성연구』 제46권, 숙명여대 아시아여성연구소, 2007, 183~212쪽).

13) 오상순, 「조선족 여성작가 허련순의 소설과 당대 남성작가들의 소설에 나타난 '뿌리 찾기 의식' 연구」, 『여성 문학연구』 제12집, 한국여성문학학회, 2004, 375~409쪽.

14) 최병우, 「조선족 소설에 나타난 민족의 문제」, 『현대소설연구』 제42집, 한국현대소설학회, 2009, 502~536쪽.

족이 한국 및 한국인과의 만남을 통해 한국인과 자신들의 차이를 인정하고 자신이 중국 공민이라는 국민 정체성을 확인해 나간다는 것에 역점을 두고 있다. 이러한 연구는 조선족 정체성의 이중적 성격 문제를 각각의 측면에서 잘 부각시키고는 있지만, 정체성의 이중적 성격 간의 교묘한 역동적 관계를 잘 설명해 내지 못하고 있다. 주인공의 행적에 따라 '고향 찾기', '버림받기', '자기 고향으로 돌아가기'로 나누어서 고찰하고 있는 최우길의 연구15)나, 타자·소수자의 관점에서 조선족의 정체성을 논의하고 있는 김기옥의 연구16) 역시 큰 틀에서는 이러한 한계에서 크게 벗어나지 못하고 있는 것이다. 이에 이 글은 기존의 논의들을 바탕으로 중국 조선족들이 '조선족'으로서의 자기 정체성을 재확립해 나가고 있는 과정을 살피되, 특히 주변 환경에 의해 변화를 겪고 있는 주인공 의식의 변화과정에 주목하고, 그에 따른 '조선적인 것'과 '중국적인 것' 이중적 요소 지간의 역동적인 관계를 통해 조선족 정체성의 변이양상을 총체적으로 고찰하고자 한다.

2. 동질감의 정체성과 '뿌리 의식'

허련순의 『바람꽃』은 아버지의 유골함을 모시고 고국 땅을 밟은 주인공 홍지하가 한국에서 할아버지를 찾고 있는 과정을 이야기의 주축으로 하고, 그 와중에 겪게 된 설움과 억울함을 통해 자기 정체

---

15) 최우길, 「중국 조선족 여류작가의 작품에 나타난 한국」, 『국제어문학회 학술대회자료집』, 국제어문학회, 2008, 11~25쪽.
16) 김기옥, 「재외한인 여성문학에 나타난 소수자 정체성 문제: 이혜리의 『할머니가 있는 풍경』과 허련순의 『바람꽃』을 중심으로」, 서울대학교 석사논문, 2007.

성을 확인해 나가는 과정을 진솔하게 그리고 있다.

이주민 2세대로서 홍지하는 한국에 입국하기 전, 고향을 향한 절절한 그리움을 가슴에 품은 채 외롭게 살아가는 아버지를 통해 한국에 대한 이해를 키워왔다.

아버지(홍범산)는 일제강점기 말, 결혼한 지 반년 만에 일본군의 병사로 만주에 강제적으로 끌려가게 되고, 조국이 해방된 후에도 갑작스레 장질부사에 걸리는 바람에 귀국하지 못하고 어쩔 수 없이 중국에 눌러 앉게 된다. 아버지는 평소에 눈만 뜨면 고향을 외웠고, 그 결과 문화대혁명 기간에는 남한을 외운 것이 죄가 되어 'XX 특무'로 타도의 대상이 되고 만다. 그러나 아버지는 끝까지 고향 땅에 대한 그리움을 감추지 않았으며, 결국 눈을 감지도 못하고 운명한다. 고향에 대한 아버지의 극진한 사랑과 애착심을 옆에서 보아 오면서 자란 홍지하는 한국을 생소한 공간이 아니라, '안온한 잠자리'나 '어머니 품'과 같이 평화롭고 따뜻한 이상적인 공간, 자신의 뿌리가 묻힌 아름다운 고국으로 인식하기 시작한다. 그리고 이러한 인식은 점차 그의 머릿속에 "나뭇잎은 떨어져도 뿌리에 속한다"[17]는 깊은 '뿌리 의식'으로 자리를 잡아가게 된다.

중국에서 작가로 활동하면서 「뿌리」라는 제목의 중편소설을 발표할 정도로 홍지하에게 있어 '뿌리'는 그토록 신비하고 특별한 것이었다. 그의 내면에 강하게 살아 숨 쉬고 있는 이 '뿌리 의식'은 개인이나 가족적인 차원에만 머물러 있지 않고 국가의 경계를 넘어서 민족적 혈통의 의미에까지 확장된다. 이는 그가 자신(조선족)의 정체성을 중국의 공민보다는 조선민족의 일원으로 자리매김하고 있으며, 한국을 경험하기 전 그에게 있어 동질감의 민족적 정체성이 국민 정체성보

---

17) 허련순, 앞의 책, 36쪽.

다 더욱 큰 비중을 차지하고 있었음을 말해 준다.

민족적 정체성에 대한 그의 이런 절대적 우위의 의식은 조선민족에 대한 우월성의 의식으로 나타난다. 이 점은 그가 조선족과 한족을 '깨끗함'과 '더러움', '부지런함'과 '게으름'이라는 이항적 대립구도로서 파악하고 구분 짓고 있는 데서 알 수 있다.

…… 늦은 밤이라 불길이 거의 삭아졌고 사는 사람도 없는데 검정 솜옷을 껴입은 사나이가 팔짱을 낀 채 서성거리고 있었다.

홍지하는 고구마를 굽는 사람 곁으로 다가갔다.

"말씀 물읍시다. 이 근처에 성해장 여관이라고 있습니까?"

"저기잖아요. 조 앞에."

사나이는 팔짱을 빼며 손으로 앞골목을 가리키는데 손가락이 숯덩이처럼 검게 그을려 있었다. 국내(연변)에서 고구마 굽는 검댕이 중국 사람같이 보이는 남자 입에서 흘러나오는 조선말은 유달리 신선하고 살가움을 안겨주었다. 동족이라는 동질감에 애틋한 친화감을 느낀 홍지하는 까맣게 그득찼던 초조함을 서서히 몰아내면서 성해관 여관이란 간판을 향해 걸어갔다. 그러다 무심코 뒤를 돌아보았다. 고구마 굽는 사나이는 그냥 그린듯이 그 자리에 서 있었다. 국내에서는 한족들만 취급하는 천한 일로 간주하고 있는 일을 한국에서는 조선 사람들이 영위하고 있다는 사실이 신비스러웠다. 혹여 화교가 아닐까 하는 의문까지 들었다.[18]

중국에 있을 때 그는 거지를 불쌍하다고 여겨본 적이 없었다. 돈푼이라도 쥐여 주면 그들에게 파태와 게으름을 키워준다고 거지를 동정하는 사람에 한해서도 유치하다고 비웃었다. 그랬던 그가 한국에 와서 한 푼도 쪼개

---

18) 위의 책, 11~12쪽.

어 쓰는 돈임에도 서슴지 않고 선심을 쓰고 있었다. 누가 시켜서도 아니다. 거의 숙명처럼 가슴에 와 닿는 동질감, 그 동질감의 정체를 알 것 같았다. 천만 갈래의 뿌리가 함께 느낄 수 있는 습기나 누기 같은 것을.19)

중국에 있을 때 홍지하는 한족을 불결한 민족, 게으른 민족으로 인식해 왔다. 군고구마 장사와 같은 더럽고 천한 일은 의례 한족들의 몫으로 간주하였고, 길거리에서 동냥하는 중국 거지는 동정한 적이 없었을 뿐더러, 오히려 그들의 게으름을 비난하기까지 하였던 것이다. 그러던 그가 한국에 와서는 군고구마 장사꾼인 한국 사나이에게서 '애틋한 친화감'을 느끼기도 하는가 하면 한국 거지에게 선뜻 돈을 쥐어주기도 한다.

이뿐만이 아니다. 그는 남동생의 대학 등록금을 마련하기 위해 창녀로 살아가는 한국 여인 서은미를 가엾게 여겨, 통틀어 2백 달러뿐인 돈에서 백 달러를 건네주며, 전철에서 아무도 사 주지 않는 한국 청년이 팔고 있는 접착제를 필요하지도 않으면서 선뜻 사 준다. 한국에서는 한 푼도 쪼개어 써야 하는 돈임에도 불구하고 그가 서슴지 않고 이처럼 선심을 베풀 수 있었던 것은 다름 아닌 '숙명처럼 가슴에 와 닿는 동질감' 때문이었다.

이러한 동질감의 형성에 크게 영향을 미친 것은 똑같은 민족 언어의 사용이라고 할 수 있다. 한 '민족'을 구성함에 있어서 언어는 가장 중요한 위치에 놓이게 된다. 그것은 언어가 정체성을 유지하는 데 있어 가장 강력한 요소로 작용하기 때문이다.20) 언어가 달라짐으로써 정체성이 달라질 수 있으며, 민족 언어가 사라짐으로써 그 민족은

---

19) 위의 책, 56쪽.
20) 이광규, 앞의 책, 19쪽.

동화의 위기에 처할 수 있게 된다. 조선족은 중국에서 92%를 점하고 있는 한족과 어울려 살면서도 가정이나 학교, 그리고 일부 사회단체 내에서 줄곧 조선어를 일상용어로 사용해 왔다.[21]

군고구마 장사꾼 사나이가, 중국에서라면 한족들만 취급하는 줄로만 여겨 왔던 업종에 종사하고 있었음에도 불구하고 홍지하가 그 사나이에게서 동족의 감정을 느끼고 있었던 것도 바로 일치한 민족 언어 때문이었다.

이러한 동질감의 민족적 정체성은 자기의 땅에서 자기의 언어로서 자기의 역사와 문화를 마음껏 자랑하며 살아가고 있는 한국인에 대한 부러움으로 나타난다.

> 퇴근하는 회사원들의 산뜻한 모습들이 웃음을 날리며 지나간다. 저 사람들은 복을 받은 행운아일 거야! 같은 혈통과 동일한 언어 그리고 자기의 역사와 문화를 자랑하며 자기의 땅에서 살아간다는 것은 얼마나 자랑스럽고 긍지가 넘치는 일일까.[22]

위 인용문에서 보다시피 홍지하는 동일한 민족적 공동체 내에서의 삶을 원하고 있다. 바꿔 말하면 이것은 한국의 주류로 될 수 없는 조선족의 안타까운 심정과, 중국의 한 소수민족으로서 중국의 주류로도 될 수 없는 조선족의 구체적인 현실을 암시하는 것이기도 하다. 중국이 비록 소수민족 우대정책[23]을 펼쳐 민족평등을 주장하고, 민

---

21) 강순화는 연변 지구의 조선말 사용 정황을 통계한 바 있는데, 그에 의하면 550명의 성시 주민 중 일상용어가 조선어란 사람이 408명으로서 74%를 차지했고, 농촌에서는 1450명 응답자 중 1387명이 조선어를 사용한다고 답하였고 총 응답자의 95%를 점하고 있다고 했다(강순화, 앞의 책, 14쪽).

22) 허련순, 앞의 책, 76쪽.

23) 1949년 9월 '中國人民政治協商會議'에서 통과된 정협강령 제16장 제50조에서 53조까지

족의 언어와 교육, 전통적인 민족 문화를 유지할 수 있도록 소수민족을 격려하고는 있으나, 작가의 고백처럼 "영원히 한족이 될 순 없는 존재"[24]인 만큼, 조선족은 영원히 동북의 변방에 모여 사는 소수민족일 뿐이며, 소수자일 뿐[25]이라는 작가의 비관적 의식이 이 부분에 스며있음을 보아낼 수 있다.

3. 정체성의 갈등과 '회귀 의식'

한국의 곳곳에서 홍지하가 느꼈던 민족적 동질감은 장차 아버지의 가족과의 만남과 친구 최인규 부부의 불행한 한국 생활을 지켜보는 가운데 점차 허물어져 가기 시작한다. 이는 결국 혈통과 금전 사이, 피고용자와 고용자 사이의 갈등과 대립으로 나타나며, 여기서 홍지

제시된 민족정책에는 다음과 같은 내용들이 포함되어 있다.

제50조. 중국 내의 모든 민족은 평등하다. 각 민족은 서로 돕고 통합하며, 제국주의와 그들의 공적에 대항함으로써 중화인민공화국이 모든 민족들로 구성된 하나의 우애와 협동적인 가족이 되도록 한다. 대민족주의와 국수주의를 반대한다. 차별, 탄압, 민족 간의 단합을 저해하는 일체의 행위를 금한다.

제51조. 소수민족이 다수 거주하는 지역에서는 지역자치를 실시하고 그 지역의 소수민족 숫자(크기)에 따라 다양한 종류의 자치조직을 구성하도록 한다. 서로 다른 소수민족들이 함께 사는 지역이나 소수민족의 자치지역에서는 각각의 소수민족들이 그 지역의 정치조직에 적정한 숫자의 대표를 둘 수 있다.

제52조. 중국 내의 모든 소수민족들은 인민해방군에 참여할 권리가 있으며 국가의 통일된 군사체계에 따라 지방인민공안부대를 조직할 수 있다.

제53조. 모든 민족은 그들의 방언과 언어를 발전시키고, 그들의 전통, 관습, 종교를 유지하거나 개혁할 자유를 갖는다. 중국 인민정부는 모든 소수민족의 대중들이 그들의 정치적, 경제적, 교육적 발전을 도모하는 데 도움을 줄 것이다.

최협·이광규, 『다민족국가의 민족문제와 한인사회』, 집문당, 1998, 45~46쪽 참조.

24) 한승동, 「우리말 소설근원은 소수민족 슬픔」, ≪한겨레신문≫, 2007.3.12.

25) 소수민족은 국가라는 권력을 장악한 다수민족 또는 강대민족에게 예속적 입장에 놓인 민족을 말한다. 소수민족은 우선 수적으로 열세에 있으며 수적으로 열세하기 때문에 정치적 권력에서 불리한 입장에 있을 수밖에 없다(이광규, 앞의 책, 119~121쪽 참조).

하는 정체성의 혼란을 겪게 되는 것이다.

홍지하가 한국에 발을 내딛게 된 것은 '고향 땅에 가서 누워봤으면' 하는 아버지의 생전의 소원을 풀어드리기 위해서였고, 할아버지를 비롯한 아버지의 가족을 찾고 싶은 욕망에서였다. 홍지하는 할아버지를 찾기 위해 애타게 수소문하는 한편, 숙식비를 해결해야 하므로 친구 최인규의 아내 혜경의 소개로 건설현장에서 일을 하게 된다. 한 작가로서의 지성적 삶이 아니라 고용노동자로서 최하층 생활을 직접 체험하는 동안, 홍지하는 조선족에 대한 한국인의 차별과 냉대에서 오는 소외감과 괴리감을 느끼기 시작한다.

현장에서 고공작업을 하다가 떨어져 다리를 상한 친구 최인규는 회사 정식 직원이 아니라는 이유로 아무런 보상도 받지 못한 채 일 년 동안 뼈 빠지게 벌어서 고생스레 모은 돈을 치료비로 다 써 버리게 되고, 아내 혜경은 남편의 치료비를 더 마련하기 위해 남편 모르게 4백만 원의 돈을 받고 강 사장의 씨받이가 되어 주기로 약속한다. 친구의 딱한 사정을 보다 못한 홍지하는 인규가 일하던 회사를 찾아가 보험적 책임을 추궁하지만, 회사 측에서는 아주 당당하게 책임을 회피하였을 뿐만 아니라, 오히려 인규를 불법체류자로 고소하여 강제출국 시키겠다고 으름장을 놓기까지 했다. "뜻하지 않은 곳에서 날아온 폭탄에 얻어맞은 듯"[26] 큰 충격을 받은 홍지하는 인간의 생명보다는 돈을 선호하고, 동포라는 혈통 의식보다는 고용노동자나 불법체류자 외에는 아무 것도 아니라는 소극적 관념을 가진 한국인의 행실에서 소외감과 단절감을 다시 한 번 절감한다.

불법 체류자들 절대 다수는 중국이 계획경제 시대로부터 상품경제 시대로 넘어가면서 경제개혁의 물결에 의해 생활 저변부로 밀려난

---

26) 허련순, 앞의 책, 95쪽.

실직자거나 농민들이다.27) 한중 수교가 이루어진 후 조선족은 경제적으로 급속도의 발전을 가져 온 한국을 발견하게 되면서 한국을 선조의 뼈가 묻힌 모국의 의미뿐만이 아닌, 부를 상징하는 기회의 땅으로도 인식하기 시작했다. 조선족들은 한국 진출을 삶의 유일한 꿈으로 간주하였고, 따라서 방법과 수단을 가리지 않고 불법적 경로를 통한 한국 진출을 꾀하거나 불법적 신분으로 한국에 체류해 있으면서 숨어 지내기도 하였다. 따라서 불법 체류자는 고용자의 불평등한 대우와 비인간적인 모멸에도 견딜 수밖에 없었고, 이런 현실은 한국인들에게 조선족은 돈을 벌기 위해 잘 참는, 조금은 무시해도 좋은 그런 존재라는 인식을 심어주게 된 것이다.28) 여기서 한국인과 조선족의 관계는 민족적 유대관계를 넘어선 고용자/피고용자, 원주민/이주민(이방인)이라는 이항적 수직 관계로 고착되는 것이다.

강 사장이 혜경을 씨받이로 고용한 것 역시 이와 같은 맥락에서 이해할 수 있다. 나이 쉰 살이 넘도록 자식을 두지 못한 강 사장은 자신의 공사장에서 일하고 있는 혜경이를 만났고, 마침 남편의 다리 치료비 때문에 고민 중이었던 혜경은 자신의 아이를 낳아달라는 강 사장의 제안을 받아들이게 된다. "중국 동포들은 요구도 별로 높지 않을 거고 조만간에 중국으로 돌아가면 일체 관계가 끊어져 버려 앞으로 생모가 아이를 찾아다니는 시끄러운 일은 절대 없을 거라는 판단과 예견"29)하에 강 사장은 조선족 여성을 선택한 것이다.

하지만 계획대로 임신을 한 혜경이가 폐결핵으로 앓게 되자 강 사장은 자기의 계산에 맞지 않는 아이를 긁어 치우라고 촉구한다. 유산하기엔 이미 늦은데다가 강 사장의 일방적인 계약의 취소로 막다른

---

27) 리혜선, 『코리안 드림: 그 방황과 희망의 보고서』, 아이필드, 2003, 5쪽.
28) 최병우, 앞의 논문, 521쪽.
29) 허련순, 앞의 책, 171쪽.

골목에로 내몰린 혜경은 끝내 투신자살하고 만다.

홍지하는 혜경의 딱한 사연을 알고 있었음에도 그녀를 말리지 못한 자신의 우유부단함을 책망한다. 그러나 홍지하가 더욱 충격 받은 것은 한국에 있는 아버지의 가족들이 아버지를 인정하지 않는 사실에서였다.

홍지하는 서은미를 통해 할아버지를 찾게 되지만, 할아버지는 결국 손자를 만나 보지 못한 채 세상을 하직한다. 홍지하는 아버지의 전 아내인 안씨와 이복형 홍성표를 만나게 되나, 그들은 태연자약한 태도로 혈육적 관계를 부인한다. 처음에는 홍지하를 사기꾼으로 취급을 하더니, 재산 상속권을 홍지하에게 넘긴다는 할아버지의 유언장이 공개된 후에는 아버지를 가족으로 받아들이기를 아예 거부한다.

"이해해주길 바라네. 솔직히 터 놓으면 이 문제는 몇억 원의 유산 상속권 문제와 관련된다구. 신중하지 않을 수 없네."[30]

홍성표는 한참이나 멍하니 이쪽을 쏘아보다 말고 자리에서 훌쩍 일어섰다.

"나 바쁜 사람이네. 여기서 새빠진 소릴 줴칠 새가 없네."

"가시더라도 당신 아버지 골회를 어떻게 해야 좋겠냐는 의향만은 얘기하고 가셔야지 않겠어요?"

"아버지라고 인정한 적 한 번도 없으니깐 나하고 상관없네"

"할아버지 유산 때문에 친아버지마저 인정하지 않다니요? 참 돈은 무섭구만요. 사람 있고 돈이 있지 돈이 사람을 만듭니까? 조상도 모르는 당신에게 하느님은 천벌을 내릴 겁니다. 천벌을!"[31]

---

30) 허련순, 앞의 책, 342쪽.
31) 위의 책, 344쪽.

남편을 남편으로 인정하지 않는 안씨나, 아버지를 아버지로 인정하지 않는 홍성표나 그들에게 혈육보다 더욱 귀중한 것은 유산, 즉 돈이었다. 돈 앞에서 혈육이란 무의미하고 무색한 것으로 느껴진 것이다. 아버지가 생전에 오매에도 그리던 고향 가족들은 돈 때문에 아버지를 부인했고, 아버지는 결국 혈육으로부터 무자비하게 소외당한 하찮은 존재가 되어 버린다. "친척도 친지도 이웃도 모르는 살벌한 경쟁 사회, 생존 경쟁만이 움직이는 지극히도 무심한"[32] 한국 사회에서의 체험을 통해 홍지하는 "내 영혼은 구경 어디서 왔으며 또 어디로 가야 하는 걸까!"[33]하는 자기 정체성의 갈등에 휩싸이게 된다.

불법체류자 구류, 보험적 책임 회피, 혈통적 가족관계 부인, 친구 부부의 자살 등 사사건건을 몸소 체험한 홍지하에게 있어서 한국은 더는 아름답고 신비스러운 땅이 아니라, '외로운 이국땅', '동족을 박대하는 민족', '죽지 않고 살아만 있다면 다행'일 정도로 '목숨을 내건' 위험한 곳으로 인식된다.

홍지하는 양심이나 목숨, 그리고 혈통보다는 돈을 더욱 중요시하는 한국인들이 중국 조선족에 대해 불친절한 태도의 원인은 경제적 차이에서 비롯된 것이라는 결론을 내린다.

"바로 중국 동포에 대한 한국 정부의 차별대우입니다. 재미동포와 재일동포들은 마음대로 출입국을 할 수 있는데 중국 동포만은 왜 제한합니까? 그들은 잘살고 우린 못살기 때문이죠. 그렇죠?"

기자는 웃기만 하고 대답을 하지 않았다.

"70년대와 80년대에 스스로 이민을 떠난 재미동포들과는 달리 중국 동

---

32) 허련순, 「서울에서의 인간수업」(수필), 『서울에서 못다한 이야기』, 말과창조사, 1997, 78쪽.
33) 위의 책, 193쪽.

포들은 나라가 없고 또 나라를 지켜주는 이가 없을 때 살 길을 찾아 고국을 떠났다가 또는 조국을 찾기 위해 항일투쟁에 뛰어들었던 투사들과 그 후손들입니다. 한국이 이들을 못산다고 해서 냉대할 수 있습니까?"[34]

홍지하는 재미동포나 재일동포에 대해서는 자유로운 출입국을 허가하는 반면, 중국 동포의 출입국을 제한하고 있는 한국 정부의 불평등한 정책에 분개한다. 홍지하의 말대로라면 조선족은 재미동포나 재일동포와는 달리, 일제시기에 조국의 해방을 위해 항일투쟁에 적극적으로 뛰어들었던 투사들과 그 후손들로서, 모국으로부터 불평등한 대우와 차별을 받을 이유가 없다는 것이다.

중국 조선족에 대한 한국 정부의 불평등한 정책은 1999년 8월에 시행된 '재외동포법'에 잘 드러나 있다. 재외동포들에게 출입국과 체류상의 혜택을 부여하기 위해 제정된 '재외동포법'은 재외동포의 자격을 '대한민국의 국적을 보유하였던 자 또는 그 직계비속'으로 정의함으로써 1948년 한국 정부 수립 이전에 이주한 조선족과 구소련 동포들을 적용대상에서 제외시키고 있다. 조선족 불법체류자가 증대하는 이유도 이러한 불평등정책과 분리시켜 생각할 수 없다.

홍지하는 물질주의, 금전 만능주의가 팽배하고 있는 한국 땅에 자신이 설 자리는 없음을 끝내 깨우치고, 이젠 귀국하는 것보다 더 절박한 것이 없다는 생각을 하게 된다. 이 땅이 '숙명적인 혈육이 얽혀 있는, 선조들의 뼈가 묻힌 잊을 수 없는 땅'이긴 하지만, 조선족을 '이방의 타민족으로 여기면서 쌀의 뉘와 물에 뜬 몇 방울의 기름처럼'[35]대하는 이 땅을 한시바삐 떠나고 싶었기 때문이다.

---

34) 위의 책, 157쪽.
35) 위의 책, 275쪽.

뿌리 없는 나무의 신세, 바람이 아무렇게나 흘려놓고 간 왜소한 바람꽃일까. 악마의 씨종자, 비리와 부정의 발원처인 그 놈의 금전 때문에 사랑과 믿음을 폐해시키고 양심과 인정과 인간애마저 포기시킨 금전에 환장한 그 속물들에 의해 내버려진 애처로운 사생아일까. 전신이 풍쟁이 촉각처럼 예민해질 수록 망각의 끝에 서서 잃어버린 자신을 되찾고 싶었다. 섣부르게 품은 희망 또는 욕망은 마음을 얼마나 아프고 쓰리게 하였던가.36)

위의 인용문에서 보다시피 홍지하는 '바람결에 떠밀리어 아무렇게나 뿌려진 바람꽃', '물속에 용해될 수 없는 한 방울의 기름'과도 같이 동족에게 수없이 배척당하고 내몰리기만 하는 하찮은 존재가 된 조선족의 비극적 운명을 한탄하고 있다. 한국에 체류해 있는 수많은 중국 조선족들이 노동의 대가조차 제대로 지불받지 못해37) 궁지에 빠져 있는 현실적 상황을 상기할 때, 한국에 와서 부지런히 일해 부자가 되겠다는 조선족의 희망은 지나친 욕심에 지나지 않는다는 것이 홍지하가 내린 결론이다.

가난해도 중국으로 돌아가자고 우겼던 혜경이나, 죽을 때 고향(중국)을 향해 머리를 놓겠다던 인규와 마찬가지로 가족에게 혈육을 인정받지 못한 홍지하 역시 중국으로의 회귀를 갈망했다. 한국을 경험하게 되면서 그동안 등한시하고 있었던 자신의 국민 정체성을 새롭게 인식하고 자기 정체성을 재정립해 나가기 시작한 것이다.

---

36) 위의 책, 369쪽.

37) 2007년 3월 6일 MBC에서 〈여수 화재 사건, 그곳엔 누가 있었나?〉라는 제목으로 방송된 'PD수첩' 프로그램에서는 재한 중국 동포 문제를 언급한 바 있다. 방송에 의하면, 2006년 6월말 기준 노동부에 접수된 임금체불 액수만 해도 16억 3800만원으로 나타났고, 노동부 통계에는 나타나지 않은 불법체류자들이 18만 명에 육박한다는 것을 감안하면, 임금체불의 어려움을 겪고 있는 노동자들은 훨씬 많을 것으로 예상 된다고 전하고 있다. http://www.imbc.com(검색일: 2010.8.20)

정체성은 타자와의 상호작용 속에서 형성되고 부단히 변화하는 개념이다. 중국에서 살면서 조선족이 주로 한족과의 상호 작용 속에서 민족 정체성을 우선시하면서 자기 정체성을 형성해 왔다면, 한국에 와서는 한국인과의 상호 작용 속에서 국민 정체성을 되살리고 자기 정체성에 대해 새로운 인식을 갖게 되었던 것이다. 수많은 교포들이 "한국에 와서야 자기가 중국 사람이라는 것을 느꼈다"[38]라고 고백하는 것도 이와 상통한다. 한국을 경험한 후 조선족은 이제 민족 정체성보다 국민 정체성을 더 추구하는 쪽으로 치우치게 된다. 하지만 그렇다고 해서 민족적 정체성이 부정되거나 사라지는 것은 아니다. 조선족은 민족적 정체성을 바탕에 깔고 국민 정체성과의 상호 관계 속에서 부단히 새로운 정체성을 발견·확립해 가는 과정에 있기 때문이다.

4. 이중적 정체성의 발견과 '극복 의식'

작가는 작품에서 한국에 와 있는 조선족과 한국인 사이에서 발생하고 있는 충돌과 모순을 끝까지 밀고 나가는 것이 아니라 화해에로 풀어나감으로써 조선족이 자기 정체성의 혼란을 극복할 수 있는 여건을 조성하고, 나아가 조선족과 한국인 사이의 희망적인 미래까지 예감하고 있다. 홍지하와 오두석이 맺고 있는 우호적 관계가 그

---

38) 김재국, 앞의 책, 246쪽. 이 점은 한국사회를 경험하기 전과 후, 중국 조선족에 대한 황승연의 질문조사에서도 확연히 드러난다. 그의 조사에 따르면, '중국과 한국이 탁구시합을 하면 어디를 응원하겠느냐'라는 질문에서 한국 방문을 준비하고 있는 조선족은 35.7% : 64.3%로 한국 쪽의 응원에 더 치우쳤고, 한국에서의 생활을 마치고 귀국하는 조선족은 51.1% : 48.9%로 중국 쪽 응원을 원하고 있다(황승연, 「중국동포들의 한국사회 적응실태 조사연구」, 『아태연구』 제1집, 경희대학교 아태지역연구원, 1994, 198쪽).

러하다. 둘은 원래 몸싸움의 대결까지 벌릴 정도로 적대적인 사이였지만 결국 화해하고 우정적 관계로 발전한다. 조선족을 무식하다고 마구 무시하던 오두석은 조선족 여자에게 장가들고 싶다는 적극적인 의사를 밝히기까지 하는데, 이런 화해적인 해결은 조선족과 한국인 사이에 앞으로 이어가야 할 연대성(連帶性)을 말해 주는 것이기도 하다.

이러한 연대성은 홍지하가 귀국하기 전 아버지의 골회를 아버지의 고향인 경북 달성군 깊은 산골에 있는 한 노송 밑에 뿌리고, 먼 훗날 대대손손이 이 노송 밑에 와서 술을 붓고 절을 올릴 것이라는 약속을 하는 장면에서 더욱 구체화된다.

속삭이면서 노송 앞에 무릎을 꿇고 웅크리고 앉아 아버지의 골회함을 열었다. 비닐주머니 속에서 한줌의 골회를 꺼내어 노송을 중심으로 골고루 뿌렸다. 뒤이어 엎드려 세 번 큰절을 올렸다.
아버지, 부디 외로워하지 마세요. 아버지께서 그토록 잊지 못해 그리워했던 고향산입니다. 먼 훗날 저도 재영이도 대대손손이 이 노송밑에 와서 술을 붓고 절을 올릴 겁니다. 구천에서 제발 안식의 나날을 보내십시오.[39]

위 인용문은 영원히 끊으려야 끊을 수 없는 모국과의 연대성을 잘 보여 주고 있다. 그리고 이 연대감 때문에 그동안 한국체험에서 급격히 저하된 민족적 정체성의 위상을 다시 회복하고 자기 정체성의 혼란을 극복하고자 하는 주인공의 의지도 드러내고 있는 것이다. 이러한 정체성의 갈등과 그 극복의 의지는 홍지하가 조선족 정체성의 이중적 성격을 확인해 나가는 과정을 말해 주는 것이기도 하다.

---

39) 허련순, 앞의 책(『바람꽃』), 345쪽.

조선족의 '이중성'은 '조선적인 것'과 '중국적인 것' 두 가지 성질의 융합으로 나타난다. 이 융합은 두 가지 성질의 단순하고 간단한 조합이 아니다. 그것은 두 가지 성질을 나란히 가져다 놓은 것도 기계적으로 더한 것도 아닌, 실질적인 융합을 통해 이루어진 '특수하고 새로운 문화체계'[40]인 것이다. 따라서 이 새로운 문화체계를 구성하는 부분들은 일대일의 비례로 공존해 있거나, 동등한 위치에 놓여 있는 것은 아니라 언제든지 변동될 수 있는 역동적 관계 속에 놓여 있다. 이주 초기에는 '조선적인 것'이 우위를 차지했지만, 세월이 흐를수록 '중국적인 것'이 우위를 차지할 수도 있고, 또 주변 환경의 변화와 모국 문화의 우월성, 영향력이 강화될 때 '조선적인 것'에 더 치우칠 수도 있는 것이다.

허련순의 『바람꽃』은 바로 주변 환경의 변화 속에서 조선족의 정체성을 구성하는 민족성·국민성 두 성격 사이의 역동적이고 변동적인 관계를 사실적으로 보여 주고 있으며, 이러한 관계 속에서 자신의 이중적 정체성을 점차 깨달아나가는 조선족의 전형적인 모습을 작품에 그대로 담아내고 있다.

조선족의 이중적 정체성은 홍지하가 귀국을 앞두고 한국에 대해 느끼는 양가적인 감정에서 재차 확인된다.

귀국을 앞두고 홍지하의 심정은 뒤숭숭했다. 한국이란 여기에서 한시바삐 떠나고 싶었던 그렇게 역겹고 지겨운 곳이었으나 정작 떠난다고 짐

---

40) 김강일은 이를 조선반도의 고유문화와 중국문화의 결합으로 이루어진 새로운 문화정합 체계라고 말한다. 이 정합체계를 설명하기 위해 그는 물(H_2O)을 예로 든다. 즉, 수소와 산소에는 물의 특징이 없다. 하지만 그들이 정합체계를 이루는 경우 액체로서의 물의 특성을 지니게 되는 것이다. 이는 구성부분이 정합체계를 이룬다면 그 구성부분이 원래 지니고 있지 않았던 커다란 새로운 기능을 형성한다는 것을 말해 준다(김강일, 앞의 책, 22~25쪽 참조).

을 싸야 하는 이 시각 영문 모를 그리움과 그 어떤 미련으로 외로움만
가심해졌다. 이상하게도 자기가 이 세상에 소속되지 않은 듯 마음이 허공
에 헨둥 떠 있었다.[41]

홍지하는 귀국을 앞두고 '한시바삐 떠나고 싶었던 그렇게 역겹고
지겨운 곳'이었음에도 불구하고, 한국에 대해 영문 모를 그리움과 미
련을 느낀다. 조선족이 마땅히 있어야 할 자리, 앞으로 조선족의 미
래를 개척해 나가야 하는 기회의 공간이 한국이 아닌 중국이라는 점
을 분명히 깨달았음에도 불구하고, 좀처럼 사라지지 않는 그 '뿌리
의식', 이것이야말로 홍지하가 새롭게 인식한 조선족의 정체성 그 이
중적 성격인 것이다. 중국은 오늘도 앞으로도 조선족의 삶의 터전임
은 틀림없으나 조선족의 근본적 뿌리 역시 망각하지 말아야 한다는
것이 홍지하가 새롭게 인식한 조선족의 이중적 정체성이며, 결국 이
작품이 보여 주고자 하는 핵심 내용인 것이다.

5. 『바람꽃』이 갖는 가치와 한계

허련순 작가는 중국 조선족들이 한국행에서 실제적으로 겪게 되는
억울함과 서러움을 조선족 작가인 홍지하의 시각으로 그려내면서,
한국인의 불평등한 대우와 불친절한 태도에서 야기된 조선족 정체성
의 혼란과 극복의 과정을 여실하게 다루고 있으며, 조선족의 새로운
정체성이 발견·확립되는 과정을 홍지하의 의식의 변화를 통해 잘 보
여 주고 있다. 주인공 홍지하의 의식의 변화는 그의 민족성과 국민성

---

41) 허련순, 앞의 책, 361쪽.

간의 우열·상하 위치상의 변화와 관련된다. 따라서 이 글은 중국 조선족이 정체성을 재인식해 가는 과정을 주인공 홍지하의 의식의 변화, 즉 민족적 정체성과 국민 정체성 두 가지 요소 간의 관계 속에서 살피는 데 목적을 두었다.

홍지하는 고향에 가고 싶다는 아버지의 마지막 소원을 풀어드리기 위해 한국행을 하게 되었고, 한국에 온 후 그는 할아버지를 비롯한 아버지의 가족을 찾고자 노력한다. 중국에 있을 때, 아버지의 영향에 힘입어 한국에 대해 알아가기 시작한 홍지하는 한국을 아버지의 고향으로서만이 아닌, 자신의 영혼과 뿌리가 박힌 땅으로 인식한다. 중국에서 살면서 그는 한족과의 비교를 통해 조선족의 우월적 특징을 추출해 내고 거기서 민족적 정체성을 획득해 나간다. 이때 홍지하에게 민족적 정체성은 국민 정체성보다 우위에 있다. 이 점은 그가 한국에 왔을 때 숙명처럼 가슴에 와 닿는 동질감 때문에 어려운 처지에 놓인 한국인에게 선뜻 도움을 주는 행위에서 확인할 수 있었다.

그러나 홍지하의 한국행은 그에게 좋은 추억을 남겨 주지는 못했다. 자기 이익을 위해서라면 인간의 생명도 핏줄도 거들떠보지 않는 강 사장의 무책임한 행동, 돈 앞에서 가족조차 극구 부인하는 안씨와 홍성표의 철면피한 행위, 중국 조선족 불법체류자들을 대상으로 쩍하면 강제출국을 위협하며 마음대로 박대하고 멸시하는 한국인들의 소행은 홍지하에게 충격적이고 부정적인 한국적 이미지를 안겨주었다. 그러는 가운데 절대적 우위를 차지했던 민족적 정체성의 위상은 점차 하락하고 대신 그동안 간과했던 국민 정체성이 부각되기 시작한다. 이 점은 홍지하를 비롯한 한국에 와 있는 조선족들이 중국을 그리워하고 중국으로의 회귀를 갈망하고 있다는 데서 알 수 있다.

홍지하의 한국행은 한국에 입국하기 전 그의 마음속에 이미 확립되었던 자기 정체성을 뒤집어 놓았으며, 모순과 혼란 속에서 홍지하는 비로소 '중국 조선족'으로서의 이중적 성격의 정체성을 깨달아간다. 한국은 한시 급히 떠나고 싶은 땅으로 생각하면서도 한국에 영문 모를 그리움과 미련을 느끼는 주인공의 양가적인 감정은 조선족의 이중적 정체성의 실체를 드러내는 것이기도 하다.

허련순의 『바람꽃』은 한국을 방문한 중국 조선족들이 현지 한국인들과 겪게 되는 갈등을 문학적으로 형상화함으로써, 현실적으로 문제시되는 조선족의 정체성 문제를 잘 반영하였다는 점에서는 그 가치를 높이 평가할 만하다. 그러나 작품은 한 조선족의 일방적인 시선으로 전반 한국사회의 부정적인 일면만 언급하고 있어 다소 편파적인 느낌에서 벗어나지 못하고 있다는 점을 그 한계로 지적하지 않을 수 없다. 이는 결국 부정적인 시선으로 한국을 바라보고 있는 작가의 주관적인 감정이 작품에 투영됨으로써 빚어진 결과이기도 한 것이다.

참고문헌

강순화, 『중국 조선족 문화와 여성문제』, 한국학술정보, 2005.

권태환, 『중국 조선족 사회의 변화: 1990년 이후를 중심으로』, 서울대학교 출판부, 2006.

김강일, 「중국조선족 사회 지위론」, 『중국조선족: 사회의 문화우세와 발전전략』, 연변인민출판사, 2001.

김기옥, 「재외한인 여성문학에 나타난 소수자 정체성 문제: 이혜리의 『할머니가 있는 풍경』과 허련순의 『바람꽃』을 중심으로」, 서울대학교 석사논문, 2007.

김재국, 『한국은 없다』, 민예당, 1996.

김호웅, 「근대에 대한 성찰과 우리문학의 새로운 주제」, 『국제학술대회』 제16회, 한중인문학회, 2006.

_____, 『인간은 만남으로 자란다』, 한국학술정보, 2009.

_____, 「중국조선족과 디아스포라」, 『한중인문학연구』 제29집, 한중인문학회, 2010.

리혜선, 『코리안 드림: 그 방황과 희망의 보고서』, 아이필드, 2003.

오경희, 「민족과 젠더의 경계에 선 여성의 이산」, 『아시아여성연구』 제46권, 숙명여대아시아여성연구소, 2007.

오상순, 「조선족 여성작가 허련순의 소설과 당대 남성작가들의 소설에 나타난 '뿌리 찾기 의식' 연구」, 『여성문학연구』 제12집, 한국여성문학학회, 2004.

이광규, 『민족과 국가』, 일조각, 1997.

전성호, 「조선족과 한족의 생활문화 비교」, 『중국조선족우열성연구』, 연변인민출판사, 1994.

최병우, 「조선족 소설에 나타난 민족의 문제」, 『현대소설연구』 제42집, 한국현대소설학회, 2009.

_____, 「한중수교가 중국조선족 소설에 미친 영향 연구」, 『국어국문학』 151, 국어
　　　국문학회, 2009.

최우길, 「중국 조선족 그리고 우리의 정책」, '한국정신문화연구원 한국학국제학
　　　술회의' 발표논문, 세종연구소, 2000.

_____, 「중국 조선족의 정체성 변화, 위치와 역할」, '한국정신문화연구원 한국학
　　　국제학술회의 발표문', 선문대학교, 2000.

_____, 「중국 조선족 여류작가의 작품에 나타난 한국」, 『국제어문학회 학술대회
　　　자료집』, 국제어문학회, 2008.

최협·이광규, 『다민족국가의 민족문제와 한인사회』, 집문당, 1998.

허련순, 『바람꽃』, 범우사, 1996.

_____, 「서울에서의 인간수업」(수필), 『서울에서 못다한 이야기』, 말과창조사,
　　　1997.

황승연, 「중국동포들의 한국사회 적응실태 조사연구」, 『아태연구』 제1집, 경희대
　　　학교 아태지역연구원, 1994.

제2부 한국 학자가 본 조선족 문학

한중수교 이후 조선족 소설에 나타난 삶과 의식※

최병우

(강릉원주대학교)

1. 한중수교와 조선족

조선족 집거지에서 자신들의 공동체를 이루어 살며 민족문화를 공유하며 살아오던 조선족들의 삶은 중국 정부의 개혁개방 정책과 한중수교로 인하여 급격히 변화하기 시작하였다. 그들은 돈을 벌기 위하여 공동체를 떠나 도시로 몰려들었으며, 한국으로 나가 번 돈으로 자식들을 교육시켜 안정적인 미래를 보장받으려 하였다. 조선족들의 삶의 중심지였던 연변조선족자치주를 비롯한 동북 삼성의 집거지에 모여 살던 조선족들의 삶의 무대는 점차 넓어져서 북경, 상해, 산동 등 관내 지구로의 이동과 한국으로의 이주가 엄청난 규모로 이루어졌다. 그야말로 한반도에서 만주 지역으로 이주해 간 조선인들의 후예인 조선족들의 이차이산1)이 본격화 되었다. 이러한 조선족들의 현

※ 이 글은 『한중인문학연구』 37집(2012)에 게재되었던 것을 수정·보완하였다.

실을 조선족 중견시인 석화는 아래와 같은 시로 선명하게 그려낸 바 있다.

연변은 원래 쪽바가지에 담겨

황소등짝에 실려왔는데

문화혁명때 주아바이랑 한번 덜컥 했다

후에 서시장바닥에서 달래랑 풋배추처럼

파릇파릇 다시 살아났다가

장춘역전 앞골목에서 무우짠지랑 함께

약간 소문났다

다음에는 북경이고 상해고

랭면발처럼 쫙쫙 뻗어나갔는데

전국적으로 대도시에 없는 곳이 없는게

연변이였다

요즘은 배타고 비행기타고 한국가서

식당이나 공사판에서 기별이 조금 들리지만

그야 소규모이고

동쪽으로 도꾜, 북쪽으로 하바롭스크

그리고 싸이판, 쌘프랜씨스코에 빠리, 런던까지

이 지구상 어느 구석엔들 연변이 없을소냐.2)

시인은 짧은 한 편의 시에서 조선족들의 역사와 현실을 간명하게

---

1) 최근 조선족들이 겪고 있는 한국과 관내로의 이주를 일제강점기 만주로의 이산을 경험한 조선족 1세대들에 이은 두 번째 이산으로 인식하고 이차이산이라 명명한다. 조선족 이차이산에 대해서는 최병우, 「조선족 이차 이산과 그 소설적 형상화 연구」(『한중인문학연구』 29, 2010.4)를 참고할 것.

2) 석화, 「연변 4: 연변은 간다」 일부, 『연변』, 연변인민출판사, 2006, 8~9쪽.

담아내고 있다. 한반도를 떠나 살길을 찾아온 조선족들이 문화대혁명 때 주덕해가 화를 당하는 것으로 대표되듯 많은 시련을 겪다가 개혁개방으로 삶이 나아지더니 중국 전역으로 또 한국으로 세계 여러 곳으로 이주하여 살아가고 있음을 노래하고 있는 것이다. 조선족들은 한국에서 살길을 찾아 조선조 말과 일제강점기에 중국으로 이주해 간 조선인들의 후예이며 개혁개방을 맞이하여 그들이 주로 삶을 꾸려왔던 조선족 공동체를 떠나 돈을 벌기 위하여 대도시로 이주하였고, 한중수교로 이후 수많은 조선족들이 한국으로 건너가 이주노동자로서의 삶을 살게 되었다. 이러한 이차에 걸친 이산의 과정으로 보아 조선족들의 삶은 이주의 관점에서 연구하기에 아주 적절한 대상이 된다.

이 글은 한중수교 20주년을 맞이하여 한중수교 이후 조선족들의 삶의 변화 양상이 조선족 소설에 어떻게 형상화되어 있는가를 살피고자 한다. 한중수교 이후 조선족들의 삶과 의식의 변화에 대해서는 사회과학 분야에서 집중적으로 현장 연구가 이루어져 상당한 연구 성과를 보여 주고 있다.[3] 그러나 연변자치주 정부나 한국 외교부가 발표하는 자료들을 분석하여 조선족들의 이주와 관련한 현황을 파악

---

[3] 사회과학 분야에서의 조선족 삶에 대한 연구 성과는 적지 않다. 대표적인 성과를 들면 아래와 같다.

이현정, 「'한국 취업'과 중국조선족의 사회문화적 변화: 민족지적 연구」, 서울대학교 석사논문, 2000.

이광규, 『격동기의 중국조선족』, 백산서당, 2002.

유명기, 「민족과 국민 사이에서: 한국체류 조선족들의 정체성 인식에 관하여」, 『한국문화인류학』 35, 한국문화인류학회, 2002.

임계순, 『우리에게 다가온 조선족은 누구인가』, 현암사, 2003.

최웅용 외, 『중국조선족 사회의 경제 환경』, 집문당, 2005.

권태환 편저, 『중국조선족 사회의 변화』, 서울대학교 출판부, 2005.

이장섭 외, 『중국조선족 기업의 경영활동』, 북코리아, 2006.

이승률, 『동북아시대와 조선족』, 박영사, 2007.

하고, 조선족과의 대담을 통하여 그들의 경험과 의식을 정리하는 이들의 성과는 한중수교 이후 조선족의 삶에 대한 객관적이고 추상적인 설명은 가능하나 그들의 내밀한 의식의 층위를 밝히는 데에는 일정한 한계가 있다. 필자가 조선족 소설을 통하여 한중수교 이후 조선족들의 이주에 따른 삶과 의식의 변화를 구명해 보고자 하는 것은 소설이 지니는 현실 응전력이 그들의 삶과 의식의 변화 양상을 구명하는 데에는 보다 효과적이리라는 생각에서이다.

2. 공동체의 와해와 가치관의 혼돈

중국 정부의 개혁개방 정책으로 개체영농이 가능해지고 그들의 수입이 집체영농보다 나은 것이 확인되면서 중국 인민들은 개인적인 돈벌이에 눈을 돌리기 시작한다. 더욱이 그간 중국 경제의 중심을 이루어 오던 농업을 대체하기 시작한 상공업이 경제적인 부의 창출에 기여하는 힘을 인식한 후 많은 사람들이 농촌을 떠나 도시로 나와 일확천금을 노리는 상황이 전개된다. 조선족 역시 개혁개방 이후 오랜 기간 공동체를 이루고 살던 농촌을 떠나 도시로 진출하기 시작하였고, 1992년 한중수교 이후 한국으로 이주하여 돈을 벌 수 있는 길이 열리면서 조선족의 삶은 급격하게 변화한다. 개혁개방 이후 조금씩 와해되기 시작한 조선족 공동체는 한중수교 이후 급격한 사회 변화 속에 문화대혁명이라는 일대 혼란기에도 유지해 오던 전통적인 질서가 무너지고 점차 금전만능주의가 지배적인 가치관으로 자리 잡기에 이른다.4) 이러한 조선족 사회의 와해와 그에 따른 조선족들의

---

4) 그 구체적인 예들은 재한 조선족의 구술생애사를 정리한 박우·김용선 외 편저,『우리가 만나 한국』, 북코리아, 2012에서 확인되는 바이다. 이 책에는 한국으로 이주한 경험을 지닌

가치관의 변화를 보여 주는 것은 한중수교 이후 조선족 소설의 중요한 주제 경향이 된다.

한중수교 이후 나타난 가장 두드러진 조선족 사회의 변화는 돈을 벌기 위해 한국으로 나가는 조선족들이 많아지면서 농촌을 중심으로 형성되어 있던 조선족 공동체가 급격히 와해되었다는 점이다. 한국으로 나가기 위해 농지를 처분하고 또 한국에서 돈을 벌어 오면 자식들의 교육을 위해 또 농촌을 벗어나기 위해 도시로 이주하면서 조선족 공동체였던 농촌이 급격히 한족들로 대체된다.

"말두 말아라. 애 아비가 한국 나가면서 논밭과 함께 다 팔아치웠단다. 내사 맥이 없어 가꾸지는 못하겠지만 생각하면 분통이 터져서 어디 살겠느냐? 너도 알겠지만 그 금순이 애비 방만길이 놈 새끼에게 늬 형이 당했지 뭐니. 에이구 망할 놈의 새끼라구야."

사연을 듣고 보니 정말 주먹이 쥐어졌다. 외할머니네 집 혼자만 당하는 일이 아니었다. 산 설고 물 설은 이 요하 벌에 괴나리봇짐을 내려놓은 조상들이 망국노의 설움을 짓씹어 삼키며 피땀으로 일궈놓은 수전이 중국사람(한족)들의 손으로 녹아들어간다는 것이다. 아무 미련도 없이 조상님들이 물려준 땅을 한족사람들에게 헐값으로 넘겨주고 고향을 훌쩍 떠나간 얼빠진 마을 사람들이 미워났다. 촌간부들도 한통속이 되어 놀아나는지 누가 알랴.

앞마을 한족사람들은 벽돌집을 짓는다, 시멘트 길을 닦는다 온 마을이 야단법석인데 여기 조선족마을은 초상난 집처럼 한산했다, 하긴 고향마을에 동전 한 잎 보태주지 않는 놈이 괜스레 야단이니 저절로도 자신이 가소롭게 느껴졌다. 대도시에서 공무원으로 살면서 언제 어느 때 한번

_____

22명의 생애를 정리하여 한국 이주와 관련한 다양한 문제들과 그들의 내밀한 체험이 소개되어 있다.

고향생각이나 했던가? 고작해서 제 아비 산소에 비석이나 세우자고 고향을 찾아온 내가 분노한다는 것 자체가 아이러니 아닌가?[5]

이 작품에서는 조선족들이 한족들에게 땅을 파는 일이 한족들과 그에 빌붙어 거간꾼 노릇을 하는 조선족에게 속은 것으로 설정하고 있다. 그러나 위의 인용에서 드러나듯이 돈을 벌기 위하여 한국으로 나가면서 필요한 돈을 마련하기 위하여 또 노동력을 가진 남정네가 한국으로 나가면 묵어버릴 농지를 누구에게 인가는 넘겨야 하니 노동력을 가진 한족에게 넘어가는 일은 당연하다. 일제강점기 먹고살기 위해 만주로 건너온 조상들의 피땀이 배어 있는 논을 한족들의 손으로 넘기는 일은 안타깝기 이루 말할 수 없는 일이다. 또 마을을 지키고 있는 노인으로서는 조선족 공동체가 해체되고 토지가 한족의 손으로 넘어가는 일은 분통이 터질 일이다. 그러나 한국에 나가 돈을 벌면 농촌에서 뼈 빠지게 일하는 것보다 몇 배의 수익을 창출할 수 있는 것을 뻔히 알면서 농촌에 남아 있을 조선족은 없다.

그렇기 때문에 작중 화자 역시 자신이 살아왔던 삶의 터전이 한족의 손으로 넘어가 번듯한 마을로 변해 가는 데 비해 조선족들이 사는 동네는 점차 퇴락해 가는 현실을 안타깝게 바라보면서도 고향을 떠나 도시에서 고향을 잊고 살아온 자신을 생각하며 아쉬워 할 뿐이다. 조선족들이 고향을 떠나면서 조선족 공동체는 와해되고 타지에서 이주해 온 한족들이 그 땅을 헐값에 사서 새로운 삶의 공동체를 이루어 나간다. 이러한 조선족 농촌 공동체의 와해로 인해 농촌에 사는 사람들은 한국으로 나가지는 못하더라도 돈을 벌기 위해서는 무슨 수를 쓰더라도 농촌을 떠나야 한다는 생각을 갖게 된다. 이는 중국의 개혁

---

5) 최균필, 「세우지 못한 비석」, 중국연해조선족문인회, 『갯벌의 하얀 진주』, 청심정, 2009, 162~163쪽.

개방 이후 경제적인 이유로 농촌을 떠나 도시로 나와 노동을 하는
농민공이 증가하는 현상과 그 궤를 같이한다 하겠다.

　"오빠, 시내에 가면 저같은 사람도 일자리 얻을수 있슴까?"
　나는 무언가에 오해를 하고있다고 생각했다.
　"있지 않구, 지금은 농촌이고 도시고 크게 차이가 없소. 농촌에서 시내
에 들어와 사는 사람이 얼마나 많다고."
　"그럼 저를 도와줄수 있슴까? 전 무슨 일이나 다 할수 있슴다. 복무원
을 해도 되고 막일을 해도 됨. 공장에 들어가면 더 좋겠지만 그런 복은
생각 안함."
　"농촌이라고 나쁜 것이 아니잖소? 그리구……"
　나는 시집을 좋은데로 가면 되지 않느냐 말하려다 자존심을 건드릴것
같아 말끝을 흐려버렸다.
　"그리구 일도 많고……"
　"이 잘난 시골에서 못살겠슴다. 우리 마을의 최일수는 한국에 친척방문
갔다와서 시골에서 못살겠다고 연길에 간지 오람다."
　"거야 사람나름이지, 농촌이라고 꼭 사람이 못살데라는것은 아니지."
　금희는 완강하게 거부해왔다.
　"아님다. 아무리 똑똑한 사람도 농촌에 있으문 썩슴다. 저는 죽어도 농
촌에서 안살겠슴다!"
　나는 바보스럽게 농촌도 살만한 곳이라고 우기려다가 금희의 눈을 보
고 그만 입을 다물어버렸다.[6]

농촌 마을로 취재차 들른 나는 며칠간 머무르게 된 집의 딸인 금희

---

6) 우광훈, 「숙명 19호」, 『가람 건느지 마소』, 흑룡강조선민족출판사, 1997, 200~201쪽.

에게 조금은 살갑게 대한다. 그러던 어느 날 금희는 조금은 어색한 관계인 나에게 도시로 데려가 줄 수 있겠는지를 물어본다. 농촌에서 초중밖에 나오지 않은 금희가 도시로 나가면 할 일이 있겠느냐고 물었을 때 나는 무심히 농촌을 떠나 도시로 나와 사는 사람이 적지 않다고 말을 한다. 이에 금희는 도시에 살고 또 기자 생활을 하는 나에게 자신을 도시로 데려가 공장이면 좋겠지만 자신은 그런 능력이 없으니 가게 점원이나 막일을 할 수 있게 해 줄 수 없겠느냐는 부탁을 한다. 농촌도 사람이 살만 하고 농촌은 농촌대로 할 일이 적지 않다고 생각하는 나이지만 농촌에 살면 똑똑한 사람도 낙후될 수밖에 없으므로 죽어도 농촌을 떠나겠다는 금희의 완강한 자세에 눌려 결국은 도시로 데리고 나와 식당에서 일하는 점원으로 취직을 시켜주게 된다.

개혁개방 이후 집체영농이 몰락하고 개인의 능력에 따라 경제적인 부를 획득할 수 있게 되자 돈 벌 기회가 많은 도시로 사람들이 이주하기 시작하였다. 누군가 도시에 나가 큰돈을 벌었다는 소문은 농촌에 남아 있는 사람들에게 더 이상 농촌에 남아 농사짓는 일이 무망한 일로 생각하게 만든다. 더욱이 한중수교 이후 수많은 사람들이 한국에 나가 돈을 벌어오고 사는 모습이 번듯해져서는 농촌에서 살기를 거부하고 도시로 이주하는 일이 많아지자 이농에 대한 열정은 더욱 커지게 된다. 그들은 육체적 노동의 부하가 엄청나고 소득이 아주 적은 농촌을 떠나 도시로 이주하여 도시 하층민으로 살아가면서 도시가 뿜어내는 욕망 속으로 빨려들어 간다. 그러나 그들이 돈을 벌기 위해 이주해 온 도시는 결코 만만한 곳이 아니다. 결국 그들은 돈을 벌어야 한다는 욕망으로 농촌을 떠나 도시로 나오지만 결국은 한국에서 유입된 저급한 문화와 도시의 익명성에 흡수되어 점차 그들이 가지고 있던 삶의 진정성을 상실하고 가치관이 혼돈되는 상황으로 빠져든다.

　　"기어이 리유를 듣고싶은건 아닙니다만 이렇게 밑도 끝도 없이 사표를
던지는게 서운해요. 저두 처자 일가족 다 버리고 이국땅에 와서 고생하는
게 꼭 돈 벌려고 온것은 아닙니다. 동포들이 여기서 살고계시고 어렵게
살고계시는걸 보고 저그마한 도움이라도 주고싶었어요……"

　　진이한테는 강사장의 말이 들어오지 않았다. 돈 벌러 오지 안았다구?!
돈 몹시 싫어하네. 그래 처녀사냥 나왔지. 빨각거리는 따라 연계들 다리사
이에 착착 끼워넣어줬지 뭐야. 동포라는 이름으로, 구제의 이름으로 말야.
보상은 해진 처녀막을 받고. 기분 하나 좋았겠다. 씨팔, 동포 좋아하네.
그런 지성인이 동포처녈 첩처럼 기르고있는거야? 제기랄, 이 무궁화나무
밑에 버려진 멘스 무은 화냥년 팬티같은놈아……7)

　　한중수교 이후 조선족 사회로 진출한 한국 기업인들은 동포를 위
한다는 명분을 앞세웠으나 한국인과 조선족의 의식의 차이로 인하여
조선족 사회와 갈등을 겪지 않을 수 없게 된다. 위의 인용에서는 중
국으로 진출한 강 사장이 조선족 지식인인 진을 사업 파트너로 하여
회사를 운영하였으나 사업보다는 여성 편력에 빠져 사업은 돌보지
않아 조선족 사업 파트너와 갈등을 일으킨다. 한국에서 온 강 사장으
로서는 의사소통도 자유롭고 성적 욕망도 비교적 저렴하게 해결할
수 있어서 여가가 나면 조선족 여성과 삶을 즐긴다. 그러나 그것을
옆에서 지켜보는 조선족 간부로서는 사업보다는 여성 편력에 몰두하
는 것으로 느껴진다. 따라서 동업자로 시작한 두 사람 사이에는 갈등
이 생기고 결국은 파멸에 이르는 과정은 한국인과 조선족이 서로를

---

7) 위의 책, 115쪽.

불신하는 계기를 잘 보여 준다.

그러나 강 사장과 같은 인물들이 조선족 사회에 등장함에 따라 돈을 벌기 위해 농촌을 떠나 도시로 나온 많은 조선족 여성들이 쉽게 돈을 벌 수 있는 길을 선택하게 되고, 이러한 윤리적 타락이 조선족들 사이에 암처럼 퍼져나가 결국 조선족 사회는 윤리적으로 타락하게 된다. 강 사장의 행태에 분노를 느끼고 사표를 던진 진이 역시 아내가 있지만 직장 부하인 어린 미스 장을 건드려 아이를 배게 한 바 있다. 뿐만 아니라 진이는 농촌 소학교 교원생활에 적응하지 못하고 도시 학교로 이전도 되지 않아 교원을 포기하고 도시로 나와 카페를 전전하며 남자들이 성의 대가로 지불하는 돈으로 생활하는 미스 정과 성과 돈을 매개로 만남을 계속한다.

이처럼 농촌에서 공동체를 이루고 살아가던 조선족들은 개혁개방과 한중수교를 경험하면서 돈을 벌기 위하여 농촌을 떠나 도시로 이주한다. 그리고 이 과정에서 그들은 한중수교 이후 형성된 도시의 환락적인 분위기를 접하면서 도시의 환락과 욕망 속으로 빠져들게 된다. 조선족 소설에 나타나는 조선족의 도시로의 이주와 도시에서의 타락한 삶의 모습은 한중수교 이후 한국인들이 사회로 진출하면서 어떻게 조선족 사회가 와해되고 가치관 혼돈을 겪고 있는지를 여실히 보여 준다.

3. 한국 체험과 정체성의 재확립

한중수교 이후 나타난 조선족 소설에 나타난 가장 두드러진 제재 변화의 예는 한국 체험이다. 서울 아시안게임과 올림픽을 계기로 한국의 실상이 조선족 사회에 알려져 많은 조선족들이 한국을 방문하면서 조선족 사회에는 한국행 열풍이 불었다. 초청 방문만 허용되던 시기에 한국에 있는 가족이나 친지의 초청으로 받게 되는 한국 비자는 꿈을 이루어 주는 마법의 지팡이처럼 느껴졌다. 한국행을 꿈꾸는 조선족들이 폭발적으로 증가하면서 불법으로 비자를 만들어 주는 브로커들이 나타났고, 한국행을 위해 그들에게 제공해야 하는 경비는 조선족으로서는 감당하기 어려운 수준이었다. 그러나 한국으로 갈 수만 있다면 브로커에게 들어가는 경비는 큰 것이 아니라는 생각에 많은 조선족들이 무리하게 돈을 끌어 모아 한국행을 시도한다. 한국행을 시도한 조선족들은 많은 경우 한국행을 이루지도 못하고 파산하거나 한국에 건너가더라도 병을 얻어 더욱 어려운 상황으로 몰리기도 하고 불법 체류자가 되어 커다란 사회문제가 되기도 한다.8)

남편의 이야기는 밤새 이어졌다. 밀항배를 타러 떠났다가 배는커녕 바다도 보지 못한채 어느 려관방에서 사복한 공안에 단체로 붙잡혀 수감되여있으면서 밀항을 조직한 브로커의 이름을 불지 못한다고 몰매를 맞은 탓에 허리부상을 심하게 입은적이 있는 남편은 그후 거금을 내지르고 머리바꾸기비자로 한국에 나오긴 나왔지만 날씨가 흐려지거나 힘이 들면 허리통증이 생겨 일년치고 뒤서너달은 병치레를 하다보니 세월로는 3년이라지만 벌어놓은 돈이 없어 내가 학수고대하는 돈보다 미안하다는 전화를 더 많이 보내오는 남편. 보암보암 작은 병도 아닌것 같은데 신분이 신분인만큼 병원에도 맘놓고 가볼수 없고 있다 해도 치료비가 아까와 마냥 보내준 지통제나 먹고 그날그날을 지탱하고있는 형편이라며 츄리닝을 벗고 등허리를 보여주었다. 손바닥만한 파스가 등허리 여기저기에 부침

---

8) 불법 비자나 밀항에 따른 여러 사회 문제는 장편소설 리혜선의 『생명』, 허련순의 『누가 나비의 집을 보았을까』와 중편소설 장학규의 「노크하는 탈피」, 강호원의 「인천부두」 등 수없이 많은 조선족 소설의 제재가 되고 있다.

개처럼 덕지덕지 붙어있었다. 우리에겐 이 길 말고 정말로 다른 길은 없단 말인가?[9]

짧은 인용이지만 한중수교 이후 한국행 열풍 속에 조선족들이 겪게 되는 고난들이 전형적으로 제시된다. 밀항을 시도하다가 중국 공안에게 붙들려 수감되어 겪는 고통, 밀항 조직을 취조하는 과정에서 맞은 결과 얻게 된 허리 부상, 타인 명의의 비자로 위험을 무릅쓰고 감행하는 한국행, 허리 통증으로 막일도 제대로 못하여 겪는 경제적 어려움, 병치레를 하면서도 불법 체류의 신분이라 병원에 가 보지도 못하고 병을 키우게 되는 비참한 현실 등은 한국행을 감행한 많은 조선족들이 경험하고 감내하게 되는 고난 들이다. 이러한 삶을 스스로 선택한 조선족들은 이 모든 것을 견디며 묵묵히 일을 하며 돈을 모으려 하지만 한국인들의 차별[10]은 그들을 더욱 힘이 들게 한다.

한중수교 이후 한국행을 감행한 조선족들은 한국에서 다양한 형태의 행운과 불운을 경험한다. 조선족 소설에는 조선족들이 겪은 다양한 체험들, 적지 않은 돈을 모아 고향으로 돌아간 많은 사람들, 한국인들에게 사기를 당하여 절망의 늪에 빠져든 사람, 가족이 붕괴되기도 하고 또 불법 체류 단속에 걸려 곤욕을 치르는 사람들, 한국인들의 차별 속에서 분노를 느끼기도 하고 직접 행동으로 부딪히는 인물들을 다양한 방식으로 형상화되어 나타난다. 그리고 이러한 다양한 경험들을 축적하고 그 경험들이 조선족 네트워크를 통하여 공유하게

---

9) 박옥남, 「내 이름은 개똥네」, ≪연변문학≫, 2008년 3월호, 22~23쪽.

10) 조선족들에 대한 한국인들의 차별 문제는 한국 체험을 다루는 조선족 소설의 중요한 제재가 된다. 필자는 이러한 제재를 다룬 작품들에 대해 「조선족 소설에 나타난 민족의 문제」(『현대소설연구』, 2009.12, 42쪽)와 「중국조선족 소설에 나타난 한국의 이미지 연구」(『한중인문학연구』, 2010.8, 30쪽) 등에서 상론한 바 있다. 최병우, 『조선족 소설의 틀과 결』, 새미, 2012 참조.

되면서 한국이 과연 조선족들에게 어떠한 존재인가를 질문하기 시작한다.

　"한국이 과연 우리 교포들에게 천국같은 곳일가요?"

　"글쎄요. 사람마다 나름이겠죠."

　"왜 저의 눈엔 교포들이 한국 와서 부자가 됐다는 사람보다 타락된 사람이 더 많아 보일가요? 남자들은 주정뱅이 되고 여자들은 바람피우고 가정이 쪼각나고……"

　"왜 그쪽으로만 생각하세요? 돈 벌어서 고향에 돌아가 집 사고 가게 사고 잘 사는 사람이 많지 않아요? 하긴 한국이란 곳이 눈 뜨고 코 떼우는 곳이 맞죠. 그런줄 번연히 알면서 어쩔수없이 코떼우는 것이 우리들이고……"

　한숙자는 갑자기 슬픈 감상에 잠긴듯 호- 하고 한숨을 쉬었다.11)

　조선족들이 한국에 와서 적지 않은 돈을 번 것은 사실이지만 외피가 화려한 한국에서 생활하면서 한국인들의 욕망을 추수하게 되고 그 결과 윤리적인 타락을 경험하는 사람이 적지 않았다. 중국에서 중국 공민으로서 가난하나마 부부애를 가꾸며 살던 조선족들이 한국에 나와 생활하면서 다시 과거로 돌아가기 싫은 마음을 갖게 되고 그 결과 가정이 파탄되는 경우가 적지 않았다. 또 부부 중 한 사람만 한국에 나와 있는 경우 한국에 나와 있는 사람이나 중국에 남은 사람이나 외롭기는 마찬가지여서 새로운 삶을 꾸리게 되는 경우가 적지 않았던 것이다. 한국 체험을 다루는 조선족 소설 상당수에서 한국 체험에 따른 이혼의 문제가 다루어지는 것은 한중수교 이후 한국과의 교류 과정에서 겪게 된 조선족 사회의 어두운 일면을 보여 준다.

---

11) 강호원, 「인천부두」, ≪연변문학≫, 2000년 10월호, 35쪽.

위의 인용에서 보듯이 한국행이 성공한 사람도 적지 않지만 한국생활에 실패하여 경제적으로나 가정적으로 파탄에 이른 사람이 많다는 인식은 그들 자신이 어찌해야 하는가를 반문하는 계기가 된다.

조선족들이 한국에 와서 장기 체류를 하면서 점차 자신의 정체성에 대해 회의하게 되는 것은 당연한 일이다. 그들은 한국어를 사용하는 한민족의 일원이자 중국의 공민이어서 중국에서는 소수민족으로서 민족적 차별을 느끼게 되고 한국에서는 중국인이라서 국민적 차별을 받게 된다. 한국 체험을 통하여 이러한 양가적인 차별을 직접 경험하게 되면서 조선족들은 각기 다른 방식으로 자기 정체성을 확립하게 된다. 유명기는 조선족이 한국 체험을 통해 도달하게 되는 정체성이 하나로 귀결되지는 않고, 개인의 성향과 경험의 상이함으로 각기 다른 자기 정체성을 형성하게 된다고 지적한 바 있다.[12] 그는 그 대표적인 예로 장기 체류를 통해 한국인으로서의 민족 정체성을 강화해 가는 한국사회 정착형, 민족과 국가에 대한 기대를 포기하고 돈을 벌어 가족과 편히 살겠다는 개인주의형, 조선족으로서 정체성을 확고하게 가지는 중국 공민 의식 강화형 등을 들어 조선족들이 한국과의 접촉을 통해 갖게 된 자기 정체성에 대한 고민을 요약적으로 보여 준다.

조선족들이 한국에서의 경험을 통하여 서로 다른 정체성을 형성하게 되어 적지 않은 조선족들이 한국으로 귀화를 선택하기는 하지만 많은 조선족들은 자신들이 태어난 고향으로 돌아가려는 의식을 보여 준다. 한국인들은 자신들과 한민족이라는 공분모를 지니기는 하지만 그들은 다른 국가 서로 다른 이념적 배경에서 성장한 이질적인 존재들일 뿐이었다. 더욱이 한국이라는 지리적 공간은, 조선에서 이주한

---

12) 유명기, 앞의 논문, 87~93쪽.

할아버지나 아버지 세대들이 언젠가는 돌아가야 할 고향이었겠지만, 현재 중국에 살고 있는 대부분의 중국에서 태어난 조선족들에게는 고향이 될 수 있는 정서적인 연결고리가 없는 낯선 공간일 뿐이다. 따라서 조선족들 사이에서 세대별로 한국에 대한 인식이 다르게 나타나고 또한 서로 다른 정체성을 확립한다. 한국에 와서 차별 대우와 여러 가지 불행을 경험한 경우 더더욱 자신은 중국 공민이라 여기는 국민 정체성이 강화된다. 이 같은 조선족의 정체성 인식은 허련순의 『바람꽃』에서 최인규가 죽기 직전 홍지하에게 남긴 아래와 같은 유서에 잘 드러난다.

내 부탁은 너 여기에 더 머물지 말고 어서 널 키워준 고향으로 가라! 고향은 의복과 같은 거야. 비바람과 추위를 막아주면서 너를 보호해 주는 것이야. 난 죽을 때 고향을 향해 머리를 놓겠다.
기억하라. 사람은 재물에 죽고 새는 먹이 때문에 죽는다는 것을……13)

돈을 벌기 위해 한국행을 감행하여 차별받고 힘든 삶을 영위하기보다는 중국으로 돌아가는 것이 낫다는 최인규의 정체성 인식은 가난으로 자식을 잃은 뒤 부부가 함께 한국에 건너와 자신은 몸을 다쳐 입원하고 아내는 남편 입원비를 마련하기 위해 몸과 마음이 다 망가져 자살하고 난 뒤 자신도 자살하려는 자리에서 도달한 깨달음이다. 그것은 조선족들이 태어나 자란 중국이야 말로 마음을 치유할 수 있는 진정한 고향이며, 자신을 보호해 줄 공간이라는 각성이다. 그리고 이것은 경제적으로 발전했으나 윤리적으로는 타락한 한국사회에서 한국인과 함께 화려한 듯한 삶을 유지하는 것보다는 경제적으로는

---

13) 허련순, 『바람꽃』, 범우사, 1996, 270~271쪽.

다소 열악한 상황이지만 자신들의 순수성을 지키는 것이 더욱 중요하다는 깨우침이다. 최인규의 시신을 찾지는 못했으나 그의 유언을 읽은 홍지하는 최인규의 뜻대로 아버지 골회를 뿌린 후 중국으로 돌아온다. 이러한 상황의 설정은 한국 체험을 통하여 중국 공민으로서의 정체성을 확립해 가는 조선족들의 의식 변화의 한 국면을 극적으로 형상화해 보여 주고 있다.

4. 관내로의 이주와 고향 만들기

개혁개방과 한중수교를 거치면서 한국으로 건너간 조선족들만큼이나 많은 사람들이 부를 좇아 관내로 이주하였다. 개혁개방 이후 경제적인 부를 찾아 도시로 이주하던 조선족들은 한중수교 이후 활성화된 한국 기업의 진출은 부를 거머쥘 수 있는 절호의 기회로 여기게 되었다. 한국행이 보다 확실한 기회이긴 하였지만 한국 비자를 획득하는 데 들어가는 경비와 강제 출국의 위험을 생각하면 중국에 진출하기 시작한 외국 기업에 취직하는 것이 안전한 방법으로 떠오른 것이다. 조선족들은 개혁개방과 함께 외국 기업들이 많이 진출한 북경이나 상해 그리고 새로운 공업 지역으로 떠오른 광동성으로 이주하기 시작하였다. 이 시기 한국 기업들이 지정학적인 이유로 산동 지역으로 대거 진출하자 조선족들의 이주는 산동 지역에 집중되어 2007년 현재 산동성에 호구를 둔 조선족이 3만 명을 넘어선 것으로 나타났다.[14] 그러나 호구 이동이 쉽지 않은 중국 현실을 감안하면

---

14) 2007년 호구등록부에 따르면 관내에 거주하는 조선족은 북경시에 27,795명, 천진시에 10,463명, 하북성에 12,017명, 내몽골에 22,173명, 산동성에 30,148명, 광동성에 13,824명 등인 것으로 알려져 있다.

관내로 진출하여 살고 있는 조선족이 이보다 훨씬 많을 것이라는 추측이 가능하다. 이는 2008년 말 주청도 한국총영사관에서 산동성 거주하는 조선족이 약 18만 명에 이른다고 발표15)한 것을 보면 한중수교 이후 조선족의 관내로의 이동이 얼마나 엄청난 규모로 이루어졌는지를 짐작하고도 남게 한다.

돈을 벌기 위하여 관내로 이주한 조선족들은 고향에서와는 매우 다른 상황에 접하게 된다. 조선족을 중심으로 민족 공동체를 이루어 살던 고향에 비해 관내에 이주해 온 조선족들은 한족들 사이에서 섬처럼 흩어져 있는 한국인이나 조선족들과 관련을 맺으며 살아간다. 따라서 그들은 한국인과 조선족들이 모이는 한인촌을 중심으로 생활한다. 그들은 친지의 소개로 직장을 구해 관내로 나와서도 먼저 한인촌을 찾게 되며, 새로운 일자리를 구하는 일도 한인촌에서 연결되는 친지나 조선족이 관계하는 직업소개소를 통한다.

청도에 왔을 때 처음 들었던 민박에 짐을 들여놓고 바로 직업소개소들이 빼곡히 들어선 빈하로에 찾아갔다.

코리아타운으로 변하고 있는 빈하로 정수부분은 길이가 고작 2백 미터 정도 밖에 되지 않는다. 그 작은 거리의 양옆에 한글 간판을 내건 상가가 무려 7,80집이나 되었다. 식당, 옷가게, 식품점, 노래방, 직업소개소 등이 게딱지처럼 다닥다닥 들어선 빈하로는 조선족들로 바글바글 거렸다.

"아줌마, 연변사람이구만요."

"연변사람인데는?"

http://cafe.naver.com/xczhongxue.cafe?iframe_url=/ArticleRead.nhn%3Farticleid=798

15) 이에 따르면 조선족은 청도에 12만 명, 연태에 3만 명, 위해에 2만 명, 기타 지역에 1만여 명 거주하고, 한국인은 청도에 6만여 명, 연태에 2만5천 명, 위해에 1만7천 명, 기타 지역에 8천여 명이 거주하고 있는 것으로 되어 있다.

http://www.jlcxwb.com.cn/articleview/2009-04-18/article_view_29818.htm

"연변사람 취직이 잘되지 않습니다. 일단 연계는 해봅시다."16)

관내로 이주해 온 조선족의 대다수는 한국인이 경영하는 공장의 식당이나 주변의 조선족 업소에서 일하면서 돈을 벌게 된다. 그러나 이미 한국인이 경영하는 공장 주변이나 한인촌에 자리 잡은 많은 조선족 영업장의 종업원들은 이미 한족들로 채워져 있다. 따라서 한인들이 운영하는 공장에 취업하거나 운 좋게 조선족 영업장에 일자리를 구하지 못한 사람들의 일부는 한국인들의 가정부 또는 현지처로 근무하기도 한다.

이렇듯 그들은 떠나온 동북 지방의 농촌에서 멍에처럼 지고 살던 가난을 극복하기 위해 관내로 이주하였지만 여기서의 삶도 녹록치 않음은 마찬가지이다. 그러나 그들은 고향에 있는 부모나 자식들이 편안한 삶을 누릴 수 있도록 관내에서 몸이 부서져라 돈을 번다. 대부분의 국가에서 경제개발기에 보여 주듯이 가족 중 한둘의 희생으로 집안을 일으켜 세워야 하는 상황이 전개되는 것이다. 그들은 떳떳하지 못한 일을 하여 돈을 벌더라도 어느 땐가는 동북지방에 있는 고향으로 돌아가리라는 꿈을 안고 살아간다. 그러나 그들이 돈을 벌기 위해 이주해 온 관내는 한국과는 달리 자신들의 조국이어서 그렇게 심한 차별을 받지 않는다. 따라서 관내에 이주해 온 시간이 지날수록 또 경제적으로 조금씩 윤택해지면서 그들은 경제적인 활동이 가능한 바로 그곳에 자신의 삶의 터전을 만들고자 노력한다.

"저… 사무실을 청양으로 옮기기로 했어요."
"왜?"

---

16) 장학규, 「노크하는 탈피」, 중국연해조선족문인회, 『갯벌의 하얀 진주』, 청심정, 2009, 195쪽.

"시내 쪽에 땅값이 비싸구 그래서 모두들 청양 쪽으로 이사 가고 있습니다. 고객이 가는 데로 따라가는 게 시장법칙이거든요."

"넌 언지나 머리가 빨리 돈다닝께. 글치만 야바우 좆도 많은 세상이닝께 꼭 조심혀."

식사 후, 심사장의 요구로 둘은 청양으로 새 사무실을 보러 떠났다. 심사장이 넘겨주는 핸들을 잡고 지영이는 새로 시원하게 뻗은 청은고속도로에 올랐다. 내일부터 지영이가 주인이 될 신형 엘란트라는 백 킬로에서도 속도감을 보이지 않고 편안하게 나갔다.

저 멀리 청양이 바라보였다. 여기저기 공사장이 벌려진 청양은 활약이 넘친 대신 어수선하기도 했다. 허물려 나가는 낡은 공장들, 그 속에 관성적으로 밀려나는 한국기업들도 더러 있었다. 야반도주가 이슈가 되는 이곳에 한판 승부를 걸고 지영이는 다가오고 있었다.[17]

청도로 건너와 어렵사리 구한 직장인 잡지사에 근무하는 지영은 필요할 때는 심 사장과 육체적인 관계를 맺기는 하였지만 당당한 직업인으로 활동하여 왔다. 그러나 심 사장의 아내가 둘의 관계를 눈치 채고 심 사장을 불러들이자 심 사장은 그간의 관계를 청산하면서 청도의 잡지사를 지영에게 물려준다. 이에 지영은 가장 먼저 건물 임대료가 조금이라도 싸고 조선족들이 몰려들기 시작한 신개발구 청양지역으로 잡지사를 옮기고자 한다. 한국인 기업이 야반도주하기도 하고 새로이 들어서기도 하는 활력이 넘치는 청양에서 새로이 삶의 담판을 지어보려 하는 것이다.

지영의 이러한 모습은 이미 상당 기간 살고 있는 관내 지역에서 그간의 경험을 바탕으로 보다 나은 삶의 조건을 만들어 보고자 하는

---

17) 장학규, 위의 글, 227쪽.

것이지만, 떠나온 고향이 아닌 이곳에 새로운 고향을 만들어 보고자 하는 노력으로 이해되기도 한다. 조선을 떠나온 조상들이 만주 지역을 개간하여 삶의 터전을 만들었고, 해방 이후 떠나온 고향 조선으로 돌아가기 보다는 그곳을 고향으로 만듦으로써 중국 공민으로서의 자격을 얻었듯이, 이차이산을 이룬 조선족들은 떠나온 고향, 즉 조선족 공동체를 벗어나 이주해 와서 자리 잡은 관내에 새로운 고향을 만들고자 노력하게 되는 것이다.

관내로 이주해 온 후 한족들 사이에서 살아가는 시간이 길어질수록 조선족들은 그들의 삶에 동화될 수밖에 없을 것이다. 설사 고향을 떠나온 1세대들은 떠나온 고향을 잊지 않고 조선족으로서 언어와 문화를 유지한다고 하더라도 그들의 다음 세대는 한족 사이에서 한족 학교를 다니며 성장한 결과 조선어를 상실할 수밖에 없고 점차 조선족으로서의 정체성을 지키는 것이 지난한 일이 되리라는 것은 쉽게 짐작할 수 있다.[18] 이같이 떠나온 고향을 잊지 못하면서도 이곳에 새로운 고향을 만들지 않을 수 없는 이율배반적인 상황이 바로 관내로 이주한 조선족들이 갖게 되는 내적 갈등의 중요한 한 부분이며 그들 나름으로 새로운 삶을 영위하는 방식이 되어가고 있다.

5. 조선족 사회의 현실과 전망

개혁개방과 한중수교 이후 조선족 공동체는 급격히 와해되고 있다. 중화인민공화국 건립 이후 40여 년간 주로 동북 지방 그 중에서

---

18) 이미 청도 지역의 조선족 사이에서 노인 세대와 어린이 세대 사이에서 언어 차이로 인해 의사소통이 어려워지고 있는 것은 상황의 심각성을 알게 해 준다. 최병우, 『청다오 내 사랑』, 새미, 2011, 196쪽 참조.

도 연변조선족자치주를 중심으로 조선족 공동체를 이루고 살았던 조
선족들은 개혁개방과 함께 도시로의 이주가 시작되었고, 한중수교로
한국으로의 이주가 가능해지자 엄청난 규모의 한국으로의 이주가 이
루어졌다. 그 결과 조선족 공동체가 와해되어 그간 조선족이 유지해
오던 조선족의 문화와 가치관이 혼돈되기 시작하였다. 더욱이 한국
으로의 이주로 한국 체험이 증가하면서 자신들의 정체성에 대한 새
로운 변화가 나타나기도 하고, 관내로의 이주가 활발해져 연해 지역
에 정착하면서 점차 조선족자치주를 비롯한 동북 지방의 조선족 공
동체를 벗어나 자신들이 이주해 간 지역을 새로운 고향으로 만들려
하기도 한다.

　조선족들은 한반도를 떠나 만주 지역으로 이주해 온 재만 조선인
의 후예로서 자신들의 고향에 대한 애착이 한반도에서 살아온 한국
인들에 비해 상대적으로 약하다는 지적이 가능하다. 그들은 이주에
대해 비교적 자유로운 의식을 가지고 있어 한국이나 관내뿐 아니라
일본이나 미주 나아가 유럽에까지 적지 않게 진출하고 있다. 이미
200만 명이 조금 넘는 조선족 가운데 50만 명에 가까운 인원이 한국
으로,[19] 30만 명이 넘는 인원이 관내로, 또 일본이나 미국 등 여타
지역으로 이주해 간 조선족이 5만 명을 상회한다는 점을 생각하면
이미 전통적인 조선족 사회는 붕괴되었다는 지적이 가능하다. 물론
연변조선족자치주 정부에서는 민족문화를 살리기 위해 노력하고 있
고, 조선족 지식인들도 주정부의 정책에 따라 조선족 문화의 재발굴
과 새로운 민족문화의 형성을 위해 노력하고 있다. 그리고 한국에서
연변으로 돌아와 기업을 만들어 성공한 조선족들이나 중국 체류 한

---

19) 외교부의 공식적인 발표에는 2010년 5월 현재 38만 명을 약간 상회하는 것으로 되어
　있으나 조선족들은 이미 50만 명 정도의 조선족이 한국에 살고 있다고 이야기한다. 박우·
　김용선, 앞의 책, 52·350쪽 등.

국인[20])의 가세로 하여 조선족의 미래는 어둡지만은 않다는 지적이 없지는 않다.

그러나 한중수교 이후 나타난 조선족들의 엄청난 규모의 이주는 그들의 의식의 변화를 수반하고 있다. 1952년 연변조선족자치주가 성립된 이후 반우파투쟁기와 문화대혁명기를 지나오면서 유지해 오던 조선족의 언어와 문화와 그리고 그들 나름의 전통은 점차 그 모습이 약화되어 가고 있는 것이다. 자본주의 사회에서의 체험을 통해 금전만능주의가 그들의 마음속에 자리하고, 조선족이라는 민족 정체성보다는 중국 공민이라는 민족 정체성이 강화되며 이런 변화가 세대를 내려가면서 강화되는 것은 그 좋은 예이다.

조선족들이 중국의 중심 문화인 한족 문화에 동화되고 있음을 알게 해 주는 단적인 예로 점차 조선어 사용 능력이 약화되어 가고 있다는 점을 들 수 있다. 조선족들의 조선어 사용 능력은 세대를 내려올수록 현저히 약화되고 있고, 더욱이 관내에 살고 있는 유소년의 경우 조선어를 이용한 의사소통이 거의 불가능한 예가 적지 않다. 그리고 이러한 조선족들의 조선어 사용 능력의 약화 현상은 최근 10년에 가까운 시간 동안 조선어로 창작하는 소설가의 등단이 없었다는 점에서 확연해진다. 소설 창작이 사라지고 수필이나 시의 창작이 불가능해지면서 점차 민족어 창작이 사라지고 민족어가 상실된다는 것은 중앙아시아의 고려인의 예에서 경험한 바 이다. 조선족의 경우 고려인에 비해 그 수가 월등히 많고, 중국의 소수민족 정책이 소련의 그것과 다르다는 점에서 조금은 그 속도가 지연될 수는 있겠지만 멀지 않은 시기에 조선족의 언어와 문화가 약화되고 종국에는 소멸될 수 있으리라는 예상을 해 볼 수 있다.

---

20) 흔히 신조선족이라 명명하기도 한다.

한중수교는 조선족들에게 모국 한국의 경제적 발전을 직접 경험하게 해 주고, 또 한국에서 경제적인 면에서의 극적 전환을 가능하게 하여 조선족들의 삶과 의식을 변화시켜 주었다. 그러나 이러한 한국과의 교류를 통하여 조선족 사회는 보다 빠른 속도로 와해되고 그들의 삶과 의식 또한 급격히 변화하여 가까운 시간 안에 조선족 사회가 급변하고 점차 사라지리라는 불안감을 덜 수 없다. 한중수교가 조선족들에게 하나의 빛이었지만 동시에 조선족을 사라지게 하는 양날의 칼이 된 것이다. 조선족의 문화를 또 그들의 문학을 연구해야 하는 것이 이 시대를 살아가는 우리들의 임무일 수 있는 것은 바로 한중수교 이후 조선족 사회의 삶과 현실의 변화 때문일 것이다.

참고문헌

강호원, 「인천부두」, ≪연변문학≫, 2000년 10월호.

권태환 편저, 『중국조선족 사회의 변화』, 서울대학교 출판부, 2005.

리혜선, 『생명』, 연변인민출판사, 2006.

박옥남, 「내 이름은 개똥네」, ≪연변문학≫, 2008년 3월호.

박 우·김용선 외 편저, 『우리가 만난 한국』, 북코리아, 2012.

석 화, 『연변』, 연변인민출판사, 2006.

우광훈, 『가람 건느지 마소』, 흑룡강조선민족출판사, 1997.

유명기, 「민족과 국민 사이에서: 한국체류 조선족들의 정체성 인식에 관하여」,
    『한국문화인류학』 35, 한국문화인류학회, 2002, 73~100쪽.

이광규, 『격동기의 중국조선족』, 백산서당, 2002.

이승률, 『동북아시대와 조선족』, 박영사, 2007.

이장섭 외, 『중국조선족 기업의 경영활동』, 북코리아, 2006.

이현정, 「'한국 취업'과 중국조선족의 사회문화적 변화: 민족지적 연구」, 서울대학
    교 석사논문, 2000.

임계순, 『우리에게 다가온 조선족은 누구인가』, 현암사, 2003.

중국연해조선족문인회, 『갯벌의 하얀 진주』, 청심정, 2009.

최병우, 『칭다오 내 사랑』, 새미, 2011.

_____, 『조선족 소설의 틀과 결』, 새미, 2012.

최웅용 외, 『중국조선족 사회의 경제 환경』, 집문당, 2005.

허련순, 『바람꽃』, 범우사, 1996.

_____, 『누가 나비의 집을 보았을까』, 온북스, 2007.

http://cafe.naver.com/xczhongxue.cafe?iframe_url=/ArticleRead.nhn%3Farticleid=798

http://www.jlcxwb.com.cn/articleview/2009-04-18/article_view_29818.htm

http://www.mofat.go.kr/travel/overseascitizen/index.jsp?menu=m_10_40

1990년대 이후 중국 조선족 소설에 나타난 근대성 극복의식

: 허련순 소설 『누가 나비의 집을 보았을까』를 중심으로

오승희

(경희대학교)

1. 조선족 소설의 근대성 비판

근대는 단일 민족국가의 성립, 자유시장경제제도, 도시화, 탈주술화(脫呪術化)를 기반으로 하는 과학주의, 개인주의 등을 특징으로 한다. 그러나 이러한 특징은 정치·경제적 개념으로서의 근대성이며 미학적 근대성의 개념은 대비를 이룬다. 미학적 개념으로서의 근대성(Modernism)은 극단적 개인주의와 도시문명이 가져다 준 인간성 상실에 대한 문제의식에 기반을 둔 문예사조라 할 수 있다. 중국은 1905년 신해혁명을 거쳐 신문화운동이 진행되면서 근대문화가 형성되었다고 할 수 있다. 한편 경제제도 측면에서는 1978년 덩샤오핑에 의해 개혁개방정책이 추진되기 시작하면서 자유시장경제제도가 형성되었다. 경제제도의 변화를 통한 경제근대화는 생존의 문제와 직접적인 관련을 가지면서 국민에게 더욱 밀접하게 체감되기에 이르렀다. 게다가 동시에 진행된 '개방' 정책은 세계화 속 '나'의 정체성에 눈뜨

게 했고, 정체성 인식에 혼란을 가져 온다. 동반된 혼란은 '극복의지'를 낳게 되었으며. 모더니즘 문학은 이러한 극복의지를 포함한다.

조선족의 문예사조로서 모더니즘 소설이 한족의 모더니즘 소설과 시차를 갖는 데에 대해서 '조선족이 한어(漢語)에 취약하여 19세기 초부터 활발하게 유입된 서구의 문예사조들을 따라잡을 수 없었기 때문'이라고 보고 있는 연구도 있으나, 그보다는 근대적 사유가 형성되기 시작한 시기인 일제강점기에 집단이주하여 새로운 정착지에서 정치적·사회적 적응을 해야 했으며, 이와 함께 문학 활동이 시작되었기에 태생적으로 차이를 가질 수밖에 없다고 보인다. 즉, '적응'으로 시작된 문화가 '문제의식'으로 나아가기까지의 시차인 셈이다.

이 글은 1990년대 이후 경제개혁과 개방정책에 의해 실질적 근대성을 경험하게 된 조선족 사회에서 문학에서의 근대성의 극복이 어떠한 양상으로 나타나고 있는가를 허련순의 소설 『누가 나비의 집을 보았을까』를 통해 살펴보고자 한다. 동아시아의 근대문화 형성은 서구의 근대문화에 대한 학습의 형태로 진행된 데다가, 근대문화 형성 시기나 처해진 현실상황이 다르기 때문에 근대성 극복을 나타내는 문학의 양상 또한 많은 차이를 갖는다. 조선족은 중국의 개방정책으로 한·중 교류가 활발해지면서 이중정체성이 화두에 오른 민족이다. 또한 민족어를 사용하는 소수민족이기 때문에 중국 조선족 문학은 '소수성'을 담지하고 있다고 보인다.

허련순의 소설 『누가 나비의 집을 보았을까』는 근대성에 대한 비판의식이 '환멸과 질타'에서 '인간 내면(존재)에 대한 사유'로 선회한 지점을 잘 드러내 주는 작품이라 할 수 있다. 근대가 갖는 가장 큰 특징은 국민국가라는 횡적 경계의 생성이다. 이 횡적 경계를 넘는 행위가 디아스포라로 개념화 되고, 이제는 그것이 정체성으로 논해 지기에 이르렀다. 본 연구가 이 작품을 통해 읽어 내고자 하는 것은 두 가지이다. 첫째, 이 작품은 '이주'라는 경험에 의한 경계적 정체성, 그것이 과연 국가라는 경계로 인해 받은 핍박과 질곡의 세월 동안 쌓인 울분을 넘어서는 미래지향적 대답을 끌어 낼 수 있는 것인가에 대한 질문을 던져 보고자 하는 것이다. 둘째, 이 작품에는 근대 극복의 화두인 인간성 회복이라는 진부한 목표를 넘어서는 초현실주의적 사고가 내재되어 있는가를 살펴보고자 하는 것이다. 시간과 공간의 경계 부정과 인간의 원초적 존재에 대한 물음을 통해 근대성이 가져다 준 차별과 인간소외에 대한 비판 및 극복의지를 드러낸 것이 이 작품이라 여겨지기 때문이다. 『누가 나비의 집을 보았을까』에서 읽을 수 있는 이 두 가지는 디아스포라 민족이 보이는 근대성 비판의 형식을 조명할 수 있다는 점에서 문학적 의미가 있다고 보인다.

2. 시간과 공간의 경계 부정

1) 근대적 시간의 무화

근대사회에서 시간은 계량화 되어 합리성을 배가 시켰다. 우리 인식 안에서 시간은 생성–성장–소멸로 인식되고, 나아가 문명진화의 개념과 연계된다. 『누가 나비의 집을 보았을까』에서는 근대 개념으로서의 시간성을 초월하는 표현을 읽을 수 있다.

사람이 의식적인 노력으로도 알 수 없고 결정할 수 없을 때에 무의식은 활성화하고 이것이 시간을 뛰어 넘어 외부 자연과 소통하여 앞날을 정확히 제시해 준다. (…중략…) 좀처럼 잠이 오지 않는다. 파도소리가 바로 머리 위에서 들려온다. 암흑 속의 모든 소음들은 두려움과 불안 속에 그들을 밀어 넣고 있었다. (⋯중략⋯) 꿈일까. 꿈이라기엔 너무도 익숙하고 생생한 육감의 소리였다. (⋯중략⋯) 여기저기서 구시렁거리며 깨어나는 소리가 났다. 드디어 밤이 갔다. 억만 년을 산 것 같은 기나긴 고뇌의 밤, 그러나 허무하게 짧은 밤이기도 했다.[1]

구획되지 않은 공간에서 의식적인 행동이 제거되었을 때 인간의 무의식은 깨어나고 그럼으로써 시간은 초월 된다. 레비나스가 말한 것처럼 현재에 대해서 자기 자신을 초월하고 미래를 침식할 수 있는 능력은 죽음의 신비를 통해 우리에게는 완전히 배제된 것처럼 보인다. 그런데 현재 속에서의 미래의 현존은 타자와 얼굴과 얼굴을 마주한 상황에서 비로소 실현되는 것과 같다. 얼굴과 얼굴을 마주한 상황은 진정한 시간의 실현이다. 시간의 조건은 인간들 사이의 관계 속에 있는 것이다.[2] 이렇듯 '여기저기서 구시렁거리며 깨어나는 소리'는 타자의 소리이고, 타자와 마주한 상황에서 존재의 시간성이 읽힌다. 이는 앞날의 제시로 현시되는 것이다. 즉, 이 소설에서의 시간은 차단된 공간만큼이나 근대성을 넘어서 있다. 타인과 마주한 상황에서 존재의 시간만 확인될 뿐 미래가 담보된 과정으로서의 시간, 혹은 진화와 진보로서의 시간은 무화돼 있다.

시간은 이들이 살았던 혼적을 삽시간에 깨끗이 지워버릴 것이다. 그들이 어디서 무얼 하고 살았는지, 무슨 일이 일어났는지, 심지어 가족에게 무슨 말을 남기고 싶었는지, 소원이 무엇이었는지, 그런 것 따위는 이제 아무 소용없게 되었다. 그들은 다시 말할 수 없는 사람들이며 다시 돌아올 수 없는 사람들이다.[3]

---

1) 허련순, 『누가 나비의 집을 보았을까』, 인간과자연사, 2004, 125~183쪽.
2) 엠마누엘 레비나스, 강영안 역, 『시간과 타자』, 문예출판사, 1996, 92~93쪽 참조.

유목주의는 지리적 공간 안에서의 위치이동을 나타내는 이주와 교류 등의 개념과 관계된 것이 아니라, 길 없는 곳에서도 길을 찾고자 하는 인간의 정신적 태도와 관계된 것이다. 이것이 이방인이라는 자기정체성이다. 탈경계와 탈정체는 모든 고정된 선입견과 가치관, 경계와 구분, 정체와 지도를 거부하는 위반의 실천으로서의 유목성을 획득한다.4) 따라서 고정된 인식으로서의 시간은 디아스포라인들에게 주체성을 가져다 줄 수 없다. 탈경계와 탈정체는 '위반의 실천'을 통해 이루어지는 것이기 때문이다. 따라서 이들의 '시간은 이들이 살았던 흔적을 삽시간에 깨끗이 지워 버리는 것'이 된다.

탈경계인은 새로운 삶의 방식과 새로운 가치로 기존의 동일성을 뒤흔들고 전복한다. 그리고 기존의 것을 파괴하고 새로운 것을 창조한다. 그런 점에서 유목민의 위반의 실천은 파괴가 아니라 창조행위라고 할 수 있다.5) 새로운 창조를 위한 '삭제'는 '유목주의'의 성격이며, 이러한 성격은 근대적 시간을 무화시키는 탈근대의 행위로 해석할 수 있다. 그런 의미에서 탈경계인에게 고정되고 편협하게 구획된 시간의 개념은 무의미하다. 발전적 진화만이 미래를 획득하는 것이 아니고, 운명으로 다가온 근대성을 위반하는 것이 창조적 미래를 맞이하는 시간 개념인 셈이다.

2) 밀폐와 개방의 이중적 공간

1976년 문화대혁명까지 문학이 정치적·사회적 선전도구로 강요당했던 문단 분위기가 풀리면서 억압되었던 중국 작가들의 작품 활

---

3) 허련순, 앞의 책, 339쪽.
4) 장윤수, 『노마디즘과 코리안 디아스포라 문학』, 북코리아, 2001, 16~17쪽.
5) 위의 책, 32쪽.

동이 본격화되었다. 1949년 중화인민공화국 건국 후 동북 3성에 거주하고 있던 조선족에게 자치권이 주어지면서 조선족 문인들도 조선족 작가로서의 성향을 드러내기 시작했다. 그러나 문학이 예술작품이 아닌 사회적 사상을 담는 그릇으로 인식된 정치적 이데올로기는 여전히 강하게 작용하고 있었다. 개혁개방 정책 이후에서야 '국가 이념을 수용·표방하는 국민'이라는 의미에 대한 회의가 작품을 통해 드러나기 시작했다고 할 수 있다. 조선족이 갖는 소수민족으로서의 혈통적 이질성은 '국민'과 '민족' 사이의 괴리를 더욱 공고히 했을 것으로 보인다. 또한 시장경제의 발전은 소비와 향락을 표면화하면서 윤리규범의 혼란을 가져왔고, 이에 인간의 근원적 사고와 인간존재의 보편성에 눈을 돌리게 된 것으로 보인다. 이 작품에서 인간의 근원적 사고와 인간존재의 보편성에 관한 사고는 밀폐와 개방의 공간성으로 그려진다.

밀항선이란 공간은 국적이 없는 공간이다. 즉, 경계 위에 있는 공간이다. 소설은 처음부터 끝까지 주인공이 바다 한가운데 던져진 채진행되기 때문에 어디로든 갈 수 있는 무한한 가능성을 안고 있는 인물과 공간을 전제로 한다. 한국으로의 밀항, 그 여정 안에 주어진 공간에는 생존을 위한 비인간적 섭취와 외부시선을 무시한 배설, 성적 굴욕, 숨길 수 없는 욕정이 혼재되어 있다. 밀항선 안의 사람들에게 핍진한 살림에 지치게 한 과거의 공간, 그들에게 유토피아인, 돈벌이가 될 한국이라는 공간은 중요한 공간으로 부각되지 않는다. 다시 말해 과거의 공간과 다가올 공간은 현재 공간에 대해 무의미하다. 인간이 존재함에 있어 힘겨움과 근원적 사랑이 혼재한 원초적 공간인 지금 여기, 이 밀폐된 공간만이 삶의 방식이자 삶의 요소들로 채워진 중요한 공간인 것이다.

밀항배에서는 목표가 노출될까봐 누구도 배 안에서 밖으로 나갈 수 없게 되어 있었다. 먹을 것도 천장에 난 작은 문으로 떨어뜨리면 그것을 받아먹어야 하고 용변도 안에서 보아서 밖으로 내보내면 밖에서 버려주게 돼 있다.[6]

빛 한 점 없는 배 안은 굴왕신같이 캄캄했다. 무덤 속 같았다. 숨이 막혔다. 말할 수 없는 지독한 냄새에 비위가 상했다. 욕지기가 생겼다. 누군가 욱욱 구역질을 하기 시작했다. 전염이나 된 듯 여기저기서 토삿물이 쏟아졌다.[7]

소설은 사건 속에서 길을 찾는 것이 아니라 적막 속에서 길을 찾는다. 찾는 길은 인간 본연의 존재에 대한 탐구, 즉 초현실주의적 사유로 뻗어 있다. 진짜 민족성을 강화하면 할수록 지금의 조선족은 희망이 없음을 강조하게 되며, 자본주의로 점철된 서구화가 이미 조선족 현실세계에 흡착되고 있음에도 불구하고 결국 이에 대한 배제와 혐오를 증가시키게 된다. 이는 오리엔탈리즘의 거부가 민족성으로의 회귀로 드러날 때 가지게 되는 오류와 맞닿아 있다. 자본을 통한 생존추구를 위해 선택한 밀폐된 공간, 그 안에 갇히게 된 소설 속 인물들은 인간 본연의 질곡과 마주하게 되고, 그 안에서 인간의 존재 이유를 묻는다. 즉, 자본을 통한 생존추구는 인간의 존재이유에서 배제되는 것이다.

이제 항구에 닿았지만 항구는 그들에게 위안이 될 수 없었다. 오르지도 못하고 올라보지도 못하고 배는 다시 바다로 떠밀려가고 있었다. 까마득

---

6) 허련순, 앞의 책, 26쪽.
7) 위의 책, 288쪽.

히 달려왔던 뱃길은 어스름으로 침몰되고 침묵 속에서 파도는 죽은 듯이 잠잠하였다.[8]

오리엔탈리즘은 이중적 억압을 강조하고 있다. 동양은 발전한 서양과는 달리 열등해야 한다는 것과 서양처럼 발전한 동양은 이미 '본연의 동양성'을 잃은, 즉 정체성을 상실한 동양이라는 것이 그것이다. 그러나 이 작품은 근대가 낳은 이러한 이분법적 사고를 '경계의 넘어섬'으로 재현하고 있다. 만들어진 경계는 이데올로기적 폭력에 다름 아닌 것이다. 근대를 살아가면서 근대 안에서 삶을 영위해야 하는 방식에는 아픔과 소외, 사랑과 충만함이 아이러니하게 공존한다. 그것은 '근대 위의 근대', 즉 밀폐 밖에 놓인 개방이다. 항구에는 오르지도 못하였고 뱃길은 지워졌다. 그리고 망망대해로 다시 밀려난다. 그곳은 침묵이자 잠잠하기 만한 곳이다.

위안이 될 줄 알았던 한국의 어느 '항구'는 신기루이다. 상상된 조국은 상상된 유토피아인 것이다. 아픔과 소외, 사랑과 충만함은 망망대해 개방된 공간에서 꿈꾸어진 것이었다.

3) 뿌리 찾기: 탈경계 정체성

중국 조선족이 중국의 문화요소와 한국의 문화요소를 동시에 갖는 이중적 특징은 동시성과 상호성을 확인하는 작업이며, 이러한 작업은 조선족 문학을 위치 짓는다. 중국 국민으로서 조선족 문학은 공식 표준어에 대응하는 방언(소수언어)으로 쓰인 것이기 때문에 저항성을 갖는 민중의 관점에서 세계를 재해석하고 재구성하며, 자기가 속한

---

8) 위의 책, 348쪽.

사회의 통념이나 왜곡된 현실을 극복하는 데 유리하다고 할 수 있다.[9] 즉, 소수적 문학[10]의 요건이 갖춰지는 것이다. 중국의 주류민족에게도 타자일 뿐만 아니라 한국인에게도 국민으로서 타자일 수밖에 없어 이들의 소수적 성격은 중층적으로 구성된다. 중국 조선족 문학에 대한 연구들은 이러한 사고를 토대로 '조선족 문학이 디아스포라의 역사를 태생적 모습으로 갖게 되었다'고 보는 시각이 지배적이다. 한·중수교 이후 한국을 비롯한 세계 각국으로 퍼져 나가는 조선족의 양상을 떠돌이의 모습으로, 그렇기에 슬픔을 가진 민족으로 귀착시키는 것이다.

"조금만 참아요. 한국 배가 곧 도착할 거예요. 그때까지만 참으면 죽지 않아요. 서울에 도착하면 제가 단추를 달아드릴게요."[11]

이중정체성, 부재하는 정체성, 반정체성으로서의 자의식은 그들로 하여금 온전한 자아로 살아갈 수 있는 조국과 고향을 염원하게 만든다. 그들이 꿈꾸는 조국은 차별과 고통이 없는 '상상된 조국'이다. 이같은 영원한 노스텔지어는 '이방인' 의식에 의해 나타난다. 즉, 지향성으로 존재하는 것이다. 이는 보편을 추구하는 동력으로 작용한다.[12] 한국은 내가 '죽지 않는' 곳이다. 그런데 그곳은 그저 떨어져 나간 단추를 달 수 있는 보편적 일상을 꿈꾸기 위한 곳이지 불멸의 행복이라는 상급을 주는 곳은 아니다.

---

9) 들뢰즈·가타리, 이진경 역, 『카프카: 소수적인 문학을 위하여』, 동문선, 2001, 293쪽.
10) 들뢰즈는 '소수적 문학'에서의 '소수적'이란 말을 특정 문학을 지칭하는 개념이라기보다는 거대한(혹은 기성의) 문학이라고 불리는 것 안에서 만들어지는 모든 문학의 혁명적 조건을 뜻하는 말로 설명한다. 위의 책, 293쪽.
11) 허련순, 앞의 책, 324쪽.
12) 정은경, 『디아스포라 문학』, 이룸, 2007, 48~49쪽 참조.

'떠도는 것'은 정체성의 뿌리가 불분명해서인가, 아니면 '떠도는 것' 자체가 정체성의 뿌리인가는 중요한 문제이다. 전자의 경우 슬픔으로 귀착될 수 있지만 후자의 경우 정체성을 확고히 한 경우가 되기 때문이다. 후자에 기대어 보면 '중국 조선족의 이중민족성은 두 가지의 성격으로 분리해서 사고될 수 없으며 그 혼종성 자체가 정체성이다'라는 것이 최근 연구의 흐름인 셈이다. 디아스포라 자체가 정체성이라는 전제를 두고 소설 『누가 나비의 집을 보았을까』를 분석한 송현호(2011)는 이주 1세대가 문화대혁명시기 마오쩌뚱으로부터 반혁명분자로 몰려 탄압받은 기억이 이주민 삶의 구조를 형성하는 데 중요한 영향을 미친다고 보았다. 결국 3세대에까지 디아스포라의 전형이 문학을 통해 재현되고 있다는 것이다. 차성연(2010)은 중국 조선족 문학이 민족적 정체성의 정립에서 '디아스포라 정체성'의 구성으로 나아가고 있다고 진단하면서 『누가 나비의 집을 보았을까』를 그 지향을 보여 주는 작품으로 꼽고 있다.

 그런데 중국 조선족의 정체성을 '디아스포라 정체성', 즉 '경계인'으로 정의 내리는 것이 맞는가에 대해서는 재고의 여지가 있다. 이주는 경계를 전제로 한다. 이 작품은 이주라는 행위를 통해 그 경계마저 무화하고자 하는 욕망이 숨어 있다. 그러나 작품은 그것의 결과를 보지 못하고 욕망의 과정에서 멈춰 버린 형국을 드러낸다. 탈근대를 외치는 문학이 짐스러워 하는 허무주의가 드러난 부분이다. 이는 라깡이 말한 실제계의 '불안의 경험'이 지속됨을 의미한다. 경계를 무화하고 극복하고자 하는 욕망은 결론에 무관심하다. 이 소설은 욕망의 과정 중에 있는 것, 그 자체를 드러내고자 하는 것이다. 욕망 자체가 슬프고 불안한 채로 지속되는 경험이지만 그 욕망을 극대화 한 것 또한 이 소설이 가진 힘찬 함의라 할 수 있다.

3. 인간 존재에 대한 물음

1) 생존과 생명

이상갑(2006)은 조선족 문학비평을 시기별로 나누어 논의했는데, 1990년대 문학비평의 특징을 '신사실주의적 인간관'으로 설명하면서 인간의 생존환경과 실존의 문제. 실존에 대한 가치부여를 시도했다고 분석했다. 이러한 휴머니즘의 회복은 인간소외에 대한 전형적인 대응이기도 하지만 1980년대 중반 이후 사회주의적 사실주의의 퇴조와도 관련이 있다는 것이 그의 분석이다.[13] 물론 그의 논의는 비평에 대한 논의이지만 문학 역시 그 비평에 기대어 볼 때 개별성과 다양성 현상과 맞물리는 이 같은 현상을 보이고 있음을 알 수 있다. 이념대결의 무의미함을 전제로 인문학적 사고에 기반을 두고자 하는 경향인 셈이다. 사회의 급격한 변화는 인간 자체에 대해 숙고하는 기회를 제공했고, 이는 정치적 이념과 사상을 벗어난 문학을 창작하도록 하는 계기가 된다. 인간 자체의 탐구가 사회에 대한 비판이자, 극복이 되는 것이다.

> 체면이라는 물건을 빼고 나니 인간이라는 것은 결국 욕심과 기대와 잡념 등 사소한 감정의 찌꺼기들이 꿀렁꿀렁 담긴 하나의 헌 자루나 다름없었다. 그녀는 그렇게 주머니처럼 허탈하게 앉아 있었다. 인간이란 알고 보니 참으로 시시한 존재였다. 그것이 비애스러웠다.[14]

---

13) 이상갑, 「재중조선족 비평연구」, 김종회 편, 『한민족 문화권의 문학』 2, 국학자료원, 2006, 416쪽.
14) 허련순, 앞의 책, 29~30쪽.

이념과 사상, 이데올로기 등 다양한 올가미를 벗는 것은 체면이라는 물건을 빼는 것과 같다. 그렇게 해서 '헌 자루' 같은 허탈한 그 무엇만이 남아 있을 때 인간은 시시하고 비애스러워 보이는 존재 본연의 모습을 찾는다.

실존에 대한 사유와 탈이념화된 일상을 문학 속에 녹여낸다는 것은 '정체성'의 문제에 닿아 있다. 그러나 이는 1970~1980년대에 주된 흐름으로 자리 잡았던 '민족적 정체성'과는 달리, 개인의 정체성, 즉 국가나 민족의 이념 등 사회적 상황에서 떨어져 나온 개별적 정체성을 찾고자 하는 양상이다. 이러한 개별 정체성 찾기에 대해 많은 연구들은 중국 조선족이 '경계적 정체성', 혹은 '디아스포라적 정체성'을 갖는다고 분석하고 있다. 다시 말해 국가 경계로 인해 정형화된 정체성이 국가를 넘나드는 과정에서 해체되고, 혼종성과 이중성으로 재형성되었다는 논점이다. 그런데 허련순의 소설 『누가 나비의 집을 보았을까』는 그 논점을 초월하는 사유를 갖는다고 하겠다. 간문화성, 혼종성(混種性),[15] 이중정체성 등의 개념에 편승하지 않는 것이다. 경계를 아예 이탈한, 경계 밖의 사유를 하는 것이다.

그렇게 생존의 이유가 뚜렷할 때가 아마 더 살기 쉬웠던 건 아닌지. 유섭은 지금 오히려 자기 삶의 이유 하나 바로 설명할 수 없는 자신이 혼란스러웠다. 배를 탈 때까지만 해도 한국에 가서 돈을 버는 게 삶의 이유였던 것 같은데 지금은 그게 아니다. 배 입구가 막혀 당장 숨이 넘어갈 듯 호흡이 곤란한 지금은 돈이 아니라 한 모금의 공기라도 시원히 마

---

15) 혼종성은 고급문화와 민중문화, 도시 혹은 지방, 근대 혹은 전통과 같은 허구적인 대립관계에 고정되는 것이 아니다. 혼종성은 문화적 불평등, 그리고 서로 다른 계급과 그룹들의 다양한 문화를 동시에 전유할 가능성, 따라서 권력과 권위의 불균등성과 관련하여 다루는 개념이다. Néstor García Canclini, 이성훈 역, 『혼종문화: 근대성 넘나들기 전략(*Culturas híbridas: Estrategias para entra y salir de la modernidad*)』, 그린비, 2011, 12·22쪽 참조.

시고 싶은 것이 살아 숨쉬는 이유였다. 어처구니없는 일이긴 하다.16)

생존의 이유가 돈을 버는 것이었을 때가 오히려 단순하고 현실적인 것이었다. 그러나 그와 같은 이유가 제거되고, 대신 생존의 이유가 생존이 되어 버린다. 이는 근대적 현실세계를 해체해 나가는 지점이라 할 수 있다. 그러한 해체는 분명 생산적이지만 행복한 과정은 아니다. '호흡이 곤란한'일이고 '어처구니없는 일'이기도 하다. 해체적 사유를 다시 초월로 해체하는 것. 이는 랑시에르가 말하는 모더니즘 문학의 '분자적 민주주의'17)라 할 수 있다. 랑시에르가 무의미한 것을 수다스런 해석으로 이끄는 것을 예로 들면서 설명한 '분자적 민주주의'는 기존 사유체계의 연장선상에서 탈영토화 되면서 갈등에 대한 진단을 이끌어 낸다.

1990년대 이후 중국 조선족 문학의 특성에 대해서는 다양한 논의들이 있다. 장춘식(2010)은 1990년대 후반부터 2000년대에 걸쳐 조선족이 중국 내 대도시로의 '두 번째 이민'을 하게 되면서 조선족 공동체가 빠르게 해체되었다고 지적하면서 그에 따른 뿌리 잃은 상실감과 주류 민족에게 동화되리라는 위기감이 조선족 문학에 표현되고 있다고 분석했다. 그는 소설 작품을 주제별로 분석하여 나누었는데, 그 중 '실존, 그리고 자의식'을 주제로 하는 문학을 한 부류로 묶고 있다.18) 1990년대부터 조선족 문학에서는 1980년대 중반까지 지속되었던 집단적 민족 이념이 사라지고 일상적 감각이 확대되었는데, 이해영(2006)은 그 이유를 개혁개방과 시장경제의 충격으로 중국 전

---

16) 허련순, 앞의 책, 328쪽.

17) 자크랑시에르, 유재홍 역, 『문학의 정치』, 2009, 51쪽.

18) 장춘식, 「원주민에 대한 이민자의 문화적 적응: 조선족 소설의 다문화적 측면」, 『국어교육연구』 26, 서울대학교 국어교육연구소, 2010.

체가 탈이념화를 지향하고 있었고 주체적 태도가 무한히 확장되었기 때문이라고 분석했다.[19] 이들이 논했듯이 실존의 문제에 대한 사유의 출현과 탈이념화된 일상적 감각의 대두는 1990년대 이후 조선족 문학의 키워드로 부상하였다.

인간의 존재의식이 생존과 생명으로 향할 때, 존재의 의미는 탈근대적 성격을 갖는다. 이념을 벗어나 '숨 쉬는 것'을 향해 질주하는 것이 비록 고행일지라도 이는 근대를 넘어서는 하나의 숙명으로 진행되는 것이다.

2) 원초적 고통과 존재

리혜선은 1996년 11월 『문학과 예술』에 실린 대담 「어떻게 하면 문학이 더 문학답게 될 수 있을까: 문학본체론시각에서 본 중국조선족 문단」에서 '가장 원초적인 고통을 쓰는 것이야말로 생명본체이며, 생명본체가 곧 문학본체라고 생각한다'고 밝히면서 문학이 정치적인 것과 별개의 것이 되어야 하며, 정치인과 문학인 사이의 뚜렷한 차이가 있어야 함을 밝혔다.[20]

1990년대 후반부터 조선족 문학은 근대성의 병폐라 할 수 있는 인간성의 황폐화, 삭막한 인간관계 등을 사회적 문제로 인식하였다. 또한 민족의식에 관심을 돌리면서 동시에 시장경제체제 속에서 고통받는 약한 자의 울분 등의 내용을 담으려는 경향을 보인다. 이러한 조선족 모더니즘 소설들에는 계몽가의 시선이 묻어 있다. '서울바람'을 그린 소설들은 근대적 도시화의 환상을, 한국사회의 냉대에 대한 환

---

19) 이해영, 『중국 조선족 사회사와 장편소설』, 역락, 2006, 288쪽.
20) 손보미, 「1990년대 중국 조선족 문학에 나타난 변화 양상」, 김종회 편, 『한민족문화권의 문학』 1, 국학자료원, 2003, 426쪽.

멸을 그린 소설들은 자유경제제도가 낳은 비인간성에 대한 비판적 시각을 드러낸다. 지식인의 위치에서 비판의 시각을 드러내는 것이다. 이러한 흐름에 맞게 허련순 역시 돈을 쫓아 한국으로 갔다가 한국에서 겪게 되는 갖은 고통과 고뇌를 그리면서 민족회귀의식을 담은 소설 『바람꽃』을 내놓은 바 있다. 그런데, 이후의 작품 『누가 나비의 집을 보았을까』는 다시 1990년대 초반 경향인 신리얼리즘의 맥을 잇고 있다. 정형화된 타자의 등장 없이 같은 공간, 같은 목적, 같은 민족, 같은 처지라는 동일성 안에서 작가는 같은 '인간'의 모습으로 독자와 만나는 것이다.

뭘 그렇게 많이 토하고 싶은 건지 먹은 것도 없는데 꾹꾹 헛구역질은 끊이지 않았다. 그럴 때마다 오장육부가 뒤집히는 듯했고 찔끔찔끔 오줌을 지리기도 했다. 이제 더 이상 감초고 말고 할 것도 없었다. 정말이지 자기의 존재를 둘러싼 확실했던 것들이 완전히 벗겨져 나가는 데는 많은 시간이 걸리지 않았다. (…중략…) 얻어맞은 것처럼 전신이 아프고 나른하여 뜨거운 물 속에서 녹아가는 비누처럼 온몸이 후줄근했다. (…중략…) 진통을 수반한 희열이, 뒤따른 해탈과 안도감이 눈물과 교차되어 흘러내렸다.[21]

오상순(2001)은 조선족 문학의 흐름을 "80년대에는 상처문학, 반성문학, 개혁문학, 뿌리 찾기 문학 등의 성향을 보이는 리얼리즘을 기본으로 하면서 상징주의와 초현실주의 등을 받아들였는데, 80년대 말부터 자연주의에 가까운 리얼리즘으로 들어서면서 90년대부터는 신리얼리즘의 경향을 보이기 시작했다"고 정리하고 있다. 그에 따르

---

21) 허련순, 앞의 책, 86~87쪽.

면 신리얼리즘은 서술방식의 객관화, 생존상황과 생명체험의 전시화(展示化)의 특징을 가지고 있다. 또한 어떤 이념의 대표적인 전형적 인물보다는 현실세계에 살아 숨 쉬는 개개의 소박하고 자연스러운 인물을 그리고 있다는 것도 특징이다.22) 『누가 나비의 집을 보았을까』 역시 생존상황과 생명체험을 전시화(展示化)하는 작업을 통해 현실을 뛰어넘어 인간존재에 대한 물음을 던진다는 측면에서 신리얼리즘의 경향을 가진 작품으로 보인다.

레비나스는 '무기력한 사람이 기권해 버리는 행위에서 오는 아픔은, 괴로움이 지닌 어떤 심리적인 내용이 아니다. 그것은 떠맡고 소유하고 전념하기를 거부하는 것이다. 무기력은 짐(부담)으로서의 존재 자체에 대한 기쁨 없는 무력한 반발이다. 삶 안에서의 두려움은 존재의 기획에 대한 반발에서 오는 구토를 일으킨다'23)라며 존재한다는 것의 본질을 설명하기도 한다. 존재의 본질을 말함에 있어 삶의 아픔과 고통은 구토, 눈물, 배설로 드러나고 이는 존재의 짐스러운 부분을 떨쳐 내고자 하는 상징이라 할 수 있다. 즉, 원초적 고통이야말로 진정한 존재의 본질을 찾기 위한 본연의 과정으로 설명되는 것이라 할 수 있겠다.

3) 존재 확인으로서의 사랑

정치 경제 개념으로서의 근대와 예술적 모더니즘과의 간극 사이에서 문학은 인간 존재에 대한 성찰에 힘을 싣게 되었다. 옥타비오파스는 시가 담당해야 할 몫을 자유의 가장 높은 단계인 사랑이라고 말하

---

22) 오상순, 『개혁개방과 중국조선족 소설문학』, 월인, 2001, 247~249쪽.
23) 레비나스, 서동욱 역, 『존재에서 존재자로』, 민음사, 2007, 42쪽 참조.

면서 사랑이 절대적이고 유일한 가치라는 것을 강조한다. 따라서 사랑에 의한 순수함의 회복은 시대를 막론하고 주된 주제가 되어 왔다. 이 지점에서 소설 『누가 나비의 집을 보았을까』에서의 사랑과 옥타비오파스가 말한 사랑 간의 공분모를 찾을 수 있다.

소설의 주인공 세희는 결혼에 두 번 실패한 여자다. 세희는 '우리가 일생에서 만나는 사람은 모두 세 사람이라오. 첫 번째는 내가 가장 사랑하는 사람이고 두 번째는 나를 가장 사랑하는 사람이라오. 슬픈 것은 내가 사랑하는 사람은 나를 선택하지 않고 나를 가장 사랑하는 사람은 내가 선택하지 않는다는 거죠' 라며 실패 이유를 말한다. 그렇기에 세희는 두 사람이 서로 사랑하는 세 번째 사랑에 목마르다.

> 사랑만큼의 큰 예언은 없다. 본능 외엔 아무 정신적 순결도 없다고 믿었던 세희는 이곳에서 다시금 살아 움직이는 이상한 육신의 순결을 발견하였다. 남녀의 애정이 어떤 본능적인 한을 지닌 채 다가오고 있었다. 생각지도 못했던 일이다. 누가 축축하고 퀴퀴한 죽음의 냄새가 풍기는 밀항배에서 이런 감정이 생겨날 줄을 꿈에나 생각했겠는가. 희한한 일이다. (…중략…) 생소한 남녀끼리의 달콤한 기분은 위험의 수위에서도 편안하고 안정된 기분에 말려들게 했다. (…중략…) 이런 남녀의 감정이야말로 죽음을 경험하고 있는 위기의 인간들에게 행운이고 축복이며 희망과 환상을 가지게 하는 끝없는 늪이기도 했다.24)

세희는 바랐던 세 번째 사랑을 역한 냄새가 진동하는 밀항선 갑판 아래서 만난다. 그리고 '호의호식하는 조건이 아니고 외양간 짚더미

---

24) 허련순, 앞의 책, 153~154쪽.

나 풍전등화의 처지에 있는 배에서 하는 사람들의 사랑이 더 절실하고 절박하며 애틋하고 진실한 것이 아닐까. 그리고 더 인간적이고 근원적인 사랑일 것이다'라는 사랑의 정의를 내린다. 그녀의 사랑은 꿈꾸는 사랑이 아니며 '지금 여기'에서의 사랑이다. 이 지점에서 초현실주의의 시간관이 확인된다. 초현실주의가 이해하는 시간은 발전되는 것이 아니며, 과거, 현재, 미래는 그 경계에 대한 의미를 잃어버린 개념이다. 단지 '여기'이며 동시에 '지금'인 영원한 현재만이 있을 뿐이다. 시간을 넘나드는 다층적 액자식 구성과 '지금' '여기'를 중시하는 사유는 비시간성을 드러내고, 이는 신화를 찾아내는 힘을 발휘한다. 소설은 이렇게 자유, 사랑, 그리고 지금이라는 것을 축으로 하여 새로운 신성함을 탐색하고 있다. 이는 비주술성이라는 근대성에 새로운 형태의 주술성을 부여하는 것이라고 하겠다.

그람시는 대중문학이 수요자 중심이어야 함을 강조하면서 시대적 역사적 의미를 어떻게 살릴 것인가의 문제에 집중했다. 지식인은 당대와 현실과의 결속을 되찾고 국민 대중적 운동의 틀 내에서 문화적 통일체를 건설해야 한다는 것이다. 그가 말하는 문화적 통일체는 지식인과 대중이 서로 언어와 사상을 교환하는 가운데 이루어진다.[25] 대중문학을 바라보는 그람시의 시각에서 볼 때 허련순의 소설 『누가 나비의 집을 보았을까』는 대중의 현실인식과 비판적 사고를 공유하도록 하는 '그람시적인' 문학이라 할 수 있다.

---

25) 안토니오 그람시, 박상진 역, 『대중문학론』, 책세상, 2003, 140~141쪽.

4. 탈경계정체성의 재현과 의미

한·중수교 이후 중국 조선족 소설이 한국문학으로부터 많은 영향을 받아 새로운 문학세계를 접하게 되었고 그에 따라 소설문학의 수준이 한 단계 끌어올려 졌다는 정덕준 외(2006)의 논의26)는 비약된 측면이 있다고 보인다. 창작기법이나 새로운 문예사조 경험의 측면에서는 영향을 받았을 수 있으나 사회주의 근대성과 자본주의 근대성이 차이를 갖는데다가 민족적 정체성이 형성된 양상이 다르기 때문에 오히려 전통을 끊임없이 재배치해 나가면서 초현실주의적 양상을 보인다는 측면에서는 중남미 문학적 성격까지 엿보인다. 결국 조선족 문학은 흐름이 자생적이고 독창적인 길을 나아가고 있다고 할 수 있겠다.

조선족으로서의 전통에 대한 사유의 끈을 놓지 않는다는 측면에서는 중남미 문학의 성격을 가지면서, 한편으로는 개인의 일상에 대한 세밀한 묘사와 개인 내면의 혼란과 갈등을 그려 나가는 측면에서는 일본 근대소설로 등장한 사소설의 형식과도 유사성을 갖는다. 개인적 서정성의 부각은 근대성의 냉혹함을 직접적으로 비판하지 않는다는 점에서 얼핏 정치적 현실에 대한 무관심으로 읽힐 수 있지만, 오히려 국민이나 민족 개념의 초극이라는 측면에서 볼 때 근대화의 병폐에 대한 비판성은 강하게 함축 내재돼 있다고 볼 수 있다. 근대의 몰인간성을 근대라는 삶 속에서 읽어 내고 있는 것이다.

이 글은 중국 조선족 문학이 갖는 탈주 가능성을 두 가지 관점에서 살펴보았다. 첫째는 경계 위에 놓인 정체성, 혹은 이중정체성으로 논의된 '경계적 정체성'을 '탈경계성'으로 사유하는 것이다. 둘째는 인

---

26) 정덕준 외, 『중국조선족 문학의 어제와 오늘』, 푸른사상, 2006, 232쪽.

간의 총체적 해방과 자유를 사회라는 외부적 조건에서 찾아가는 것이 아닌 개인 내면에서 찾아가고자 하는 존재에 대한 사유이다. 이는 도시화와 자유경제체제라는 근대성이 가져다 준 폐해에 대해 염증을 보인 1990년대까지의 문학을 넘어서, 그러한 문학적 경향을 극복하는 차원에서 개인의 일상과 심리 등 문학적 미학으로 눈을 돌린 것이라 할 수 있다. 문학이 정치적 문제, 사회적 문제를 담고 있어야 한다는 인식을 넘어서 이제는 개인의 감정을 재현하고자 하는 심상이 돋보이기 시작한 것이다. 이는 근대성 극복의지의 중단이 아니라 극복의지를 '거부와 비판'에서 '초극'으로 선회한 것이라 할 수 있다. 기존 조선족 문학이 국민성과 민족성의 이중정체성에 대한 갈등에 초점을 맞추었다면『누가 나비의 집을 보았을까』는 그러한 경향에서 벗어나 지극히 개인의 인식 문제에 집중시킨 점에서도 의미를 갖는다.

중국 조선족의 현실을 리얼하게 전형적으로 보여 준다는 점과, 국민과 민족이라는 이중 정체성의 아이덴티티에 집중했다는 점에서 이 소설은 지극히 근대성의 틀에 기대고 있다. 대중적 문학으로서의 수요자와의 소통은 근대문학이 일군 장이기 때문인데, 그 안에서 탈근대를 공유하고 있다는 점은 주제의 새로움을 선보이는 것이기도 하다.

주류문화인 한족문화나 조선족 민족문화의 권력중심으로부터 '탈중심화', '탈영토화'를 지향하는 관점의 전환은 중국 조선족 문학의 탈주 가능성을 말해 준다. 이는 초국가적 이주가 보편화되고 있는 시점에 인간 존재에 대한 깊은 사유를 기반으로 근대성을 읽는다는 점에서 중요한 시사점을 제시한다고 하겠다.

참고문헌

강　옥, 「한중수교와 중국조선족 문학」, 『비교문학』 36, 한국비평문학회, 2010.

김호웅·김관웅, 「이중적 아이덴티티와 문학적 서사」, 『통일인문학논총』 47, 건국
　　　　대학교 인문학연구원, 2009.

들뢰즈·가타리, 이진경 역, 『카프카: 소수적인 문학을 위하여』, 동문선, 2001.

박진숙, 「중국조선족 문학의 디아스포라적 상상력을 통해 본 디아스포라의 의미」,
　　　　『민족문학사 연구』 39, 민족문학사학회, 2009.

손보미, 「1990년대 중국 조선족 문학에 나타난 변화 양상」, 김종회 편, 『한민족문
　　　　화권의 문학』 1, 국학자료원, 2003.

송현호, 「중국조선족 이주민 3세들의 삶의 풍경: 『누가 나비의 집을 보았을까』를
　　　　중심으로」, 『현대소설연구』 46, 한국현대소설학회, 2011.

안토니오 그람시, 박상진 역, 『대중문학론』, 책세상, 2003.

엠마누엘 레비나스, 강영안 역, 『시간과 타자』, 문예출판사, 1996.

─────────, 서동욱 역, 『존재에서 존재자로』, 민음사, 2007.

오상순, 『개혁개방과 중국조선족 소설문학』, 월인, 2001.

이상갑, 「재중조선족 비평연구」, 김종회 편, 『한민족 문화권의 문학』 2, 국학자료
　　　　원, 2006.

이해영, 『중국조선족 사회사와 장편소설』, 역락, 2006.

자크랑시에르, 유재홍 역, 『문학의 정치』, 인간사랑, 2009.

장윤수, 『노마디즘과 코리안 디아스포라 문학』, 북코리아, 2011.

장춘식, 「원주민에 대한 이민자의 문화적 적응: 조선족 소설의 다문화적 측면」,
　　　　『국어교육연구』 26, 서울대학교 국어교육연구소, 2010.

정덕준, 『중국조선족 문학의 어제와 오늘』, 푸른사상사, 2006.

정은경, 『디아스포라 문학』, 이룸, 2007.

차성연, 「중국조선족 문학에 재현된 '한국'과 '디아스포라' 정체성」, 『한중인문학

　　연구』 31, 한중인문학회, 2010.

최병우, 「조선족 이차 이산과 그 소설적 형상화 연구」, 『한중인문학연구』 29, 한중
　　인문학회, 2010.

허련순, 『누가 나비의 집을 보았을까』, 인간과자연사, 2004.

Néstor García Canclini, 이성훈 역, 『혼종문화: 근대성 넘나들기 전략(*Culturas
　　híbridas:Estrategias para entra y salir de la modernidad*)』, 그린비, 2011.

문화대혁명의 발생과 중국 조선족의 대응[※]

: ≪연변일보≫ 게재 소설을 중심으로

차희정

(중국해양대학교)

1. 중국 조선족, 중국 조선족 문학과 문화대혁명

1966년에서 1976년까지, 10년간의 중국 문화대혁명(이하 '문혁'으로 약칭)에 대한 평가는 이를 경험한 각각의 계층과 집단의 시각과 관점, 기억에 따라 달라질 것이고 후대 연구자들에 의해서도 그러할 것이다.[1] 만약 문혁이라는 이름 아래 전개된 다양한 운동의 경험적 사실들을 여러 가지 차원에서 드러내 보여 주는 것으로 문혁에 대한 서사가 다면화되고 그 논의의 폭과 깊이가 풍성해질 수 있다면 현재까지 일

※ 이 글은 『한국문학논총』 60집(2012)에 게재되었던 것을 수정·보완하였다.

1) "문화대혁명은 사상을 숙청시킨다는 명분이었으나 실질적으로 그 본질은 계파 사이의 권력 쟁탈이었다."

심영수는 모택동과 유소기 파의 정면 대결의 투쟁이 전개된 문화대혁명이 국민경제의 약화, 경제발전의 침해, 대외정책의 변화―기술설비 도입, 대외원조정책의 변화―측면에서 중국 경제에 심각한 타격을 주었다고 했다(심영수, 「문화대혁명이 중국경제에 미친 영향」, 『순천향사회과학연구소 논문집』 1, 순천향대학교 사회과학연구소, 1995, 223~240쪽).

반화된 평가2)의 한계를 해체하고 그 의도를 읽어 낼 수 있을 것이다. 또한 학문적 논의를 진작시키는 데에도 이바지 할 수 있을 것이다.

이러한 맥락에서 중국 조선족 문학이 중국 이주 소수민족으로서 문혁, 문혁기의 경험적 특성을 그대로 드러내 평가하고 있는 것은 흥미롭다. 그 중 문혁기를 "문학에 대해서는 더 이상 아무것도 말할 수 없는 암흑기",3) "민족문제와 관련되어 민족사업의 파괴가 초래되는 등 큰 재난을 당했던 시기"4)였다고 평가하는 것은 주목할 만하다. 실제로 문혁기에 당 중앙이 지방민족주의 청산이라는 명분 아래 소수민족의 민족문화와 습관, 민족 언어와 문자, 민족학원을 거의 폐지했으며 한족에로의 동화를 추진5)한 것 등은 주지의 사실이다. 『중국 조선족 문학통사』도 문혁 10년이 조선족 문화 창작의 쇠퇴기이며 수난기라고 규명하며 1966년 5월부터 1971년 9월 임표 반당 집단이 분쇄 될 때까지 조선족 문단에는 진정한 문학작품이 한 편도 없었다고 해도 과언이 아닐 것6)이라고 평가한다.

이때 중국문학으로 편입된 중국 조선족 문학의 이중성에 대해서

---

2) 문혁을 겪은 후 중국인들은 "허황한 유토피아적 실험을 거친 후 중국의 수천 년 역사란 피의 강과 백골의 산으로 이루어진 황량한 폐허", "세계인민의 혁명적인 등대라는 환상이 부서졌다"고 평가하고 있다(이욱연, 「중국 지식인의 인식 변화: 80년대와 90년대」, 『역사비평』, 역사문제연구소, 1997, 351쪽).

3) 정덕준 외, 『중국조선족 문학의 어제와 오늘』, 푸른사상, 2006, 195쪽.

4) 연변대학교 육학심리학교연실, 『연변조선족교육사』, 연변인민출판사, 1987, 302~303쪽.

5) 비교적 문화대혁명기 초기라 할 수 있는 1966~68년에는 많은 사망자가 발생하였으며 특무조치를 받은 자가 3,500여 명, 하급간부로 1,400여 명, 행정처분을 받은 자가 200여 명, 기타 박해를 받은 자가 3,000여 명에 이른다. 또한 공사급 간부 150여 명 중 84명을 기층으로 내려보냈으며 지식층 청년 11만 명을 농촌으로 내려보냈다. 또 불완전한 통계상에 나타난 내용의 피해 상황을 보면, 문화혁명 당시에 박해와 타격을 받은 사람의 수가 무려 3만 8,000여 명에 달하고, 그 중 사망한 사람이 3,000여 명, 부상 또는 잔패자가 5,000여 명에 달하며 이 사건에 연루된 사람의 수가 무려 10여만 명에 달했다(박경수, 『연변농업경제사』, 연변인민출판사, 1987, 224~225쪽).

6) 조성일·권철, 『중국 조선족 문학 통사』, 이회문화사, 1997, 397쪽.

이해가 필요하다. 중국 조선족 문학은 모국적 요소와 중국적 요소가 혼재된 특성 때문에 "중화 민족문학의 조성 부분인 동시에 조선 민족 '정체(整體)문학'의 일부분"7)이라는 이중적 성격으로 정의된다. 그러나 조선족은 중국 내 거주하는 소수민족 중의 하나이며 중국 사회의 변동·변화 속에서 자신의 존재를 이어오며 중국 공민으로서의 지위를 획득하였다. 때문에 혈연적 기원에 바탕을 둔 정서적·감정적 차원에서의 이해와는 다른 지점에서 조선족과 조선족의 문학을 바라봐야 할 것이다. 즉, 중국이라는 국가적 테두리 안에서 소수민족으로서의 조선족과 조선족 문학을 이해하고 접근해야 하는 것이다.

이 글은 중국 조선족 문학의 이러한 이중적 특성을 주지하며 조선족 소설을 통해서 문혁의 발생과 이에 대한 조선족의 대응 양상을 살펴보고자 한다. "문화대혁명이라는 운동 자체가 실질적으로 유일한 텍스트로서의 의미"8)를 갖는 시점에서 중국 내 소수민족으로서 중국의 정치, 문화 변동과 길항해 온 중국 조선족이 또 한 번의 역사적 변환을 어떻게 맞이했는가를 살펴보는 것은 이후 10년 동안의 문혁 기간에 발생한 갖가지 운동과 개혁 개방 이후의 조선족의 의식과 현실을 이해하는 데에 중요한 시금석이 될 것이다.

특히 소설을 통해서 문혁 발생과 중국 조선족의 대응 양상을 살피려는 것은 통사적 차원에서의 사회·역사적 연구가 놓칠 수밖에 없는 미시적, 공시적 차원에서의 개인과 일상을 관찰할 수 있다는 점에서 의미가 있다. 소설은 현실을 구조적으로 반영하여 형상화하기 때문에 소설을 통해 중국 문혁 발생과 이에 대한 조선족의 대응을 관찰하려는 이 글의 의도는 실현 가능할 것이다.

---

7) 위의 책, 16쪽.
8) 김진공, 「문화대혁명 기간의 문예 연구」, 서울대학교 박사논문, 2001, 87쪽.

이 글은 1965~66년까지 ≪연변일보≫9) 게재 소설10)을 연구의 대상으로 삼았다. 특별히 이 기간을 대상으로 한 까닭은 1957년 '반우파투쟁'으로부터 '대약진운동' 등 일련의 정치 운동을 거쳐 문혁까지 거의 20년의 기간을 '문학의 암흑기',11) '암담한 연대'12)로 명명하는 문학사 평가를 회의하고, 좀 더 정치하게 반우파투쟁의 종결과 문혁이 시작되는 시기로서의 1965, 66년을 소설을 통해서 살펴보기 위해서이다. 특히 이 시기는 반우파투쟁, 대약진운동을 지나오며 1963년의 '계급투쟁을 기본 고리'로 하는 사회주의 교양운동의 끄트머리에서 문혁의 발생이 시작되는, 문혁의 발생과 전개에 대한 중국 조선족

---

9) ≪연변일보≫는 중공연변조선족자치주위(中共延邊朝鮮族自治州委)의 기관지였다(1952년 9월 3일 자치주가 서기 전에는 중공연변지방공작위원회였다). 신문은 모택동 사상을 선전하고 당의 정책방침을 보도하였다.
10) 이 글의 대상 작품은 아래와 같다.
　박　은『수염 아바이』(1965.3.3)
　김중복『불타는 신념』(1965.4.20)
　최장춘『빈농대표』(1965.4.27)
　김성학『방한화』(1965.4.29)
　리만호『봄날아침』(1965.5.1)
　김기종『리 아바이』(1965.7.29)
　황장석『새 날이 밝아온다』(1965.8.12)
　장춘희『고산준령』(1965.8.15)
　김중복『어머니의 소원』(1965.8.19)
　송　영『차 할아버지』(1965.10.6)
　박창묵『과수원에서』(1965.10.29)
　차룡순『5호 운전수』(1965.12.2)
　리동규『붉은 마음』(1965.12.12)
　리동규『첫 출발』벽소설(1966.1.21)
　김경매『구양 해의 노래』연재(1966.2.10,11,13,15,17,18,19,20,22,23,24)
　리영락『부 기원』벽소설(1966.2.10)
　차룡순『푸른싹』(1966.2.17)
　배　민『五호 사원』(1966.3.24)
　허필성『녀대장』(1966.4.1)
11) 정덕준 외, 앞의 책, 208쪽.
12) 조성일·권철, 앞의 책, 391쪽.

의 예측과 상상이 가능했던 시적 공간이기도 하다. 특히 문혁 이후 개혁·개방 시기 문예창작의 중흥기에 발표되는 많은 작품들의 창작 배경과 주제적 차원의 이해를 돕는다는 점에서도 의미 있는 일이기 때문이다.

≪연변일보≫ 게재 소설을 연구 대상으로 한 것은 ≪연변일보≫가 공산당중앙기관지로서 중국의 정치·사회·역사의 변화를 신속하게 보도하는 동시에 문예란 등을 통해서 당의 정책을 선전하고 대중을 교육하는 일에 주력하는 등, 중국 조선족의 현실 대응 양상을 확인할 수 있는 주요한 매체이기 때문이다. 또한 ≪연변일보≫가 중국 사회와 제도의 큰 흐름 속에서 적지 않은 영향과 지배를 받았으면서도 조선인 집거지의 사회문화적 환경이 신문의 성장 발전에 근간이 되고 원동력이 되어 왔음을 생각할 때에 연구 대상으로서의 의미를 획득하고 있다는 판단에서다.

이 글은 중국 조선족이 갖는 문화적, 혈연적, 국가적 특수성으로 형성된 정체성의 문제를 그들이 조선으로부터 이주하여 중국 내 거주하는 소수민족이라는 점에서 이해할 것이다. 연구를 통해서 문혁 발생에 따른 중국 내 소수자로서의 중국 조선족의 현실 의식과 미래에의 전망 등을 확인할 수 있을 것이라 기대한다.

2. 지속적 계급투쟁, 대한족화(大漢族化)에의 조응

1965~66년은 1957년 반우파투쟁, 대약진운동(大躍進運動)[13]을 거

---

13) 사회주의 건설을 위해 1958년부터 1960년 전반기까지 행해진 대대적인 건설운동으로서 수리 건설, 식림, 비료 만들기 등에 농촌 노동력의 70~80%가 동원되었다. 대약진 운동은 그때까지의 소련형 사회주의의 여러 정책이 중공업 우선 정책을 핵심으로 한 엘리트 집단

치며 발생한 문제들과 그것의 해결방법이 충돌, 대치되었던 시기이다. 대약진운동의 결과, 극도로 쇠퇴한 경제 환경이 주는 피로와 함께 집단생산에서의 노동점수체계와 부업생산 등으로 소득격차가 커진 농촌 인구 사이에서 터져 나온 불평, 농촌 당 간부의 부패 등은 어떤 식으로든 그 해결이 요구됐다. 이에 대해 류소기를 비롯한 대부분의 당 지도자들이 당과 국가의 중앙기구를 이용하여 농촌상황을 개선하려고 했던 반면, 모택동은 빈농을 사상적·정치적으로 동원하는 대중운동을 일으키려 했다.14) 이는 중국의 '잃어버린 20년'이라 일컫는 시기, 1957년부터 1976년 문혁이 끝날 때까지 지속적으로 진행된 '계급투쟁'의 시대가 문혁의 시작과 함께 대중운동의 모습으로 드러나는 것이었다. 모택동은 더욱 직접적으로 "文化大革命은 무엇을 하는 것인가? 바로 계급투쟁이다"15)라며 계급투쟁이 문혁의 중심임무라고 밝혀 강조했다.

반우파투쟁과 1958년 대약진 운동을 거쳐 1966년 문화대혁명으로 이어지는 계급투쟁의 시기에 이르러서 중국 정부의 소수민족 정책은 강경기조로 변화한다. 민족의 문화, 생활습관, 민족언어와 문자, 민족학원을 모두 폐지하고 전체 소수민족 지구를 하나의 기준 아래 표준화하고 동질화하면서 민족적 차이를 부정하고 강압적인 민족동화를 추진16)했던 것이다. 이는 대약진의 실패에서 점차적으로 벗어난 후 문혁의 발생과 함께 소수민족에 대해 다시 적극적이면

에 의한 사회 건설 방식이었던 것과는 달리 대중 노선을 채택하였던 점이 특징이다. 그러나 1960년 초 중국 정부는 경제가 악화됨에 따라 대약진 운동을 철회하기 시작하였으며 1966년 초 시작한 문화대혁명의 한 요인으로 작용하였다.

14) Maurice Meisner, 김주영 옮김, 『마오의 중국과 그 이후』 1, 이산, 2004, 362쪽.

15) 共靑團北京市委 編, 『文化大革命育新人』, 中國靑年出版社, 1976, 3쪽을 김기효, 「知識人에 對한 毛澤東의 인식 연구」, 한국외국어대학교 박사논문, 2010, 207쪽에서 재인용.

16) 김상철·장재혁, 『연변과 조선족』, 백산서당, 2003, 74쪽.

서 강경한 정책을 실시한 것인데 이러한 모택동의 강압적 민족동화 정책은 소수민족의 문화적 특수성을 해체하고 한족으로의 동화를 시도하는 것이었다. 이는 대약진운동 이후 소수민족에 대한 완화정 책이 전략적인 후퇴였을 뿐, 기본정책은 그대로 유지되었음을 증명한다.

중국 공산당의 계급투쟁과 대한족화 정책에 대한 조선족의 대응은 소설을 통해서도 그 양상을 살펴볼 수 있다. 반우파투쟁 기간 동안은 무조건적으로 생활의 긍정성을 표출하는 등의 소설이 창작되면서 소재의 다양성은 일찍이 소멸되었고, 이는 문혁까지 계속되는 양상이었다. 20년에 이르는 시간동안 문학은 급변하는 정치 상황에 따른 투쟁의 도구로 전락한 모습을 보였는데 소설 전반의 도식화·개념화가 그것이다. 특히 우파로 낙인찍힌 조선족 문학자의 축출은 문학계의 위축을 가져왔다.

1960년대 초에 창작된 작품들은 대약진 시기의 소설에 비해 일상적인 생활에 관심을 가지고 창작되는 등의 모습을 보이지만[17] 1966년 문혁이 시작되면서부터 문학은 더 이상 회복의 기회를 갖지 못하는 듯 보인다. 또, 1966년 7월에는 '연변문련'과 그 산하의 각 협회가 해산되었고 거의 같은 시기에 '연변가무단', '연변연극단' 등 예술 공연 단체들에서 모든 문예 창작, 문예 공연 활동이 중지되었으며 ≪연변≫, ≪장백산≫ 등 잡지들이 폐간되었다.[18]

이 시기 ≪연변일보≫는 「해란강」이라는 문예란을 통해서 중국 조선족 작가들의 작품 활동을 보장했다. 특이한 점은 1965~66년 4월까

---

17) 조성일·권철, 앞의 책, 307쪽; 차룡순 「약초 캐는 사람들」(1965) 등은 제재 측면에서 일 상적 생활에 대한 관심을 보이고 있다는 점에서 대약진운동 시기 작품과 비교했을 때 변별 성을 보인다.

18) 조성일·권철, 위의 책, 393쪽.

지 많은 작가들이 ≪연변일보≫를 통해 작품 활동을 하였음에도 대부분의 작가가 본격적인 문혁 기간이나 그 이후에도 작품 활동이 없다는 점이다.[19] 그리고 「해란강」을 통해서 노동자와 군인 등이 소설과 수필, 감상문 등을 적극적으로 발표하고 있는 것도 주목할 만한 일이다.[20] 이는 문혁이 조직적으로 진행되는 그 연장선에서 인민 대중의 힘을 얻기 위한 방편으로 창작활동을 독려했음을 유추케 한다.

그리고 ≪연변일보≫에는 문혁이 발생하기 전인 1965년 10월 13일을 시작으로 매일이다시피 『人民日報』 제1면 상단 우측에 「毛澤東語錄」란을 통해서 모택동의 저작에서 발췌한 글이 실린다. 1965년에는 22편의 "毛澤東語錄"이 『人民日報』에 게재되었으며 1966년 6월 1일 이후에는 1976년 말까지 거의 매일 毛澤東語錄이 게재되었다. ≪연변일보≫ 또한 이를 그대로 받아 신문에 실으면서 문혁에 적극 동조한다. 이것은 중국 내 소수민족 신문으로서의 ≪연변일보≫가 지향한 '지방성', '군중성'의 성격을 드러내는 행위로 이해할 수 있다.

---

19) 1965~66년 ≪연변일보≫에 게재된 소설의 작가 중 문혁기 이후에도 작품 활동을 한 사람은 차룡순, 박은 정도이다. 또, 1966년 8월 이후에는 ≪연변일보≫의 문예란 자체가 없어졌으며 1969년 8월 10일에야 '중화인민공화국 20년을 맞이하여' 시, 소설, 수필, 등 문학 전반에 걸쳐 작품을 모집한다는 공고가 나온다.

20) 1965.3.3 노동자 안금숙 「나는 전진 인물을 따라 배운다」; 노동자 김명희 「현실에 눈을 돌려야 한다」; 1965.5.1 노동자 리만호 「봄날아침」; 뜨락또르 운전수 윤태삼 「밭갈이 철에」; 1965.8.10 노동자 최봉권의 수필 「연필」; 1965.10.6 연변 인쇄 공장 기간 민병 용회천의 「가족 영화 〈인민 전쟁 승리 만세〉 관후 소감」; 연변 고무공장 구락부 남효현의 「우리의 교훈과 성과」; 1966.1.2 노동자 이만호의 시 「혁명의 기관차는 달린다」; 1966.1.10 노동자 허명섭의 시 「보이라공의 노래」; 1966.2.13 노동자 류성근의 대화시 「싸우는 맥 현득」; 1966.4.31, 1966.4.3 연길시 총공회 박하건 '모택동 동지의 훌륭한 학생인 초유록 동지를 따라 배우자' 「인민의 훌륭한 근무원이 되련다」; 길림성 제 7건축 공사 당위 후지춘 「내가 받은 공산주의 교양」; 연변 중용 기계 공장 윤상렬 「거울 앞에서」; 중공 도문시위 재정 무역 정치부 주임 진원하 「〈나〉라는 것과 단호히 투쟁」; 화룡현 덕화 공사 남경 대대 당지부 서리 리상영 「초유록처럼 살리」; 왕성현 매초구 공사 매초구 二대 차복자 「그 이처럼 하면 못 해 낼 일이 없다」 등.

3. 사상의 찬양과 선전, 체제의 내면화

1965년 모택동 숭배는 크게 유행하였다. 심지어 그의 '사상'만이 아니라 그 사상의 생산자까지 신성시되었다.[21] 1966년 8월 1일과 2일 당 중앙위원회에서는 문화대혁명의 가이드라인을 제시한 「文革16條」를 통과시켰다. 이 문건은 기존의 당내 부르주아와 반혁명세력 규정을 반복[22]하면서 혁명은 자발적으로 잘 조직된 대중적 권력과 홍위병에 의해 이루어져야 한다고 강조하고 있다. 혁명의 주체가 되는 대중은 사회주의 이데올로기 담론에서의 '인민대중'이 될 것이다. 이는 사회주의 이데올로기를 인정한 대중에 한정되는 것으로 사회주의의 이데올로기를 거부하거나 그것으로부터 벗어난 대중을 제외한, 그 내부로부터 지속적인 타자화를 진행시키는 개념으로 이해해야 하는 것이다. 다시 말해서 개념 내부적으로 타자화를 전제해야만 인민대중의 동일성이 확보되는 것이다. 모택동은 이러한 인민대중의 단일한 의식과 그로부터 발생한 힘을 통해서 문혁의 성공적 완성을 기대했을 것이다.

≪연변일보≫는 1966년 8월 9일에 전날 채택된 「중국 공산당 중앙위원회의 무산 계급 문화대혁명에 관한 결정」 전문을 1면에 싣는 것으로 문혁의 시작과 더불어 지원군으로서의 역할을 시작했다. 이제

---

21) 1964~65년 중국을 방문한 미국의 저널리스트 에드거 스노(Edgar Snow)는 모택동에 대한 중국인의 숭배에 당혹해 했다. 모택동은 에드거 스노와의 1965.1월 인터뷰에서 개인숭배는 필수적인 정치적 자산이라고 말하기도 했으며 흐루시초프가 권좌에서 실각한 것은 "개인숭배를 전혀 받지 못했기" 때문이라고 설명했다(Edgar Snow, *The Long Revolution*, New York: Random House, 1971, pp. 68~205를 Maurice Meisner, 김주영 옮김, 앞의 책, 384쪽에서 재인용).

22) 汪學文, 『中共文化大革命史論』, 國立政治大 國際關係研究中心, 1990, 59~70쪽을 崔寶藏, 「中國 文化大革命(1966~76)에 관한 硏究」, 『中國硏究』 25, 한국외국어대학교 중국연구소, 2000, 21쪽에서 재인용.

모택동의 개인 영도가 실제적으로 당 중앙의 집단영도체제를 대신하게 되었던 것이고 이후 모택동 개인의 숭배 풍조는 최고조에 달했다.

철삼이 손에는 젖은 헝겊이 가득 감겨져 있다. 이마에는 땀이 송골송골 돋쳐 있었고 코'구멍 밑은 새까맣게 되였다. 밤을 새우면서 정을 만들었던 것이다. 40평생 처음 당하는 일인가 싶었다. 〈너보다 오래 살았다는 내가 너보다 어리구나! 늘 〈자력갱생하자〉고 외우는 너의 마음을 이제야 알았구나!〉홍수는 더 생각하지 않고 망치를 틀어쥐었다. 〈철삼아! 넌 올라 가 누우라!〉〈일 없어요.〉홍수는 헝겊을 물에 적시여 손에 감았다. 철삼이는 풀무를 돌리었다. 세찬 불'길이 일어 섰다. 뚱땅뚱땅 마치 소리가 계속되었다. (…중략…) 홍수의 눈 앞엔 지나 간 일들이 삼삼히 떠오른다. 그중에서도 장부책과 함께 언제나 주석의 저작을 가지고 다니는 철삼이의 모습은 더욱 선명히 눈 앞에 나타난다. 눈이 온 뒤라 눈보라가 일기 시작했다. 홍수는 노끈으로 정을 매여 둘러 메고 길을 나섰다. 설한풍을 맞받으며 20리 길을 달렸다. 그는 주먹을 부르쥐였다.[23]

모택동의 '말씀'을 공부하고 외우면서 일하는 '철삼'을 보면서 자신을 반성한 주인공 '홍수'가 혁명전사로 거듭나려는 강력한 의지를 보여 주는 장면이다. '로빈농 사원'으로의 정체성을 재구성하려는 의지를 보이는 홍수는 적극적으로 모택동 사상을 내면화하고 있다. 이때 본보기로 역할 하는 철삼은 모택동 사상으로 무장한 노동자로서 체력과 지력의 한계조차 없다. 또, 노동자일 뿐이지만 자력갱생의 의미를 분명하게 이해하고 있다. 여기서 노동자인 그가 스스로 모택동 사상을 공부하면서 숙련된 기술까지 익히게 된 것은 모택동의 교육

---

23) 리영락, 「부기원」, ≪연변일보≫, 1966.2.10.

사상과도 관련이 있는 것으로 보인다. 문혁 발생 전후해서 모택동은 정규 교육에 불신을 가지고 있었으며 진정한 지식은 실생활 속의 실천적 경험에서 나오며 형식적인 교육에서는 나오지 않는다[24]고 주장하였기 때문이다. 그의 주장은 문혁의 발생과 함께 대대적으로 전파되는 속에서 조선족을 포함한 중국 인민대중이 자율적으로 체득할 수 있게 되었다.

철삼은 대단히 적극적으로 모택동 사상을 학습하는 것으로 보인다. 이는 또한 중국의 대한족화 정책과의 상관성으로 이해할 수 있는데, 중국 내 소수민족으로 살아가는 철삼에게 이러한 정책의 변화는 어떤 식으로든 적응의 전략을 요구한다. 그가 선택한 적응의 방법은 모택동 사상을 학습하는 것이었다. 그는 자신이 소수민족이라는 사실과 문혁 발생과 함께 진행된 대한족화 정책이란 상황의 특성을 매개하여 대처방식을 선택했을 것이다. 철삼은 정책의 내면화를 통해서 환경을 인식했기 때문에 밤낮없이 일해도 피곤하지 않을 수 있었던 것이다.

〈아?!〉 길섶에 선 쑥대나 꺾어서 콩마대를 덮을가 하는 생각에 헤매며 따라 뛰여내렸던 나는 가슴에서 뜨거움을 그무엇이 뭉클 솟아오름을 느꼈다. 나는 아까 짐을 실을 때부터 저 가마니, 까래 쪼각들을 몇번 보았었다. 허나 나는 〈하다 못해 김치움을 덮어도 시재 생활에서는 다 귀할테니 촌에 왔던 길에 얻어가는게로군…〉 이쯤 생각했을 뿐이었다. 이런 때의 경우를 생각해서 이런 사소한 문제에까지 눈을 돌린 그의 마음, 그와 함께 가마니와 까래쪼각으로 콩마대를 빈틈없이 덮어가노라니 코마루가 시큰해나며 눈굽이에선 뜨거운 그 무엇이 핑그르 돌았다.[25]

---

24) Maurice Meisner, 김주영 옮김, 앞의 책, 386쪽.
25) 차룡순, 「5호 운전수」, ≪연변일보≫, 1965.12.2.

위 인용문은 곁에서 앉아 오기는 했지만 얼굴도 이름도 모르는 '五호 운전수'의 놀라운 운전 실력과 싣고 가는 곡식에 대한 애정을 보면서 가슴이 뭉클할 만큼 감동받은 주인공의 자기반성 장면이다. 길섶에서 꺾은 쑥대로 콩자루를 덮을 생각이었던 주인공은 '가마니와 까래 조각'으로 꼼꼼하게 콩자루를 덮고 있는 五호 운전수를 보면서 뛰어난 솜씨로 일을 완수하는 그에게 감동한다. 자기 분야의 과제를 해결하기 위한 단련된 기술과 책임감 있는 행위는 국가건설 시기부터 강조해 왔던 사회주의 사상이 체화된 것으로, 주인공은 五호 운전수의 행위에 감동하고, 그를 칭송하고, 자신을 반성하는 학습 과정을 통해서 자연스럽게 사회주의 무산계급 의식의 내면화를 경험하고 있음을 알 수 있다.

1965년 5월 1일 ≪연변일보≫ 「해란강」에 실린 '뜨락또르 운전수 윤태삼'의 「밭갈이 철에」란 산문 성격의 글에는 무산계급 노동자의 모택동 학습 능력이 발휘되고 있다. 농기구의 단점을 찾아내어 몇 번이고 시험가동을 해서 성공적으로 밭갈이 작업을 마치는 '중복'이란 트럭 운전수는 자신의 일에 대한 사명감과 책임감에 복받쳐 있다. 몇 번의 검증 끝에 성공적으로 농기구를 수리한 중복은 당의 지시를 받고 다른 대대로 떠나는데, 그의 모습이 사원들에게 "봄갈이 작업을 고조"시켰다. 중복의 "내가 누구를 위해 이 시험을 해야 하는가? 밭갈이 근심에 잠 못 이루는 저기 모인 저이들을 위해서……운전대에 오를 때마다, 조종간을 잡을 때마다 저이들의 마음으로 한다면 꼭 성공하리라"는 말은 자신의 역할에 최선을 다하는 것에서 무산계급 노동자로서의 자부심을 구성하고 있다.

〈아바이 이 상자를 누가 만들었는지 알만 하십니까? 어제 철남이가 만들었습니다. 그는 일요일두 쉬지 않구 아바이 분부대로, 이렇게……〉 병

수 령감은 자기 귀를 의심하였다. (철남이가 그러기에 어제 저녁 때 소조장과 같이 공장 문에서 나왔지) 병수 령감은 가슴에서 무엇인가 뭉클하는 것을 감촉하였다. 웃어야 할지 성내야 할지 형언할 수 없는 순간의 침묵이 흘렀다. (…중략…) 〈아바이!〉하고 부르는 철남의 눈에는 어느덧 이슬이 맺혔다. 자기의 잘못을 뼈저리게 느낀 표식이기도 하다.26)

〈지금은 길이 나빠서 석탄실이는 500근을 초과하지 말자구 사원 대회에서 결정하지 않았는가? 자네는 〈사억 제도〉제5조에 의해 처벌을 받아야겠네〉(…중략…) 〈으-흐, 참 이 소는 래일부터 써레질을 해야겠는데 그래 제집 소면 이렇게 싣고 다닐텐가? 이게 다 개인주의 사상이라는 거네!〉〈아바이 함부로 사상 〈모자〉를 씌우지 맙소.〉〈그래 그 말이 사원의 립장에서 하는 겐가?〉(…중략…) 앞장 서 가는 용규의 가슴 속엔 그 어떤 말문이 점점 커가고 있었습니다. 소를 아껴 쉰 근이 가는 모터를 등에 지고 따라 오는 리 아바이의 아름다운 행동이 자꾸 가슴 속으로 파고 들었던 것입니다. 생각 끝에 용규는 더는 참을 수 없다는 듯이 리 아바이의 등'짐을 빼앗아 지고 걸었습니다.27)

위의 두 인용문은 「붉은 마음」과 「리 아바이」의 일부분이다. '병수 령감'과 '리 아바이'는 각각 '철남', '용규'와 작업반의 일로 갈등을 겪지만 그들이 반성하는 것을 계기로 사상적 대립의 문제를 해소한다. 두 소설은 공통적으로 인물의 행위를 통해서 갈등을 해소하고 있는데, 다 쓴 못을 재활용하라는 병수 영감의 말에 대립각을 세웠던 철남은 밤새 썼던 못으로 근사한 상자를 만들어 놓았고, 용규는 리

---

26) 리동규, 「붉은 마음」, ≪연변일보≫, 1965.12.12.
27) 김기종, 「리 아바이」, ≪연변일보≫, 1965.7.29.

아바이의 등짐을 빼앗아 지고 갔다. 철남과 용규의 이러한 태도는 자신들의 사상과 태도를 문제 삼으면서 개인주의적이라 나무랐던 두 노인에게 반성적 태도의 진정성을 드러내 보여 주고 있는 것으로 이해할 수 있다.

게다가 자신보다 연장자인 두 사람의 행동 역시 철남과 용규에게도 감동을 주고 있다. 소가 과한 등짐으로 힘들어 할까 걱정해서 모터를 등짐 지고 가는 리 아바이의 행동과 「붉은 마음」의 병수 영감이 못 쓰게 된 상자에서 뜯어낸 못으로 다른 상자를 만들어 직접 철남에게 보여 주고 싶은 충동을 억누르는 장면은 철남과 용규가 반성하는 모습을 통해 보여 준 진정성과 교직되면서 소설 속 등장인물을 한 집단으로 묶어 내고 있다. 세대를 뛰어넘어서 '우리'의 개념으로 규정되는 것이다.

이러한 과정은 소설 속 인물 간에 공통의 사상과 신념이 내면화되는 과정을 동반하고 있다. 세대를 뛰어넘어 집단의 구성원으로서의 정체성을 갖게 되는 것이다. 집단적 정체성은 자아 정체성의 객관적 측면을 가리키는 것으로 심리·사회적 정체성이라 할 수 있다. 개인과 관계가 있는 집단에 대한 소속감 내지 일체감을 의미하며, 하나의 집단에 공통된 동류의식으로 이는 곧, 구성원의 결속을 가능케 하는 것이다. 철남과 용규가 자신들의 행동에 대한 반성을 하게 된 데에는 구성원의 어른인 병수 영감과 리 아바이의 역할이 있었는데, 이들은 연장자로서 뿐만 아니라 '사억제도'와 생산 부품을 아끼는 등의 규약 등을 들어서 철남과 용규를 깨우친다. 이를 통해서 철남과 용규, 리 아바이, 병수영감은 공통의 목적과 사상을 공유한 집단의 구성원이 되는 동시에 집단의 대표성을 띠게 된다.

4. 투쟁성 강화를 통한 소수민족으로서의 재기

≪연변일보≫ 게재 소설 중 몇 편에서는 갖가지 투쟁을 적극적으로 수행하는 인물들이 등장한다. 사상투쟁, 생산투쟁, 계급투쟁을 진행 중인 주인공은 다양한 방식으로 투쟁성을 강화해 가고 있다.

〈중대장 동무, 붕대가 없습니다.〉 붕대가 없는 것보다 사상적 준비가 없는게 더 무섭소. 우리는 만일을 위해 천만 가지 준비를 해야 하오.〉 나는 머리를 푹 숙이고 말았다. 몇 번이고 곱씹어 들은 말이건만 오늘따라 가슴 속 깊이 치는 데가 있었다. (…중략…) 〈하, 영수 동무, 동무 옷을 어떻게 입었나 좀 보우〉 나는 희끄무레한 새벽 빛 속에서 인차 옷 매무시를 돌아보았다. 기상할 때 어찌나 덤벼쳤던지 저고리를 뒤집어 입고 오지 않았는가! 나는 당황해서 얼굴에 땀이 바질바질 솟아 났다. 〈중대장 동무, 나는 정말 한 차례 심각한 교훈을 얻었습니다. 평소부터 사상 상에서 탄압을 재워 넣어야 하겠다는……〉 〈좋소. 그것은 유의한 교훈이요.〉 중대장은 만족스레 웃었다. 어느 새 비는 그치고 새날이 밝아 왔다. 나는 중대장의 뒤를 따라 힘 있게 걸어갔다.[28]

위 인용문은 「새 날이 밝아온다」의 주인공 '영수'가 자신의 빈약한 사상투쟁을 반성하는 내용을 사건이 일어난 순서대로 요약해 놓은 것이다. 미처 붕대를 챙기지 못하고 옷까지 잘못 입고 나온 자신의 행동을 깊이 반성하고, 내일의 교훈으로 삼는 주인공의 적극적 반성 행위가 주요 내용이다. 주인공 영수의 반성은 무장 부장의 격려가 이어지면서 반성 자체에만 그치는 것이 아니라 행위로 실현되고 있

---

28) 황장석, 「새 날이 밝아온다」, ≪연변일보≫, 1965.8.12.

다. 새 날이 밝아 왔고, 동시에 영수가 무장 부장의 뒤를 따라 힘 있게 걸어가는 것을 통해서 그의 사상투쟁의 강화를 짐작하게 되는 것이다. 이러한 사상투쟁의 강화는 1963년 초 처음 등장한 '인민해방군을 배우라'는 운동을 통해서 알 수 있다. 초기 이 운동은 대체로 선전, 즉 혁명적 병사의 영웅적이고 자기희생적인 행동을 선전하는 것에 국한되어 있었다. 모택동의 훌륭한 전사 중 하나로 일컬어졌던 뢰봉(雷鋒)이 대표적 모델이 될 수 있을 것이다.

실제 1966년 7월 14일 ≪연변일보≫에는 혁명전사 '류영준'의 기사가 대서특필 되었다. 포를 수레에 싣고 나르는 군인 류영준이 놀라서 날뛰는 말을 제어하는 과정에서 등굣길의 학생을 구하고 자신은 큰 상처를 입고 죽었다는 내용이다. 그가 치료를 받는 중에도 인민들이 병원 밖에서 눈물과 울부짖음으로 그의 소생을 기원했다는, 다소 과장된 보도는 이후 "그의 정신과 행위를 본받자"는 기사가 9월 21까지 계속되면서 독자를 대상으로 '본받아야겠다'는 의식을 전달하는 동시에 이를 통한 교육의 효과까지를 기대하고 있다.

류영준이 소속된 인민해방군의 영향력은 농촌에서 민병에 대한 통제를 통해 이루어졌다. 퇴역 군인과 젊은 농민들로 구성된 지방 민병조직이 대약진의 붕괴와 함께 혼란 상태에 빠졌다가 다시 회복되었기 때문이다. 또 인민해방군을 통해서 당내 갈등에서 모택동주의자들을 돕는 데에도 그 목적이 일부 있었지만 그보다는 정치적, 경제적, 사상적 생활의 모든 영역에서 하나의 역할 모델로 제시하려는 데 있었다.

위 소설의 주인공과는 그 성격이 좀 다르지만 「고산준령」[29]의 주인공 '홍가근'은 혁명적, 창의적 사상으로 무장한 인물이다. 기술부

---

29) 장춘희, 「고산준령」, ≪연변일보≫, 1965.8.15.

분은 부족하지만 생동감 넘치는 그의 사상은 그를 새 시대의 재목으로 인정받게 한다. ≪인민일보≫ 편집자는 이 작품을 두고 "이 작품은 매우 중요하고 절박한 현실적 의의가 있는, 혁명적 후계자를 배양하는 주제를 상당히 힘 있게 표현하였다. 우리의 문학예술 창작은 그 어느 때나 현실투쟁 중에서의 많은 중대한 주제를 우선적으로 표현하는 데 주의를 돌려야 한다"[30]고 평가한다.

문혁 발생과 함께 진행된 모택동의 사상과 투쟁의 의지를 적극적으로 수용하는 인물인 영수와 홍가근 등은 ≪연변일보≫ 독자들, 구체적으로 중국 조선족 독자들에게 사상투쟁 전사라는 훌륭한 모델 역할과 동시에 당 정책과 체재를 선전하는 데에도 적절하게 이용되었던 것이다.

나의 가슴은 찌르르해 났다. 그것은 처녀가 이 추운 밤 한 포기 두 포기 잔디 부리를 다시 깔고 있는 그 점보다도 래일의 푸르른 동산을 가꾸기 위해, 래일의 복골을 키우기 위해 푸른 싹을 정성 들여 가꾸는 그 속마음이 억스레 내 가슴을 때렸기 때문이다. 나는 두말 없이 주저앉아 처녀와 함께 잔디를 차곡차곡 깔아 나갔다. 어느새 내 가슴 속에서는 푸른 싹이 오르고 뿌리 밑은 희망의 봄물'결이 출렁이고 노루, 사슴이 아니라 소와 양떼 욱실거리고 과일이 주렁진 10년 후, 100년 후의 〈복골〉의 아름다운 모습이 한 폭의 수채화인양 선명히 보였다. 어느새, 새날이 밝고 동쪽 하늘'가에 금'빛 노을이 곱게 물든다.[31]

〈애, 그런데 어딜 다치진 않았니?〉 태연하게 서 있는 옥이의 거동을 살피며 복실이가 숨을 몰아 쉬며 한 마디 물었다. 〈자 봐라.〉 옥이는 가슴을 쑥 내밀며 말했다. 〈우리도 사람이지 남자들과 뭐 다른게 있겠니? 그

---

30) 「고산준령」에 대한 ≪인민일보≫ 편집자의 말, ≪연변일보≫, 1965.8.15.
31) 차룡순, 「푸른 싹」, ≪연변일보≫, 1966.2.17.

저 못 한다는 습관이 더러워 그렇지……〉 (…중략…) 〈그리고 나도 그저 녀자들은 황소를 못 몰겠거니 하구 낡은 눈으로 너희들을 보아 온 것이 잘못이다. 사람이란 간고한 속에서 단련해야 한다는데 나는 너희들을 그저 어루만져 키우려고만 했구나!〉[32]

위 두 인용문은 생산투쟁에 나선 두 여성의 책임감 있는 태도와 예상 밖의 뛰어난 성과에 같은 소조의 남자들이 감동하고 있는 장면이다. 「푸른 싹」의 여성은 밤새 혼자서 잔디를 심었고 「녀대장」의 '옥이'는 남자들만 부릴 수 있다는 황소를 보기 좋게 몰아서 언덕 밭을 갈았다. 소조의 남자들에게 여성의 역할이라고는 생각할 수 없는 일을 훌륭히 마친 두 인물은 남성들 스스로 편견을 고치고 생산투쟁에 임하는 자세를 바로잡을 수 있는 기회를 만들고 있다. 또한 힘세고 거친 황소를 잘 다뤄낸 옥이는 자신이 한 일에 놀라움을 감추지 못하는 동녀 '복실'에게 "우리도 사람이지 남자들과 뭐 다른게 있겠니? 그저 못 한다는 습관이 더러워 그렇지……"라며 여성이니까 할 수 없을 것이라는 생각을 바꾸도록 권고하고 있다.

옥이는 처음부터 황소를 잘 몰지는 못했다. 그래서 우사를 책임지고 있는 영철의 아버지에게 꾸지람을 받았고, 다시는 소를 데리고 밭을 가는 일을 할 수 없게 된 상황이었다. 소는 실수를 이해하고, 몇 번의 기회를 더 줄 수 있는 일에는 이용할 수 없는 귀한 가치였기 때문이다. 그래서 옥이는 몰래 몰고 나갔던 것이고 무사히 소를 다루며 일을 마쳤다. 생산투쟁에서 보여 준 옥이의 적극성과 대범함은 같은 조의 구성원 전체는 물론이고 독자들에게까지 두렵거나 편견에 갇힌 일에 도전하겠다는 동기를 부여하고 있다.

---

32) 허필성, 「녀대장」, ≪연변일보≫, 1966.4.1.

문혁기 신진 작가로 주목받는 차룡순의 소설 「푸른 싹」 역시 맡은 일에 책임을 다하는 주인공의 태도를 칭송하고 있다. 그리고 살고 있는 마을의 미래를 위해서 현재의 노력을 아끼지 않는 주인공을 통해서 대단히 구체적으로 '복골'의 희망찬 미래를 예상하고 있다. 결말에서는 복골에서 살고 있는 자신들의 풍요로운 미래에 대한 확신도 담겨 있다. 두 편의 소설에서 공통적으로 드러나는 점이 있는데 절박하게까지 보이는 「푸른 싹」의 처녀가 밤새 잔디를 심는 행위와 「녀대장」의 옥이가 황소를 모는 행위가 그것이다.

　　두 여성이 보여 준 생산투쟁은 과경민족인 중국 내 소수민족으로서의 조선족의 땅과 소에 대한 애정과 가치를 함축하고 있다. 이는 중화인민공화국 수립 이전 해방기 재중 조선인 소설에서도 발견되지 않는 점인데, 해방기 재중 조선인 소설이 새로운 국가건설에 앞장서고, 그곳에서 살아가며 요구되는 의식으로의 전환을 강조[33]하고 있는 데 반해 문혁 발생 직전에 발표된 「푸른 싹」과 「녀대장」은 '조선족'으로서의 정체성을 엿볼 수 있는 단초를 제공하고 있다는 점이다. 땅과 소에 대한 애정과 그것을 부릴 수 있는 능력에서 얻는 자부심은 조선인으로서의 조선족의 '뿌리'를 환기시키고 있다. 이는 다음의 인용문을 통해서도 확인할 수 있다.

　　하루는 감자를 파 묻은 움을 파고 있는데 지주 송가 놈이 마름을 앞세우고 이 농막에 찾아 들었다. 〈감자 농사가 여간한 모양 같은데 몇 백 마대나 남짓한가?〉 (…중략…) 〈소문과는 다른데 좌우간 파 보면 알겠지.

---

33) 《연변일보》게재 해방기 재중 조선인 소설은 재중 조선인이 새 국가건설에 앞장서는 것으로 생존을 보장 받고, 자신들의 입지를 만들기 위해서 개조해야 할 의식에 집중하고 있다(차희정, 「해방기 재중 조선인 소설 연구: 《연변일보》게재 소설을 중심으로」, 『한중인문학연구』 20, 한중인문학회, 2007, 117~143쪽).

그런데 령감은 어떻게 예산하오?〉〈뭔 말입니까?〉〈이 등성의 땅은 더 말할 것도 없고 한그루의 나무, 한 포기의 풀, 하나의 돌멩이 마저 모두 내 것인데 이 감자밭도 례외가 아니요. 이 봐라 그것을 내 보이게〉 송가 놈의 말이 떨어지기 바쁘게 마름놈이 호주머니에서 저주로운 관인이 박힌 로지 집조를 꺼내 보이었다. 놈은 어느새 자기 밭으로 집조를 낸 것이 었다.34)

〈 (…전략…) 세상 까마귀는 모두 검다고 점잖은 지주란 없는 법이오, 그 놈은 몽둥이로 사정 없이 나의 허리를 내리쳤소. 그때 나는 반주검이 됐소다. 그 후 몇 해 이 집에서 공 빌어도 송아지 값을 다 물지 못 했소. 동무, 허리병도 고치지 못 하는 신세에 이 때 어찌 생일을 다 생각할 수 있었겠소. 이때로부터 여기엔 인가가 앉게 되었는데 사람들은 이 골짜기 를 〈소막골〉이라고 부르게 되었소. 동무, 소 없는 설움을 받을 대로 받은 내가 어찌 생산대의 저 소들을 등한히 대할 수 있겠소! 내 아들은 전방에 나가 희망을 위해 죽었소만 나는 집채 소를 잘 거두는 것도 희망이라고 생각하오. 내가 손자 놈과 자주 잔소리를 하는 것도 그 애가 이걸 모르기 때문이오.〉……35)

위의 두 인용문은 「빈농대표」와 「차 할아버지」의 일부분으로 두 주인공이 과거 지주로부터 어떻게 착취당하고 억압 받아 왔는지를 서술하고 있다. 「차 할아버지」는 과거 지주와의 불편부당한 관계를 1인칭 주인공 시점에서의 말하기 방식을 통해서 독자와의 거리를 좁히고, 독자 스스로 소설 속 인물과 동일화되는 경험을 의도하고 있다.

---

34) 최장춘, 「빈농 대표」, ≪연변일보≫, 1965.4.27.
35) 송영, 「차 할아버지」, ≪연변일보≫, 1965.10.6.

이때 독자들은 차 할아버지의 기억을 공유하면서 현재의 나를 규정하게 된다는 점에 주목해야 한다. 「빈농대표」의 주인공 역시 과거 지주와 마름에게 당했던 차별과 부당함을 기억하면서 비교적 형편이 나아진 현재의 자신을 제고하고 있다.

'차 할아버지'는 생일을 맞아 떡을 지었으면서도 그것을 자신이 키우는 소들에게 나눠 먹이는데 그것은 지주에게 받았던 '소 없는 설움'을 상기하면서 소작인의 노동력을 착취하는 지주 계급과의 투쟁을 전면화하는 것으로 이해할 수 있다. 이즈음에서 조선에서부터 국경을 넘어 중국에서 살고 있는 중국 조선족의 근원적 모습을 찾을 수 있게 된다. 배고픔과 지주의 횡포가 동인이 되었던 조선인들의 과거이 그것이다. 양 노인과 차 할아버지가 현재를 구성하는 것은 과거 중국 공민이 되기 전 소작인으로서 당한 지주의 횡포를 기억하는 가운데 완성될 수 있었다. 따라서 문혁 발생과 더불어 모택동이 재차 강조한 무산계급 의식의 고취와 투쟁은 중국 조선족이 국경을 넘기 전 자신을 구성했던 문화적 정체감을 유지한 채 새로운 정주지 중국의 문혁 발생에 대응한 동화(Assimilation)[36]의 전략이었다고 할 수 있다. 그리고 이는 문혁 이후 현재까지 중국 조선족이 중국민으로 살아가면서 견지한 통합(Integration)의 전략을 추동하고 있는 것이다.

더불어 이렇듯 과거의 기억을 호출하여 지주와 소작인과의 갈등을

---

36) 베리는 문화적응의 상태를 두 가지 차원의 네 가지 결과로 범주화하고 문화적응에 대한 측정기법을 개발하였다. 문화적 정체감을 강조한 베리의 문화적응은 자신의 문화적 정체감과 특성을 유지하면서 맞닥뜨린 주류 사회와 어떤 관계를 유지해 갈 것인가에 따라서 나눠지는데, 통합(Integration)은 자신의 문화적 정체감과 특성을 유지하면서 주류 사회와의 관계를 유지하는 것이며, 동화(Assimilation)는 자신의 문화적 정체감과 특성은 유지하지 않고 주류사회와의 관계에 적극적인 행위이다. 분리(Segregation)는 문화적 정체감을 유지하면서 주류사회와의 관계는 거부하는, 주변화(Marginalization)는 정체감과 특성의 유지도 하지 않고 주류 사회와의 관계를 유지하지도 못하는 유형이다(Berry, J. W. Draguns, J. W. Cole, Michael, *Cross-cultural Perspectives*, The university of Nebraska, 1989, pp. 28~29).

극대화하고 있는 방식은 현재 '빈농' 계급으로서 '생산대'에 성실하게 복무하는 스스로의 존재의 당위성을 확보하려는 행위로 이해할 수 있다. 그리고 이를 통해서 계급투쟁의 절대적 필요성을 인식하도록 대중을 계몽하려는 의도를 짐작할 수 있다.

그렇다면 중국 조선족 소설에서 발견되는 이러한 투쟁성 강화의 양상은 독자들에게 뚜렷한 주제를 전달하려는 것이기도 하겠지만 이미 ≪연변일보≫라는 매체를 통해서 일련의 학습 경험을 부여하는 과정 중에 목적하는 것이 있음을 짐작케 한다. 그것은 중국 공산당의 공격적인 사상 학습과 체제의 수용 요구를 적극적으로 수용하는 가운데 조선족의 존재와 위상을 재조정하려는 태도로 이해할 수 있을 것이다.

5. '공민'으로서의 혁명 지원과 투쟁의 사상화

이 글은 1965~66년까지의 ≪연변일보≫ 게재 소설을 분석하는 것을 통해서 중국에 이주한 소수민족으로서, 중국 공민으로서의 조선족의 문혁발생 시기 현실 대응 양상을 살펴보았다. 이때 중국 조선족이 갖는 문화적, 혈연적, 국가적 특수성으로 형성된 정체성의 문제는 그들을 중국 내 거주하는, 조선으로부터 이주한 소수민족으로 이해하였다. 문혁 발생과 동시에 ≪연변일보≫ 게재 소설은 문학이 정책적이며 조직적으로 전개되는 데에 중국 조선족이 적극적으로 역할하도록 추동하고 있었음을 보여주고 있다.

1965~66년 ≪연변일보≫에 게재된 조선족 소설은 적극적으로 모택동 의식을 학습한 노동자를 주인공으로 그들의 월등한 생산력과 노동 의지를 드러내는 동시에 사상투쟁, 생산투쟁, 계급투쟁을 형상

화하고 있었다. 이러한 특징은 소설이 문혁 발생의 안정적 기반이 되는 동시에 중국 당 정책을 적극 지원하는 것임을 알 수 있다.

문혁 발생 전후하여 발표된 조선족 소설은 이전 재중 조선인 소설과는 변별되는 특성을 가지고 있다. 즉, "중심 권력에 적극 협조함으로써 보장 받는 것들을 획득하려는 의도뿐만 아니라 재중 조선인으로서 자신을 바로 세우고 삶의 영역을 만들어 가기 위한 방법"[37]이 해방기 재중 조선인 소설의 특성이라면 문혁 발생 전후한 ≪연변일보≫ 게재 조선족 소설은 당 정책에 적극 찬동하는 것으로 중국 공민으로서의 마땅한 역할을 하고 있는 것으로 보인다. 무산계급 노동자들이 문예란에 시와 수필, 감상문 등을 왕성하게 발표하고 있는 것도 이러한 사실을 뒷받침해 준다.

---

37) 차희정, 앞의 글, 130쪽.

참고문헌

1. 기본자료

≪연변일보≫ 소재 소설(1965~1966).

김경매 「구양 해의 노래」 연재(1966.2.10,11,13,15,17,18,19,20,22,23,24).

김기종 「리 아바이」(1965.7.29).

김성학 「방한화」(1965.4.29).

김중복 「불타는 신념」(1965.4.20).

김중복 「어머니의 소원」(1965.8.19).

리동규 「붉은 마음」(1965.12.12).

리동규 「첫 출발」 벽소설(1966.1.21).

리만호 「봄날아침」(1965.5.1).

리영락 「부 기원」 벽소설(1966.2.10).

박 은 「수염 아바이」(1965.3.3).

박창묵 「과수원에서」(1965.10.29).

배 민 「五호 사원」(1966.3.24).

송 영 「차 할아버지」(1965.10.6).

장춘희 「고산준령」(1965.8.15).

차룡순 「5호 운전수」(1965.12.2).

_____ 「푸른싹」(1966.2.17).

최장춘 「빈농대표」(1965.4.27).

허필성 「녀대장」(1966.4.1).

황장석 「새 날이 밝아온다」(1965.8.12).

2. 논문 및 단행본

김기효, 『知識人에 對한 毛澤東의 인식 연구』, 한국외국어대학교 박사논문, 2010.

김상철·장재혁, 『연변과 조선족』, 백산서당, 2003.

김진공, 『문화대혁명 기간의 문예 연구』, 서울대학교 박사논문, 2001.

김형규, 「중국 조선족 소설과 소수민족주의의 확립: 1960~70년대 단편소설을 대
　　　상으로」, 『현대소설연구』 40, 한국현대소설학회, 2009, 81~101쪽.

박경수, 『연변농업경제사』, 연변인민출판사, 1987, 210~247쪽.

심영수, 「문화대혁명이 중국경제에 미친 영향」, 『순천향사회과학연구 논문집』
　　　1, 순천향대학교 사회과학연구소, 1995.

연변대학교 육학심리학교연실, 『연변조선족교육사』, 연변인민출판사, 1987.

이병진, 「1960年代前後 中國共産黨의 對 少數民族政策」, 『아태연구』 9, 경희대학
　　　교 아태지역연구원, 2002, 158~171쪽.

이욱연, 「중국 지식인의 인식 변화: 80년대와 90년대」, 『역사비평』, 역사문제연구
　　　소, 1997, 348~361쪽.

정덕준 외, 『중국조선족 문학의 어제와 오늘』, 푸른사상, 2006.

정덕준·노철, 「중국 조선족 시문학 연구」, 『현대문학이론연구』 20, 현대문학이론
　　　학회, 2003, 341~368쪽.

정수자, 「문화대혁명기 조선족 시의 탈식민주의적 성격」, 『한중인문학연구』 18,
　　　한중인문학회, 2006, 81~102쪽.

조성일·권철, 『중국 조선족 문학 통사』, 이회문화사, 1997, 223~240쪽.

조혜영, 「문화대혁명 초기 군중운동의 성격과 홍위병 사상 고찰」, 『中國現代文學』
　　　37, 한국중국현대문학학회, 2006, 315~345쪽.

차희정, 「해방기 재중 조선인 소설 연구: ≪연변일보≫게재 소설을 중심으로」,
　　　『한중인문학연구』 20, 한중인문학회, 2007, 117~143쪽.

천쓰허, 노정은·박난영 옮김, 『중국당대문학사』, 문학동네, 2008.

崔寶藏, 「中國 文化大革命(1966~76)에 관한 硏究」, 『中國硏究』 25, 한국외국어대
　　　학교 중국연구소, 2000.

J. W. Berry·J. W. Draguns·Michael Cole, *Cross-cultural Perspectives*, The university of Nebraska, 1989, pp. 21~28.

Maurice Meisner, 김주영 옮김, 『마오의 중국과 그 이후』 1, 이산, 2004.

석화 시에 나타난
중국 시장경제 이후의 조선족 문화 정체성의 위기

: 시집 『연변』을 중심으로

서준섭

(강원대학교)

1. 당대 중국 조선족 문단의 대표 시인 석화와 그의 작품

한국에서도 출판된 중국 조선족 문학사에 의하면, 조선족 문학은 중국문학의 역사와 함께 하면서 자체의 독자적인 문학 전통을 이루어왔다. 중국 조선족 문학사는 '중국의 성립 직후 문학(1949~1966), 문화 혁명기의 문학(1966~1976), 개혁 개방 이후의 문학(1978~)'으로 구분된다. 중국 조선족 문학사의 '당대문학' 편에는 김학철, 이근전 등의 소설가, 김철, 김성휘 등 시인의 이름이 거론되고 있다.[1] 그러나 개혁 개방 이후 세대의 문학, 특히 이 글에서 다루고자 하는 시인 석화(石華, 1958~)의 이름은 낯선 편이다. 석화를 포함한 개혁 개방시대의 문인들과 선배 세대 작가들의 문학의 연속성과 차이점에 대해서는 좀 더 자세한 연구가 필요하겠으나, 개혁 개방이라는 중국의

---

1) 조성일·권철, 『중국조선족 문학사』, 연변인민출판사, 1990; 조성일·권철, 『중국조선족 문학통사』, 이회문화사, 1997 참조.

정책적 변화가 중국 사회 문화 전반에 큰 변화를 가져왔듯이 중국 조선족 문학에도 적지 않은 변화를 가져온 것만은 부정하기 어렵다. 중국 조선족 문단의 한 비평가는, 석화의 초기 시(「나는 나입니다」, 「고백」 등 1980년대 말의 작품)를 언급하면서, "이 시편들은 개혁 개방 후 전국적으로 고양되던 인도주의의식을 체현하고 개성적인 인간의 탄생을 호소하고 있으며, 우리 시단에서 주체의식, 독립의식, 자유정신의 각성을 과시하고 있으며, 시창작에서 개체생명의 목소리를 담당하고 있다. 석화의 이 시로부터 (…중략…) 시적 화자로서의 '나', '우리'가 아닌 '나'가 광림하게 되었다"[2]고 지적하면서, 석화를 '새 시기 조선족 문단의 대표적 시인'으로 평가하고 있다. 그 이유는 그가 개성(개체 생명)을 표현한 그 쪽 시단의 선구자라는 의미도 있지만, 그보다는 뛰어난 서정 시인으로서 1970년대 말부터 현재까지 꾸준한 창작활동을 지속하면서 개혁 개방 후의 중국 조선족 사회의 문화적 동향에 남다른 관심을 기울여 온 시인이기 때문일 것이다.

해외 이주자 문학 중에서도 중국 조선족 문단의 문인의 작품은, 첫째 언어 면에서 거주 국가의 언어가 아닌 한국어(조선어)로 작품을 발표하고 있고(표기법에서는 한국과 차이가 있다), 둘째 작품에 나타난 문화와 생활 방식이 크게 낯설지 않으며, 셋째 내용면에서 한국 독자들이 쉽게 접근할 수 있는 작품들이라는 점에서 다른 지역 동포 작가들과 뚜렷이 구분된다. 석화 시는 한국어로 번역된 중국 작가의 작품(예를 들면 위화의 작품)보다 읽기 쉽다. 예를 들면 석화의 첫 시집에 수록된 「모아산」('모아산'은 연길과 용정 경계에 있는 산 이름임)이 그런 예이다.

---

2) 최삼룡, 「새 시기 중국조선족의 대표적 시인 석화」, 2005, http://yanbian.moyiza.com(인터넷 자료), 2쪽.

그 차거운 두만강을 뒤웅박 차고 건너와

(…중략…)

오늘날 이처럼 자손이 번창하고

가나오나 웃음소리 넘쳐만 나니

백두산 대맥에 산자리 골라잡은

조상님네 은덕이라 어찌 아니하리오 (『연변』, 152~153쪽)

　한국 독자들에게 중국 조선족 문학이 낯설게 느껴지지 않는 이유
는, 간단히 말해, 공용어(중국어) 이외의 각 민족의 독자적인 언어, 문
화를 허용해 온 중국 정부의 소수민족 정책 때문이다. 인용한 석화
시에는 중국의 동북 3성 연변 지역에 처음으로 이주, 정착했던 시인
자신의 조상의 이야기가 들어 있다. 그의 시작품은 조상들이 살아온
땅과 자연에 뿌리박고 있으며, 중국 조선족 사회가 대대로 이어 온
역사, 풍속, 문화를 창작의 원천으로 대하면서 이를 작품 속에 적극
적으로 수용하고 있다. 디아스포라의 기억은 그의 시 쓰기의 중요한
동력이다.

　1992년 한중수교 후 양국의 학술 문화 교류가 확대되면서 한국에
서의 중국 조선족 문학에 대한 관심이 확대되고 있지만,[3] 개별 작가
연구 특히 개혁 개방 이후의 당대 작가에 대한 연구는 이제 시작 단
계라 할 수 있다. 이 글에서 다루고자 하는 시인 석화는 길림성 용정
출신으로 연길에 있는 연변대학 조선어문학부에서 공부하였고, 1970
년대 말부터 작품을 발표하기 시작하여 『나의 고백』, 『꽃의 의미』,
『세월의 귀』등의 시집을 출판하였다. 2000년대 들어 연작시 「연변」

---

3) 송현호·최병우 외, 『중국조선족 문학의 탈식민주의 연구』 1, 국학자료원, 2008; 송현호·
　최병우 외, 『중국조선족 문학의 탈식민주의 연구』 2, 국학자료원, 2009는 이 방면의 대표적
　연구이다.

을 발표하였고, 최근 네 번째 시집에 해당하는 『연변』(2006)[4]을 출판하였다. 『연변』은 초기 시집 이후의 중요 작품들과 최근의 신작을 함께 묶은 시 선집이자 새 시집이라는 두 가지 성격을 함께 지닌, 현재까지의 그의 주요 작품들을 집대성한 시집이다. 석화는 한국 배재대학교 인문대학원에서 석사과정을 졸업한 후 귀국, 한때 연변대학에서 시 창작을 강의한 적이 있으며, 지금까지 여러 개의 문학상을 수상한 경력이 있다. 그의 작품은 현재 연변 문단의 시의 동향과 수준을 이해할 수 있는 하나의 시금석이라 할 수 있다.

중국 연변지역의 조선족 문학을 한국 독자가 제대로 이해하는 데는 일정한 한계가 있다. 그 이유는 무엇보다도 해당 지역 고유한 역사와 문화와, 각 작품을 둘러싸고 있는 그 현실적 맥락을 이해하는 데 한계가 있을 수밖에 없다는 사실과 관련된다. 그러나 오히려 문학 작품이야말로 그것을 낳은 지역의 풍토와 사회문화를 가장 생생하게 대변해 주는 것이 아닐까 한다. 이 글의 목적은 석화의 작품을 그 속에 나타난 중국의 개혁 개방, 즉 시장경제 채택 이후의 경험의 변화에 주안점을 두고 읽으면서, 이를 사회 문화적 관점에서 해석, 평가해 보기 위한 것이다. 논의의 순서는 먼저 초기 시집에서 1990년대 시집 『세월의 귀』에 이르는 시집들, 즉 개혁 개방 이후의 조선족 사회(문화적 공동체)의 변화를 다루고 있는 작품들을 살펴본 후, 이어 연작시 「연변」, 즉 시장경제 이후의 작품에 나타난 연변 조선족 사회의 급격한 문화적 변동과 위기의식을 표현한 작품들의 의미를 검토한 후, 이를 오늘날의 지구적 문화의 변화라는 맥락에서 종합적으로 해석, 평가하는 순으로 진행될 것이다.

---

4) 석화, 「연변」, 『연변』, 연변인민출판사, 2006.
　　이 시집은 작품 발표 연대의 역순으로 편집되어 있다. 이 글에서 언급되는 쪽수 표기는 이 시집 본문의 쪽수임.

2. 석화 시의 전개와 '개혁 개방' 경험의 시적 변용
   : 첫 시집에서 『세월의 귀』까지

　조부 대에 중국 동북 지역 연변으로 이주한, 중국 조선족 제3세대인 석화는 연변대학 조선어문학부를 졸업한 시인으로서, 20대(1970년대 말)부터 시를 발표하기 시작하여 2천 년대 초까지 네 권의 시집을 냈다. 최근 시집 『연변』(2006)은 앞서 출판한 그의 각 시집의 중요 작품들 대부분을 재수록한 시 선집이자 신작 시 「연변」 연작을 수록한 새 시집이라는 두 가지 성격을 아울러 지닌 시집이다. '나'를 화자로 내세운 그의 초기 시 중에는 문화 혁명기를 거쳐 온 청년 시인의 인간적 번민과 고뇌를 드러낸 작품이 다수 있다. 그의 시의 전개 과정에서 조선족의 문화적 정체성의 위기 문제를 집중적으로 다루고 있는 「연변」 연작이 특히 주목되지만, 이 연작을 검토하기에 앞서 초기 시에서 1990년대의 『세월의 귀』까지의 작품을 살펴볼 필요가 있다.

　석화의 초기 시들은, 대체로 문화 혁명의 분위기 속에서 성장하여 1970년대 말에 시인으로 데뷔한 시인 자신의 청년기의 내면 풍경과 고통스러운 자기 정립의 과정을 표현하고 있다. 「나는 돌이 아니다」, 「나는 개가 아니다」 등의 작품이 그것인데, 이 작품들은 다분히 직설적인 언어로 표현되어 그 시적 성취 면에서 미흡한 점이 있다. 조선족 문단의 한 평론가에 의하면 이 시기의 석화 시에 청년기의 '인생 불안'이 드러나 있다고 지적하고 있다5). 이 초기 시 중에서 성공적인 작품을 들자면 「옥수수 밭에서: 어머님께」를 들 수 있다.

---

5) 최삼룡, 앞의 글.

등에

그리고 가슴에

아기를 업고 또 안고있는

내 엄마 같은 옥수수여

(…중략…)

철없던 시절의 수수께끼가

언제나 가슴을 허빈다

잠자리 무리지어 날아오르는

이 늦은 여름의 오후

그대의 어느

푸른 잎사리 한자락 잡고

빨간 댕기라도 매여드리고 싶다

내 엄마 같은 옥수수여 (155~166쪽)

이 시에서 볼 수 있는 대상과의 서정적 동화, 영탄과 감정의 내면
화, 풍부한 자연 이미지 등은 이후 석화 시의 중요한 특성이다. 인용
시가 노래하는 '어머니'는 시인의 어머니이자 연변 조선족 어머니 일
반을 대변하는 것이다. 시인은 조선족의 시선으로 조선족의 삶의 애
환을 노래한다. 조선족 사회의 조선어 시인으로서 석화 시는 이처럼
연변 지역의 토착적인 조선족의 생활과 그 감정을 노래하고자 한다.
그가 후에 「연변」 연작을 쓰게 되는 이유도 그런 맥락에서 이해될
수 있다.

'일상생활 속의 서정'을 노래하는 석화 시의 시적 특성이 보다 뚜

렷해진 것은 두 번째 시집 『꽃의 의미』를 거쳐 대체로 세 번째 시집 『세월의 귀』에 이르면서부터이다. 이 시기, 즉 1990년대는 중국이 개혁 개방, 시장경제 정책을 적극적으로 펼쳐 그 가시적 성과가 본격적으로 나타나던 시기에 해당된다. 「도시 속의 시골 사람들」연작은 이 세 번째 시집에 수록된 작품의 경향을 잘 대변하는 작품이다. 이 연작 중의 하나인 시 「육촌 형」을 보자.

> 스딸린 거리를 건너다가
> ≪어-이≫부름 소리에 뒤돌아보니
> 길죽한 얼굴의 육촌형입니다
> 한 사람 건너 누구나 한다는
> 경리인지 ≪로만≫인지 된다고
> 소 팔고 집 팔아 시골 떠났다는 육촌형 (160쪽)

시골에서 올라온 '육촌형'을 도시의 거리에서 우연히 만나고 헤어졌던 이야기를 다룬 작품으로서, 특히 주목되는 부분이 육촌형이 '소 팔고 집 팔아 시골을 떠'나 현재 도시로 이주해 있다는 내용이다. 이 시의 후반부에는 그 육촌형이 화자에게 갑자기 돈을 빌려달라고 손을 내밀어 스스로 지니고 있던 돈을 건네주었다는 이야기가 나온다. 「도시 속의 시골 사람들」연작에는, 육촌형 이야기 외에도 연길시 역전에서 본, '행인들에게 푼돈을 구걸을 하는 시골에서 온 한 남자 이야기', '비오는 날 텅 빈 식당에서 본 쓸쓸히 혼자 식사하는 시골 출신 아가씨 이야기'가 등장한다. 이 연작은, 이 시를 쓸 당시의 시장경제 도입 이후의 연변 주변의 사회 변화, 특히 산업화, 도시화 속에서의 시골 주민들의 급속한 도시 유입이라는 당시의 사회적 변화를 포착한 작품으로 파악된다.

1990년 이후의 석화 시는 연변에 몰려오는 이런 변화의 물결을 신속하게 반응하면서 그 변화를 자신의 시 속에 수용하고 있다. 변화하는 연변 사회의 시적 수용은 그의 시 세계의 많은 변화를 가져왔다. 이 사실은 『세월의 귀』 시대의 그의 시를 이해하는 데 중요한 요소라 할 만하다. 당시 계획 경제 정책을 고수하던 중국의 시장경제체제로의 전환은, 급속한 사회 변화를 가져왔고, 시골 인구의 대거 도시 유입도 그런 변화 중의 하나였다. 토착적인 공동체 문화에서 시적 영감을 받아 온 조선족 이주자 3세대인 석화에게 이런 변화의 바람은 일종의 '충격 경험'으로 다가왔던 것 같다. 19세기 후반 파리 시인 보들레르는 새롭게 변한 도시 풍경의 '충격 경험'을 노래한 바 있다. 석화의 「아방가르드의 캔버스」라는 제목의 연작시에 나타난 충격 경험으로서의 시적 경험도 비슷한 맥락에서 읽을 수 있다. 이 연작 중 특히 「작품 36」, 「작품 58」이 그렇다. 전자가 "철근+세멘트+타일+(…중략…)+땅=벽체 / 벽체, 유리, 페인트, 하늘=빌딩"으로 시작되는 복잡한 수학 기호의 실험성이 높은 시로서, 고층건물들이 들어서는 도시화의 충격 경험과 그 속에서의 혼란과 비인간화 문제를 다루고 있다. 후자는 '논어의 공자의 코가 야마구찌 모모에의 봉긋한 앞가슴에 밀착되어 있고, 포스트모더니즘 학설 위에 포개져 있는 조선어 문법, 성지식, 요리 만들기, 세계명인전 등의 주인들, 이들과 나란히 그랑데 고리오 아Q 등이 버티고 있는 현상', 즉 외국 문화의 급격한 유입 속에서 겪는 시인의 문화적 충격과 정신적 혼란을 다룬 작품이다.

「아방가르드의 캔버스」는 개혁 개방 이후 전통을 고수하던 조선족 사회에 갑자기 밀어닥친 고층빌딩 건축 붐과 각종 외국 문화의 유입을 대하는 시인의 충격과 커다란 문화적 혼란을 실험적인 형식으로 표현한 연작이다. 시장경제, 고층빌딩 건축 붐, 외국 문화(포스트모더니즘)의 유입, 도시화, 국제 문화 교류 등은 당시 서로 맞물리면서 조선족 사회에 거의 동시에 나타났던 사안이었던 것으로 짐작된다. 19세기의 파리의 도시적 충격 경험에 대하여 보들레르의 시적 태도는 당초 다분히 방어적이었다는 점을 지적하고 있는 발터 벤야민의 다음과 같은 분석은 석화의 도시 경험의 시를 이해하는 데도 참고가 된다. "충격(=쇼크)의 수용은 자극을 제어하는 훈련을 통해서 수월해지는데, 긴급한 경우 꿈이나 기억이 이러한 자극 제어에 동원될 수 있다. 그러나 통상적으로 이러한 훈련은, 프로이트가 상정하듯이, 뇌의 피질 부분에 자리잡은 깨어 있는 의식이 담당하는 것이다. '뇌의 피질은 (…중략…) 자극의 효과 때문에 나 타버렸는지 자극을 수용하는 데에 가장 적합한 상황을' 제공한다. 충격을 그런 방식으로 저지되어, 즉 그런 식으로 의식에 의해 방어되어, 그 충격을 야기한 사건에 명확한 의미의 체험(Erlebnis)적 성격을 부여한다."[6] 석화가 종전의 서정시 형식과는 구별되는 도시적 충격 경험과 석화의 새로운 시적 체험을 표현하기 위해 실험적인 시를 썼다는 사실은 기억할 만하다.

1990년대 이후의 석화의 시에는 도시적 체험을 수용한 시가 눈에 뜨게 늘어나고 있다. 그 방면의 시에 나타난 기인의 문학적 태도는, 도시체험을 적극적으로 수용하기 보다는 거기에 대해 유보적 태도를 취하거나 비판적 거리를 두고 수용한다고 할 수 있다. 위에서 본 작품들에서 그 점이 잘 드러나고 있다. 그의 시에서 오감을 자극하는 현란한 거리 풍경 경험은 인간성 상실, 퇴폐적인 문화, 퇴폐성 등과 관련되어 있다. 시「패션쇼가 한창인 도시」의 요점도 그렇게 요약할 수 있다. 도시의 현란한 거리풍경은 "핫바지저고리"와 "색채와 무늬와 디자인"이 무리지어 걸어가고 있는 공간, 갖가지 형태의 "조명등 불빛" 속에서의 현란한 패션쇼와 같다. 시인은 "도시는 지금/T형무

---

6) 발터 벤야민, 「보들레르의 몇 가지 모티프에 관하여」, 김영옥·황현산 역, 『발터 벤야민선집』 4, 길, 2010, 190쪽.

대우의 패션쇼가 한창이다/ (…중략…) 패션쇼의 률동으로 뜨겁다"
고 쓰고 있다. '패션쇼'가 어지러운 거리 풍경은 알맹이가 없는 "껍데
기이고 자연을 거세한 곳"이다.

개혁 개방과 사장 경제체제의 도입으로 인한 중국 사회의 급속한
변화의 바람은 대도시를 시작으로 하여 연변 연길시를 중심으로 한
조선족 사회에도 급속히 확산되었다. 당시 문화적 혼란은 중국어로
글을 쓰는 중국 작가들에게도 큰 것이었다. 현대 중국 작가의 다음과
같은 글은 중국 조선족 문학을 이해하는 데도 큰 빛을 던져 준다.

> 20세기의 마지막 10년은 중국의 문화와 사회에 있어서 일대 전환점이
> 다. 1989년 이후 중국에는 놀랍게도 아주 새로운 상황이 출현했다. 급속
> 한 경제 발전,세계화, 시장화 등이 이 나라가 기존의 확고했던 통제를 거
> 의 완전히 풀어버리지 않을 수 없게 만들었다. 대륙에 투자된 외국 자본
> 은 중국 경제 성장의 연료가 되어, 중국인들의 새로운 부의 원천이 되었
> 다. 보편화된 정치적 환멸의 결과로, 주식과 부동산은 가장 중요한 상징물
> 이 되었다. 주식 시장은 자본의 재분배와 재조직을 상장한다. (…중략…)
> 이와 함께 부동산 붐은 부의 새로운 척도를 제공하면서 중국의 사회적
> 공간을 재구성했다. 한편으로 세계화의 과정은 중산층 인구를 증가시켰
> 고, 대부분의 중산층 성원은 사기업이나 다국적 기업에서 일한다. 그러나
> 다른 한편으로 국가 사업의 약화는 실업인구의 증가를 가져왔다. 한편으
> 로는 최신 할리우드 영화, 서양의 최신 유행 패션, 가장 선진적인 생활
> 방식 등이 중국에 수입되었다. 그러나 다른 한편으로는 민족주의가 중요
> 한 이데올로기로 등장했다. 그 결과 1990년대의 중국은 가장 잡다하고
> 뭐라 형언할 수 없는 복잡한 생활 공간이 되어버렸다.[7]

---

7) 장이우, 「포스트모더니즘과 1990년대 중국소설」, 김우창·피에르 부르디외 외, 『경계를
   넘어 글쓰기』, 민음사, 2001, 745~746쪽.

1990년 대 이후의 석화 시에서 개혁 개방 후의 도시적, 문화적 충격을 다룬 작품은 수적으로 많지 않다. 이 작품들은 대개 단편적인 성격을 띠고 있어서, 도시 체험을 직접적으로 깊이 있게 집중적으로 다루고 있는 작품은 찾아보기 어렵다. 게다가 당시 연변에 불기 시작한 변화의 바람을 시 속에서 다루는 석화의 방식은 직접적이기보다는 간접적이다. 연작시 「누나 3편」 중의 하나인 「도시의 달」은 서정시인인 그가 이 도시체험을 어떻게 다루고 있는지 잘 보여 주는 작품이다.

누나!
우리의 달은 마을뒤 재너머 할아버지 산소로 가는 휘우듬한 언덕마루에서 고무뽈처럼 튕겨올랐는데 여기 도시에서는 높은 아파트와 커다란 빌딩사이를 비집고 간신히 떠오르고 있습니다.

누나!
우리의 달은 조잘거리는 도랑물소리와 벌끝 논두렁우에서 은은하게 들려오는 단소소리에 둥-둥- 떠있었는데 여기 도시에서는 가로등불빛이 희미한 네거리에서 목메게 흐느끼는 색스혼의 부르스와 비발치듯 커피색 창유리를 두드리는 나이트클럽의 디스코에 박자를 맞추지못한채 이리저리 비틀거리고있습니다

(…중략…)

누나!
도시의 달은 이제 모든 의미를 잃어버린채 녹아버린 아이스크림처럼 멀건 흔적 한점을 남길가말가하며 밤하늘과 사람들의 마음 속에서 스스

로 조금씩 지워져가고 있습니다. 우리의 꿈과 우리의 그리움도 정말 아무런 흔적도 없이 우리의 가슴 속에서 사라져 버릴수 있을가요 (103~104쪽)

화자는 '도시'를 시골과의 관계 속에서 비판적으로 바라보면서 시골(고향, 조선족 공동체)에서의 기억을 회상한다. 인용시의 마지막 부분을 보면, 화자는 이 과정을 통해 기억 속에서의 이 공동체문화에 대한 상실에 대한 불안과 그 문화에 대한 그리움을 동시에 드러내고 있다. 그의 시의 큰 흐름은 인용 시에서 볼 수 있는 바와 같이, 도시화 과정 속에서 사라지는 고향적인 것, 공동체 문화, 인간다움 등에 대한 그리움이다. 인용 시에 나타난 '우리'는 이 이야기 시에 공감하는 농경 사회의 전통적 공동체로서, 그 속에는 조선족 문화 공동체, 느낌의 공동체도 포함되어 있다. 이 시가 도시화, 시장경제 속에서 사라져 가는 공동체의 가치관에 대한 불안과 과거의 공동체의 기억에 대한 그리움을 담고 있다는 점은 주목할 만하다.

석화의 1990년대 작품들은 그 내부에 '시골/도시'의 이분법을 간직하고 있다. 이 이분법은 당시의 급격한 사회 변동에 따른 도시화, 자본주의화 붐을 시작품 속에 수용하면서 생성된 것이다. 그의 시에 나타나는 문화적 충격 경험은, 개혁 개방이 그가 속한 조선족 사회의 결단에 의한 것이라기보다는 중국 정부의 결단에 의한 것이었다. 도시화가 가져온 도시 문화는 자본주의 소비문화이며, 그 급속한 확산은 토착적인 공동체의 문화의 상실과 변화를 수반하게 마련이다. 도시문화 확산 속에서는 공동체 문화가 들어설 자리가 없다. 문화란 원래 공동체의 기억, 공동체의 가치관, 공동의 윤리와 결부되어 있다. 공동체 문화의 위기와 불안은 이 가치관, 윤리의 위기를 드러낸다. 가치판단이 공동체의 문화에 근거하고 있다고 볼 때, 그 문화의 혼란, 위기는 곧 가치관, 가치 판단의 위기로 이어진다. 석화의 도시경험의 시가 보여 주는 여러 혼란과 비판적 거리 두기의 가치판단은 모두 그가 속한 공동체의 문화, 전통과 관계 깊다. 문화란 공동체에 주어진 삶의 방식 전체에 의해 결정되는 것이다. 이렇게 볼 때, 그의 시에 나타나는 도시의 소비문화에 대한 비판적 태도는 충분히 이해할 수 있다. 그의 시에 나타나는 도시 문화, 도시의 개인주의적 소비문화에 나타난 그의 태도는 비판적인데, 그것은 당시 중국 사회에 확산된 서구의 포스트모더니즘(그의 시에 등장하는 용어) 문화에 대한 그 나름의 비판이라고 할 수도 있다. 포스트모더니즘 속에서 공동체 문화는 발을 붙이기 어렵다. 석화 시가 조선족 사회에서 큰 호응을 얻을 수 있었던 것은, 그의 시가 조선족 사회의 당대적 느낌을 대변하고 있었기 때문일 것이다.

3. 시장경제의 확산 이후 연변 조선족 사회의 불안과 희망
: 연작시 「연변」(2000년대)

「연변」 연작시 31편은 석화의 30여 년의 창작 생활의 중요한 결실이다. 지금까지의 몇 권의 시집들은 모두 이 연작을 위한 것이라 해도 과언이 아니다. 시집 『연변』에는 이 연작 직전의 작품도 다수 수록되어 있지만(그 속에는 중국 '강남' 지방 여행 시, 한국에서 만나 우정을 쌓은 한국 시인에게 주는 시도 있다), 이 연작은 31편의 작품으로 구성된 대작이라는 점에서 주목할 만하다. 여기서 '연변'은 중국 길림성 연변 조선족자치주라는 지리적 공간과, 그 곳의 '주민-생활-문화'의 전체를 의미한다. 이 연작에는 앞에서 언급한 몇 가지 시계열이 반복, 확대, 변주되고 있는데, 이 연작을 관통하는 주제가 있다면 그것은 당대 중국 사회 속에서의 연변 사회의 변화상과 '큰 변화의 바람' 속에 놓인 그 조선족 사회에 대한 불안과 조선족 문화의 정체성 문제이다.

석화가 「연변」 연작을 쓰게 된 배경으로는 다음 두 가지를 생각해 볼 수 있다. 우선 그의 시의 현실적 바탕이 바로 그가 속한 중국내 소수민족 공동체(조선족)의 집단적 기억(경험)이라는 사실을 들 수 있다. 그의 시 중에는 가족의 기억, 공동체의 역사와 문화를 다루거나, 독자에게 이야기를 전하는 형식의 시가 많다. 다음으로『연변』에 수록된 그의 시들을 연대순으로 읽어보면 거기에 조선족의 역사와 문화를 주제한 한 작품이 지속적으로 쓰이고 있었다는 사실을 들 수 있다. 그의 시들은 대체로 다음과 같은 몇 개의 계열로 구분해 볼 수 있다. ① 자기 고백, 자기 인식으로서의 시(자신의 개성과 삶을 성찰하거나 사랑을 노래한 여러 편의 시가 이 계열에 속하며, 이 계열의 시는 명상 시로 변주되기도 한다), ② 도시 체험을 다룬 시(1990년대 이후의 시에서 나타나는 도시적 경험의 시들), ③ 자연과의 교감을 노래한 시(석화의 큰 흐름을 형성한다. 수적으로 우세함), ④ 조선족의 역사, 문화에 대한 상념을 표현한 시(초기작 「돌이 많은 고장」에 이어지는 「모아산」, 「우리말, 우리라는 말」 등) 등 네 계열이 그것이다. 이 네 계열 중에서 ④ 조선족의 역사, 문화에 대한 상념을 표현한 시 계열은 그 수는 적지만 그의 시 정신의 기저를 이루고 있다. 예를 들면, '장군묘, 호태왕비, 완도 산성' 등 고구려 역사 유적이 있는 '집안, 현성'의 자연 또는 유적을 소재로 그 소재와 시인의 마음속의 대화를 표현하고 있는 작품이 상당수 눈에 띈다. 중국정부의 이른바 '동북공정'에 의해 중국 역사 속에 편입시킨, 고구려, 발해의 역사 유적에 대한 상념을 다루고 있는 이 계열의 시는 최근작 「돈화 역에 내리면」(「연변」 연작의 일부)에서도 볼 수 있다. 자연과의 교감을 다루고 있는 시계열의 시들은 석화 시의 '서정적 바탕'을 이루고 있다. 그의 시에서 자연은, 현실의 번민에서 벗어나 마음의 위안(평화)과 기쁨을 주는 존재, 마음속으로

서로 교감하고 대화를 나눌 수 있는 친구와 같은 존재, 섭리와 이치를 깨닫게 해 주는 존재 등의 의미를 지니고 있다("능금나무 한그루/뜨락에 옮겨놓고/사는 법을 배운다// (…중략…) // (…중략…) 칼바람이 불어와도/그런대로/맨몸에 빈가지로 말없이서서/다시 올 봄의 꿈을/조용히 펼쳐가는//능금나무 한 그루", 「사는 법」, 140~141쪽).

「연변」 연작을 읽어보면 그가 지금까지 써 온 네 가지 계열의 시들이 하나의 연작 속에서 다양하게 변주되면서 '연변' 조선족의 생활, 문화, 감정이라는 일관된 주제를 향하여 재배치, 재창조되고 있음을 볼 수 있다. 시인 자신의 야심적인 시 창작 프로젝트의 산물이 바로 「연변」 연작이라는 사실을 이해할 수 있다.

시인이 노래하는 '연변'의 모습은 매우 다양하다. '연변'은 우선 '봄이면 진달래가 '천지꽃'이라는 이름으로 다시 피어나고, 용드레 우물가에 키 높은 버드나무가 늘 푸르고, 할아버지는 마을 뒷산에 잠들어 있고 아이들이 공부가 한창인 곳, 백두산 이마가 높고 두만강이 천리를 흘러 내가 자랑스러운 곳'이다(「연변」 1). 기차가 이곳으로 들어오면 기적 소리도 중국어 발음과 조선어 발음 두 가지로 울고, 거리엔 중국노래와 한국노래가 함께 들리고, 거리엔 온갖 옷차림과 온갖 빛깔의 새로운 바람이 공존한다(「연변」 2). 시골의 '백도라지'가 시장으로 와서 온갖 색깔로 변해 '칼라도라지'로 바뀌는 곳이고(「연변」 8, 이 작품은 '도라지'의 고유성이 시장에서 변화, 왜곡되거나 인종적 문화의 차이로 인해 오해되는 사실을 다루고 있음), '사과배'라는 특산물이 나는 고장이다(「연변」 7, '사과배'는 이 지역의 문화적 혼종성과 고유성을 함께 드러내는 상징이다).

이상의 몇 작품이 연변의 현재와 이에 대한 시인의 애정을 다루고 있다면, 이 연작에는 연변의 변화를 불안한 눈으로 바라보는 다른 시도 많다. 몇몇 사례를 통해 시에 나타난 연변의 변화상을 살펴보자.

「연변 4: 연변은 간다」는 이 지역의 변화를 직접적으로 다루고 있는 작품이다.

연변이 연길에 있다는 사람도 있고
구로공단이나 수원쪽에 있다는 사람도 있다
그건 모르는 사람들 말이고 아는 사람은 다안다
연변은 원래 쪽바가지에 담겨
황소등짝에 실려왔는데
문화혁명때 주아바이랑 한번 덜컥했다
후에 서시장바닥에서 달래랑 풋배추처럼
파릇파릇 다시 살아났다가
장춘역전 앞골목에서 무우짠지랑 함께
약간 소문났다
다음에는 북경이고 상해고
랭면발처럼 짝짝 뻗어나갔는데
전국적으로 대도시에 없는 곳이 없는게
연변이었다
요즘은 배타고 비행기타고 한국가서
식당이나 공사판에서 기별이 조금 들리지만
그야 소규모이고
동쪽으로 도꾜, 북쪽으로 하바롭스키
그리고 싸이판, 샌프란씨스코에 빠리, 런던까지
이 지구상 어느 구석엔들 연변이 없을소냐.
그런데 근래 아풀로인지 신주(神舟)인지
뜬다는 소문에
가짜려권이든 위장결혼이든 가릴것 없이

보따리 싸안고 떠날 준비만 단단히 하고있으니
이젠 달나라나 별나라에 가서 찾을수밖에

연변이 연길인지 연길이 연변인지 헛갈리지만
연길공항 가는 택시료금이
10원에서 15원으로 올랐다는 말만은 확실하다. (8~9쪽)

'연변은 간다'라는 부제는 '연변이 사라지고 있다'는 의미도 담고 있다. 이 작품은 과거에서 현재에 이르는 연변의 변화, 특히 현재의 급격한 변화를 노래한 시이다. 급격한 변화의 중심에 조선족 인구의 다른 지역으로의 대량 이주가 놓여 있다는 것이다. 실제로 2000년대는 연변 사회의 인구 이동현상이 가장 두드러졌던 때이다. 그 이유는 개혁, 개방 후의 급격한 도시화, 산업화에 따른 것으로서, 인구 이동은 대략 두 가지 유형으로 나누어 볼 수 있다. 연변 지역 시골 인구가 도시(연길시)로 이주하는 경우와 연변 지역에서 다른 지역(도시 포함)으로 이주하는 경우가 있다. 중요한 것은 그 추세가 연변 조선족 사회 인구의 대량 감소로 귀결되었다는 사실이다.[8] 이 작품은 그런 맥락에서 읽을 수 있다. 많은 사람들이 연변을 떠나고 있는 현실에 대한 착잡한 상념을 노래한 작품으로 해석된다. 화자의 어조 속에는 이 현상을 대하는 윤리적 위기감, 상실감 같은 것이 배어 있다("가짜 려권", "이젠 달나라나 별나라에 가서 찾을 수밖에" 등).

연변 사회가 직면한 이 변화와 동요를 시인은 어떻게 바라보고 있을까. 이 문제는 간단히 단정하기 어려운 문제지만, 몇 가지 사례를 통해 간단히 살펴보겠다. 우선 「연작 14: 씨앗」에는 시인의 절망적인

---

8) 권태환 편, 『중국조선족 사회의 변화』, 서울대학교 출판부, 2005 참조.

감정과 그 절망 속에서 싹트는 불안과 어떤 희망이 동시에 드러나고
있다.

> 잃어버린것이 아니다
> 밭고랑사이에 묻어둔것일뿐
> 우리들의 눈에 잠시 보이지 않아도
> 사라진것이 아니다
> (…중략…)
> 구름이 비로 내리고
> 꽃은 열매로 모양을 바꾼다
> 천년이 간들 어떠리
> 오동성 담벼락에 부서지는 해살이
> 늘 저러하지 않았다고 누가 말하리 (22쪽)

　연변은 이제 '씨앗으로 묻히고 있다'고 시인은 말한다. '밭고랑 사
이에 묻어둔 씨앗'이란 이미지가, 다른 작품에서는 화석화(化石化)라
는 의미의 '화석'(「연작 22」)의 이미지로 변형되어 표현되고 있다. 이
시는 수만 년 전 살았다는 흔적을 남기고 땅속에 묻혔다가 '포크레인
삽날에 찍혀 나온 화석의 이야기'를 중심으로 한 작품이지만, 그 후
반부에서 시인 자신이 스스로 '화석화'되어 가고 있는 것이 아닐까
하는 불안감과 위기감이 토로되고 있다("그게 이름이 뭐라고?/화석화석
(…중략…) / 그게 이름이 뭐라고?/석화석화 (…중략…) /그게 이름이 뭐라
고?"). 연변적인 것이 땅에 묻히고, 시인 자신도 화석으로 화하고 있
다는 것이 그 위기의식의 실체이다. 이 작품들을 1990년대의 도시의
충격 경험을 다룬 작품들과 비교해 볼 때, 그 사이에 연변 사회와
시인 모두에게 큰 변화가 있었음을 감지할 수 있다.

이 연작에는 연변 사회의 '시시비비'와 일상화된 '현금 카드'에 대한 시도 들어 있지만, 특히 눈에 띄는 것은 시인의 이러한 변화하는 현실을 수용하는 태도이다. 시인은 연변 사회가 직면하고 있는 위기와 충격 경험을 감정을 겉으로 표현하기보다는 현저히 내면화하여 우회적으로 표현하는데 거기에는 깊은 슬픔이 배어 있다. "발해를 만나려고/돈화역에 내리면/나를 싣고 온 밤기차/해가 뜰때까지/굽이굽이 몸속을 굴러가며/울먹이는 기적소리를 듣게한다"(「연변 15: 돈화역에 내리면」, 23쪽). 그리고 시인은 살아가는 것이 "내곁의 것을 하나씩 지우며 살아가는 것"이라고 고백한다. "세상은 원래 내곁의 것을/하나씩 지우며 살아가는 것을/살아온 날이 살아갈 날보다 더 많아진/이 시점에 와서야/조금씩 깨닫는 것 있는가/ (…중략…) /목아프게 쳐다보고 올라다보던 마천루도/보다 높은데서 내려다보면 성냥갑 하나/널직한 네거리 호화판의 이 중심가도/그냥 개미들이 북적이는 란장판 한판이려니/≪동산에 올라 나라를 굽어보는≫/그날의 어른심사 이와같지 않았을가"(「연변 26: 동산에 올라」, 38~39쪽).

연변은 이제 '난장판'이라는 것이다. 이 작품은 이 난장판으로부터의 어떤 시적 초월의 포즈를 보여 준다. 공자가 '동산에 올라 천하가 좁다'고 말한, 고사에 기댄 시로서, 현실을 좀 더 멀리서 원대한 시선으로 대하면서 현재의 난국을 초월하고자 하는 자기 위안의 시인 셈이다. 초월과 위안을 넘어서는 현실타개책이라든가 새로운 비전을 모색하는 작품을 찾아보기 어렵다. 「연변」 연작의 마지막 작품의 부제는 "길은 길다"이다. 이 작품은 조선족 사람들이 떠나버린 연변의 한적한 시골 풍경을 다룬 시로서, "길이 길다"는 것은 길의 비어 있음(농촌 공동체의 공동화)과 쓸쓸함을 뜻하는 것이자, '갈 길이 멀다, 앞길이 고단하리라'는 뜻을 함께 함축하고 있다. 시인이 이 작품으로 연변 연작의 마지막을 장식했다는 사실은 여러모로 주목된다.

칠월땡볕에
수레바퀴자국을 가로질러가는
개미들의 발이 따갑다
(…중략…)
앞내가 돌다리를 건너간 마을애들
저기 푸른 하늘가에 뒤모습만 얼른거리고
동구밖으로 서성이는
할아버지의 허리가 더욱 굽었다

길이 길다 (「연변 31: 길은 길다」, 46쪽)

31편의 「연변」 연작은 석화의 30년 창작 생활의 중간 귀착지가 어
딘지 보여 주고 있다. 이 연작은 중국에 이주, 착한 조선족의 고유한
전통적인 삶과 문화가 현재 위기에 처해있음을 생생하게 보여 준다.
연작 중의 "연변은 간다", 연변이 이제 '씨앗으로 땅속에 묻힌다', '길
은 길다' 등의 표현을 연결해 보면 그런 해석이 나온다.

석화 시는 중국 속에서의 '연변'의 급격한 변화를 다각도로 추적한
현실주의 시이자 일상적인 생생한 경험의 변화를 충실히 재현한 관
찰 시이며 동시에 연변 문화 공동체의 위기를 증언하고 있는 증언의
시로서 석화 시의 역작이라 할 만하다. 개혁개방 직후 시장경제의
도입으로 인한 사회적 혼란에 관심을 기울이던 조선족 제3세대 시인
석화는 이제 급변하는 연변의 현실, 즉 조선족 문화의 정체성 위기에
관심을 집중하면서 이를 작품으로 쓰고 있는 것이다.

그의 「연변」 연작 31편은 현재 중국 속의 조선족 사회가 직면한

사회 문화적 현실을 생생하게 드러내고 있는 작품이다. 이 연작을 관통하는 주제는 오랫동안 유지되어 온 중국 조선족 사회, 연변 조선족 문화 공동체의 위기의식이다. 석화 시는 개혁 개방 후 연변 조선족 사회에 밀어닥친 시장경제, 산업화, 도시화로 인한 인구의 도시 유출과, 세계화, 시장경제의 일상화 등, 급변하는 내외의 환경 속에서 연변 조선족 사회의 현재의 변화상과 조선족 문화 공동체의 문화적 정체성의 위기 등을 이해하는 데 중요한 자료가 되는 시집이라고 평가할 수 있다.[9] 중국 조선족 시인이 중국 조선족 사회의 문화적 정체성의 위기 문제를 심도 있게 집중적으로 탐구하고 있다는 점은 여러모로 주목된다.

---

[9] 석화가 노래라는 연변 조선족의 '문화적 정체성의 위기'는 2000년대 이후의 연변 조선족 자치주의 급격한 위상의 변화와 관계 깊다. 참고삼아 '자치주 설립 60주년 대규모 기념행사' 소식을 전하고 있는 '네이버 뉴스'의 2012년 9월 3일자 기사 내용 중 일부를 인용해 둔다.

"옌볜 조선족 자치주는 지난 1952년 조선족 출신 정치인사 주덕해(朱德海)를 초대 주장으로 출범했다. 출범 당시 성(省)급 행정 구역과 같은 대우의 구(區)로 출범했지만, 지난 1955년 한 단계 낮은 시(市)급 행정구역인 주(州)로 격하됐다. (…중략…) 최근 옌볜자치주는 소수민족 자치지역으로서의 자격 박탈과 중점 육성공업 부재 등 위기를 겪고 있다. 조선족 출산율 저하와 다른 민족과의 통혼, 다른 지역으로의 이주 등이 원인으로 지난해 기준 자치주 총인구 약 220만 명 가운데 조선족 인구는 80만 명으로 약 39%를 차지하는 것으로 밝혀졌다. 원칙적으로 인구 비율이 50%이하일 경우 민족 자치지역의 자격은 중지된다. 한편 1952년 조선족 인구비율이 62%였다.

지난해 총GDP가 652억 위안(약 11조 7000억 원)으로 지난 60년간 GDP는 61배가 성장했지만 관광업, 서비스업에 치중돼있고, 국가에서 집중적으로 육성하는 공업 프로젝트가 없고, 기존 공업이 파괴되는 등 산업 구조의 불균형이란 문제도 겪고 있다."

기사제목 「중 옌볜조선족자치주 3일 설립 60주년: 대규모 기념행사」

http://news.naver.com/main/tool/print.nhn?oid=003&aid=0004693212

4. 지구적 문화와 소수자(소수민족) 문학(문화)의 정체성 문제

석화는 새로운 시기의 중국 조선족 문단의 대표적 시인으로서 조선족의 전통적인 생활과 문화에 기반을 둔 수많은 서정시를 써 온 시인이다. 그가 쓴 여러 편의 작품들은 지난 30여 년 동안의 개인적인 일상생활 속의 애환과 그리움을 노래한 작품으로, 그의 시에 나타난 경험들은 개인을 넘어선 조선족 사회 공동체의의 일상적인 경험과 서로 밀접한 관련을 맺고 있다. 그의「연변」연작에는 2000년대 이후의 조선족 사회가 직면하고 있는 사회문화적 변화의 바람이 그 특유의 언어로 고스란히 재현되고 있다. 그가 노래하는 중국의 소수민족(소수 인종)인 조선족 공동체 문화의 동요와 해체 위기, 개인의 문화적 정체성 위기는 일차적으로는 오늘날 변화하는 중국 사회 속에서의 연변 중국 조선족 사회가 직면한 문제와 밀접한 관련을 맺고 있다. 석화 시가 곧 현재의 조선족 문단의 문학, 특히 개혁 개방 이후 세대의 문학 전부라고는 할 수 없겠지만, 석화 시만큼 연변 중국 조선족 사회의 해체 위기와 문화적 정체성 위기를 생생하게 다룬 시 작품을 찾아보기 어렵다.

석화 시가 보여 주는 문화적 정체성 위기 문제는 두 가지로 해석할 수 있다. 하나는 석화 시가 보여 주는 문화적 정체성의 위기 문제를 중국 내 연변 지역 조선족 사회의 문학에 나타난 문화적 현상의 하나로 한정해 이해하는 것이다. 다른 하나는 이 문화적 정체성의 위기문제를 특정 지역을 넘어선 오늘날의 전 지구적 문화 현상의 일종으로 이해하는 것이다. 석화 시를 제대로 평가하기 위해서는 이 두 가지 관점 모두가 필요하다. 이에 대해서는 약간의 보충 논의가 필요하다. 오늘날의 소수민족의 문화적 정체성의 혼란 문제는 특정 지역을 넘어서는 문제이다. 예를 들면 한국의 해외 이민 2, 3세대들의 작품만 해도 거기서 이 문화적 정체성의 문제는 중요한 주제의 하나로 부각되고 있고, 다른 국가의 다른 지역 이주자 문학의 경우에서도 그 내용에서는 차이가 있겠으나 사정은 비슷하다. 예를 들면 영국 통치하에 있다가 중국에 귀속된 '홍콩'의 경우 거기엔 다양한 인종과 문화가 공존한다. 현대 중국 홍콩에서 살고 있는 '일본인 예술가, 미국 출신의 영적 탐구자, 중국 태생의 홍콩 지식인' 등의 사례를 중심으로 한 문화인류학자의 연구에 의하면, 그곳에서의 개인적, 민족적인 문화적 정체성이란 단일성으로는 설명하기 어려운 복잡성, 혼종성을 띠고 있다. 홍콩과 같은 다인종, 다문화 대도시에서 각 개인의 정체성 찾기란, '문화적 슈퍼마켓에서 자신의 고향 찾기'와 같이 혼란스러운 일이라고 말한다.10) 오늘날 세계 곳곳에서 수많은 인종들이 함께 섞여 살며 각자의 처지에서 문화적 혼란을 경험하고 있다.

석화의 시가 보여 주는 문화적 정체성 혼란은 그가 중국 속의 인종적 소수자에 속해 있는 데서 시인이라는 점에서 기인한다. 지금까지 살펴온 바와 같이 그의 시는 조선족 문단의 시인으로서 그 나름의 독특한 지역성을 지니고 있고, 그 문학 세계는 조선족 사회의 토착적 문화 전통과 접맥되어 있다. 이 지역성, 지역 문학성을 어떻게 평가할 것인가. 한국 독자들은 해외 교포문학이라는 관점에서 이를 바라볼 수 있지만, 이 문제는 문화 연구자들이 강조하는 인종, 계급, 성차의 관점에서 그리고 세계의 특정 지역의 소수자 문학이라는 관점에서 전 지구적 시선에서 보아야 할 것이다. 중국 조선족 문학 연구는 단순히 조선족 문학에 나타난 조선족의 삶과 문화라는 관점에서 벗어나, 지구화 시대의 문화적 현실과 그 속에서 문화적 정체성의 혼란과 위기를 경험하고 있는 수많은 소수자(인종)의 문학의 일부라는 시각에

---

10) Gordon Mathews, *Global Culture / Individual Identity*, London and New York: Routledge, 2000 참조.

서, 그리고 강대국 중국 속의 소수 인종 문학이라는 관점에서 새롭게 연구되어야 한다. 그가 노래하는 이 개인과 인종(소수자)의 문화적 정체성의 문제는 지역적인 것이자 동시에 개인을 넘어선 전 지구적, 보편적인 문제이다. 세계 역사 속에서 각 지역에서 사라져간 수많은 소수자(소수 인종) 문화, 그들의 고유문화의 상실을 누구나 안타깝게 기억하고 있을 것이다. 세계화의 바람 속에서 소수민족의 문화적 위기현상은 불가피할 것이라는 의견도 있지만, 전체적으로 볼 때 이 어느 지역의 고유한 인종과 문화, 문학적 전통은 인류를 위해 보존, 육성되고 또 지속되어야 한다는 사실에 동의할 것이다. 석화 시가 곧 중국 조선족 문학의 전부라고는 할 수는 없겠지만, 그의 시는 지구적 문화와 소수자(소수민족, 소수인종) 문화의 문화 정체성 사이의 갈등을 보여 주는 중국적 사례의 하나라고 평가할 수 있다.

참고문헌

1. 단행본

권태화 편, 『중국조선족 사회의 변화』, 서울대학교 출판부, 2005.

석　화, 『연변』, 연변인민출판사, 2006.

송현호, 최병우 외, 『중국조선족 문학의 탈식민주의 연구』 1, 국학자료원, 2008.

───────, 『중국조선족 문학의 탈식민주의 연구』 2, 국학자료원, 2009.

조성일·권　철, 『중국조선족 문학사』, 연변인민출판사, 1990.

───────, 『중국조선족 문학통사』, 이회문화사, 1990.

Gordon Mathews, *Global Culture / Individual Identity*, London and New York: Routledge, 2000.

2. 논문

발터 벤야민, 「보들레르의 몇 가지 모티프에 관하여」, 김영옥·황현산 역, 『발터 벤야민선집』 4, 길, 2010.

장이우, 「포스트모더니즘과 1990년대 중국소설」, 김우창·피에르 부르디외 외, 『경계를 넘어 글쓰기』, 민음사, 2001.

최삼룡, 「새 시기 중국조선족의 대표적 시인 석화」, 2005, http://yanbian.moyiza.com (인터넷 자료).

'중국 조선족' 소설의 분단 현실 인식과 고통을 넘어 연대성 모색하기※

임경순

(한국외국어대학교)

1. 중국 조선족, 소설 그리고 분단 현실

오늘날 한국에는 이른바 '다문화'라는 말이 주류 담론의 하나로 자리를 잡아 가고 있다. 그렇게 된 배경을 보면 외국인이 150만 명에 육박함에 따라 이제 더 이상 한국은 단일민족 국가일 수 없다는 것이다. 그 이전에 살던 외국인들은 한국사회의 마이너리티들로서 위협적인 세력도 아니거니와 사회적인 이슈로 삼기에는 미미한 존재들로 인식되었다(물론 여기에는 강대국 소속/출신 외국인은 예외가 된다). 그러나 외국인 숫자가 말해 주는 압박감과 그들 대다수가 3D 업종에 종사하는 잠재적 사회문제 발생 인자라는 인식에서 정부와 기업 차원의 대응이 가속화되어 왔다.

그런데 혈통주의를 완고하게 따르고 있는 일본의 경우, '재일조선

※ 이 글은 『한중인문학연구』 37집(2012)에 게재되었던 것을 수정·보완하였다.

인'은 아직도 법적 지위마저 확보되지 못했고, 원자탄 사상자들에 대한 보상과 치료마저도 일본인들과 차별을 받고 있으며, 일제 폭압의 피해자들에 대한 사과와 보상이 이루어지지 않고 있다(여전히 재일조선인뿐 아니라 한국인들은 고통당하고 있는 당사자이다).

중국의 경우는 앞에서 언급된 일본이나 분단 현실의 우리와도 형편이 다르다. 중국은 56개 민족으로 구성되어 있거니와, 그 가운데 150만 명에 달하는 '중국 조선족'은 다수의 소수민족 가운데 하나이다. 그런데 중국 조선족이 갖는 심리적인 존재감은 여타 민족과는 다르다. 중국 탄생 이전뿐 아니라, 국가 탄생의 기원에도 적지 않게 관여했다는 '사실' 때문이다. 그렇지만 그 기억은 점점 쇠퇴해 가고 있고, 그럴수록 공로자들은 기력이 있는 동안 지난날의 기억을 붙잡기 위해 분투하고 있다. 이제 그 기억이 다하는 자리에 그들에게는 '중국'과 자본이 전면화되고 있으며 그와 동시에 '중국 조선족' 세력은 점점 약화되어 가고 있다. 조선족의 많은 지식인들은 이러한 현상에 우려를 표명하고 있으며, 자치주를 수호해야 한다는 의견을 갖고 있기도 하다.

최근 '디아스포라, 탈식민'에 대한 연구 경향은 이러한 현실에서 멀지 않거니와, 지구촌 한민족이 처한 상황이 한민족에게 국한되지 않는다고 볼 때, 소수자로 살아간다는 의미는 곧 지구촌에서 살아가는 모든 인간들의 문제이기도 하다. 이것이 문제적인 이유 가운데 하나는 세계화 시대, 국제화 시대, 다문화 시대, 국경이 무너지는 시대에 오히려 국경은 점점 견고해져 가고 있으며, 소수민족들은 자신들의 정체성을 심각하게 고민하지 않을 수 없는 상황으로 몰리고 있기 때문이다. 이러한 때에 한민족의 정체성을 고민하고 나아갈 방향을 모색한다는 것은 자별한 의미가 있을 것으로 보인다.

이런 점에서 중국 조선족 문학[1]을 탈식민주의 측면에서 접근한 연구는 일정정도 성과를 거두었다고 할 수 있다.[2] 이는 북한 문학 연구에 이은 해외 한인 문학, 특히 한국문학 전공자들이 우선적으로 접근해야 할 중국 조선족 문학에 대한 연구 과정의 산물이라는 점에서 의의를 지닌다.[3]

현 단계 중국 조선족 소설과 그에 대한 연구가 민족 기억의 복원, 문화적 정체성 탐구 그리고 중국이나 한국의 문화 권력으로부터 '탈영토화'의 가능성을 보여 주고 있다는 점에서 그 의의를 가늠할 수 있을 것이다.[4] 그러나 소설 연구 분야를 볼 때 그동안 중국 조선족 소설의 전개 과정이나 개별 작가, 작품 등의 연구에서 일정한 성과를 거두었음에도 불구하고 재외 한국문학의 위상 확립이라든가 작가 작품론의 확장, 방향성 탐구 등에서는 한계를 보인다.

필자가 보기에 방향성에 대한 탐색은 근본적이고도 매우 복잡한 논의과정을 거쳐야 할 사안으로 보인다. 무엇보다 중국과 한국의 관계 속에 존재하는 중국 조선족 문학이 긍정적인 가능성으로써 작용

---

1) '중국 조선족 문학'은 중국 정부가 부여한 '중국 조선족'에 기원을 두고 있기 때문에 중화인민공화국 설립 이후의 문학에 어울리는 용어일 것으로 보인다. 그런데 정작 재중 '조선족' 문학가나 연구자들은 거기에 기원을 두고 있지도 않거니와 그들의 문학 행위를 남북한 문학과 끊임없는 조회 과정 속에 위치 지으려 한다(마찬가지로 그들의 삶에 대해서는 논외로 한다). 설령 그들 자신이 '중국 조선족 문학'이라는 용어를 사용한다고 할지라도 우리 문학자들이 그 용어를 그대로 따라야 하는지는 생각을 요한다. 필자는 아직까지 다른 대안을 숙고하지 못하였으므로 잠정적으로 현재 학계에 통용되는 용어를 쓰도록 한다. 이런 의미에서 '중국 조선족', '중국 조선족 소설(문학)'에 작은따옴표를 사용했다. 이후 논의에서는 작은따옴표를 사용하지 않기로 한다.
2) 대표적인 연구 성과로는 다음을 참조할 것.
  송현호 외, 『중국 조선족 문학의 탈식민주의 연구』 1, 국학자료원, 2008; 송현호 외, 『중국 조선족 문학의 탈식민주의 연구』 2, 국학자료원, 2009.
3) 최병우, 「중국 조선족 문학연구의 필요성과 방향」, 『한중인문학연구』 20, 한중인문학회, 2007. 최병우는 이 글에서 한국문학 전공자가 우선적으로 연구해야 할 대상은 중국 조선족 문학이라고 주장하고 중국 조선족 문학에 대한 연구 방향을 제시하고 있다.
4) 김형규, 「중국 조선족 소설 연구의 현황과 현재적 의의」, 『현대소설연구』 29, 한국현대소설학회, 2006.

하려면 분단 현실을 빗겨갈 수 없다고 판단된다. 한민족의 근현대사를 놓고 볼 때, 분단 현실 속에서 남한과 북한뿐 아니라 중국, 일본, 미국 등 이념을 달리하는 국가들이 그들의 이익에 따라 첨예하게 대립·연합·야합하고 있다. 이로써 남과 북은 더 이상 한민족의 거멀못의 역할을 담당하지 못하고 있으며, 중국과 일본 등에 살고 있는 그들은 종국에는 자기 길을 모색하지 않을 수 없게 되었고, 남북을 향해 자신들의 목소리를 내지 않으면 안 될 상황에 놓여 왔다.

이러한 상황을 풀어가고 문학의 방향성을 탐색하기 위한 근저에는 분단 상황과 그 극복이 있다고 보는 것이 이 글의 출발점이다. 분단 문제를 문학과 문학 연구의 핵심으로 받아들이는 많은 사람들은 그것의 해소가 한반도 문제를 푸는 핵심이라는 데에 동의하고 있으며, 이는 한민족뿐 아니라 중국, 미국, 일본 등 세계 문제를 푸는 중요한 관건이기도 하다. 따라서 이 글은 개혁 개방 이후 중국 조선족 소설에 나타난 한국전쟁과 분단 현실에 대한 인식을 살펴보고 한민족이 처한 고통의 현실을 넘어 인류의 연대성을 모색할 수 있는 방향을 탐색해 보고자 한다. 논의 작품은 주로『개혁개방 30년 중국조선족 우수 단편소설선집』(연변인민출판사, 2009)에 실린 작품을 대상으로 하고, 때에 따라 그 외의 다른 작품들도 논의한다.

2. '중국 조선족'과 분단 현실을 넘어서기 위한 고통의 삶

한국, 북조선, 중국, 일본, 미국 등에 살고 있는 '한민족'은 국가가 다름에도 불구하고 유일하게 묶일 수 있는 것은 민족이라는 말이다. 그런데 민족이란 무엇인가? 민족을 혈통, 언어, 지역, 경제, 문화적인 공통성에 기반을 둔 일반적인 정의에 따르거나, '제한되고 주권을 가진 것으로 상상되는 정치 공동체'로 보는 베네딕트 앤더슨의 견해에 입각해 볼 때 이들을 한민족으로 묶을 수 있는 끈은 제한적일 수밖에 없다. 혈통, 언어, 문화적인 공통성이 어느 정도 인정된다 해도 주권을 지닌 공동체로서는 한계를 지닌다. 더구나 혈통, 언어, 문화라는 것도 국경을 공유하지 않는 한 시간이 흐르면서 그 명맥을 유지하기 어렵게 된다.

중국 조선족이 만주지역에 정착한 지도 한 세기를 넘어섰다. 1세대와 1.5세대들에게 모국은 구한말의 조선일 수 있고, 일본일 수 있으며, 한국과 북조선일 수 있다. 2세대 이후 세대에게는 대개 일본, 중국이 그들의 모국이다. 그렇기 때문에 조선족에게 모국이나 민족에 대한 관념은 세대에 따라 달리 인식될 수밖에 없을 뿐 아니라, 그것과의 관계에 따라 더욱 복잡해진다.

엄밀하게 보면 1949년 이후 중국에서 태어난 이른바 '중국 조선족'에게 그들의 정치적인 모국은 중국이다. 세대가 거듭해 갈수록 이들에게는 조상들의 땅, 곧 이주해 온 땅에 대한 관념이 희미해지고 그들의 조상이 이주 정착한 땅에 대한 관념이 강하게 자리 잡는다. 이주 몇 세대가 지난 조선족을 볼 때 초기 이주자들이 갖고 있는 조국에 대한 관념은 그들의 기억 속에 묻혀가고 문자 언어의 흔적으로 남을 수밖에 없다는 우려를 갖게 한다. 이것은 중국의 국정 방향, 즉 단기적으로는 공존을 모색하면서 장기적으로는 하나의 중국으로 융합하고자 하는, 문화적인 것과 정치적인 것의 이중성과 맞물려 있다.[5] 김학철, 리근전 등과 같은 초기 문학인들이 문학의 정치성을

---

5) 김형규는 중국의 민족주의가 정치적 민족주의와 문화적 민족주의로 위계성을 지니며, 중국 조선족 문학도 '중화민족주의'라는 관계망 속에 놓인다는 것을 직시할 필요가 있다고 주장한다. 1960~70년대 기간 중국화가 진행되면서 조선족이 지닌 민족적 성격이 중국의 소수민족의 그것으로 변화되고 있다고 지적한다. 김형규, 「중국 조선족 소설과 소수민족주의의 확립: 1960~70년대 단편소설을 대상으로」, 『현대소설연구』 40, 한국현대소설학회,

놓지 않으려고 했던 것에 반해 최근 문학인들이 한민족이라는 동포로서의 민족적 애증을 중국 조선족의 입장에서 드러내고 있음은 이를 잘 말해 주고 있다. 그러나 문학이 문학일 수 있는 이유는 그것이 정치나 철학을 넘어설 수 있다는 데에 있다. 그렇기 때문에 중국 정부에서 부여한 중국 조선족이라는 호명은 국가 이데올로기가 현실적 삶을 규정하고 지배하고자 할 때는 유효할지도 모른다. 그러나 자기 정체성이 끊임없이 문제되고, 그리고 그것을 지속적으로 문제 삼을 수밖에 없는 것이 문학의 운명이자 사명이라고 할 때 그것은 더 이상 유효한 호명이 될 수 없다. 조선족 작가나 문학 연구자들이 남북한(문학)에 관심을 보이고, 중국 정부의 공식적인 입장과 균열의 조짐을 보이고 있다는 것6)이 그 증거이다.

일제하 중국에 이주한 항일 세대이자 공산당원으로서 중국에서 활약한 김학철과 리근전이 『해란강아 말하라』(김학철, 1954), 『범바위』(리근전, 1962; 1986), 『고난의 연대』(리근전, 1982; 1984) 등을 썼던 것은 중국 내 조선족의 정체성을 분명히 하고자 했던 작업의 일환일 수 있다. 일제하 조선에서 태어나 갓 스무 살을 넘긴 청년 김학철은 중국, 일본, 남조선, 북조선을 넘나들며 중국 공산당, 팔로군, 의용군 그리고 부상과 투옥 등의 삶을 살았다. 그는 이러한 생애를 기반으로 강렬한 민족의식과 중국 현실에 대한 비판 정신을 유지할 수 있었다. 한편 아홉 살 어린 시절 조선에서 태어나 길림성에 이주한 리근전이 중국 공산당에 가입하여 활약하면서 쓴 그의 문학들은 일종의 '조선족의 국민적 자격 확인하기'7)의 행위일 수 있다. 그러나 이들의 문학

2009.

6) 김호웅, 「"6.25"전쟁과 남북분단에 대한 성찰과 문학적 서사: 중국문학과 조선족 문학을 중심으로」, 『통일인문학논총』 제51집, 건국대인문학연구원, 2011, 31쪽.

7) 이해영, 「60년대 초반 중국 조선족 장편소설에 나타난 민족의식의 내면화: 리근전의 장편소설 『범바위』를 중심으로」, 『국어국문학』 157, 국어국문학회, 2011.

적·사회 실천적 행위가 중국 권력층에 의해 '반동작가', '반혁명분자', '주자파'로 숙청의 대상이 되었다는 것은 역사의 아이러니가 아닐 수 없다. 국가, 이념, 권력 앞에서 모국, 조국과 연관된 그들의 민족 정체성 찾기와 정치적 이상 실현이 얼마나 지난한 일인가를 보여준다.

오늘날 지구 곳곳에 스며들고 있는 세계화는 '역사의 종말'을 넘어서지 못하는 신자유주의에 입각한 자본 논리의 세계화라 할 수 있다. 이 가운데 다민족 혹은 다인종으로 구성된 국가에서 공존을 표방하는 '다문화(주의)'는 실상 국가 이익과 지배 계급, 인종에 따라 추진되고, 그로 인해 민족과 인종은 재구조화되고 있다. 개혁 개방으로 표상되는 1980년대 이후의 중국이 이러한 과정과 전혀 무관하다 할 수 없다. 중국 국가 이데올로기와 중국 내 소수민족 그리고 경제 논리가 개혁 개방, 세계화와 맞물려 있기 때문이다. 따라서 이전 세대들과는 달리 중국에서 나서 자란 세대에게는 적어도 그들이 자신의 정체성과 시대정신을 문제 삼는 한 조선족의 국민 자격을 확인하는 문제가 지속적으로 대두될 수밖에 없다. 그것은 문화혁명 등 과거의 부정적인 역사를 불식하고 기억을 통해 민족 아이덴티티를 탐색할 뿐 아니라 그들의 현재 위상을 찾고 그들이 해야 할 바를 부단히 찾는 문제로 구체화될 것이다.

'생이별과 수난', '반동, 반혁명분자', '절망과 죽음' 등은 중국 조선족이 살아온 삶의 궤적 속에서 겪은 고통의 표상들이다. 압록강을 건너 만주에서 가족과 생이별하고 굶주림과 박해 속에서 숨겨간 '리계진'(리여천, 「인연의 숲에서 하느적이던 풀은: 큰누나의 령전에 바칩니다」), 우파 지방민족주의분자로 낙인찍혀 농촌개조와 감옥살이를 한 항일열사 최명운(장지민, 「노랑나비」), 항일구국전선에서 '산천을 넘나들며 싸워온 혁명투사'에 대한 박해와 항일여투사 영옥의 눈물(윤림호, 「투

사의 슬픔」), 정치학교 총보도원이 되면서 폭력과 광기를 보인 남편에
게 버림받고 가정 파탄의 비운을 맞은 아내의 눈물(정세봉, 「하고 싶던
말」), 한국전쟁에서 남북 형제 간 살육의 절망 속에 끝내 자살로 생을
마감한 큰형(류연산, 「인생숲」)이 문학의 기억 속에 남아 있다. 철학과
는 달리 문학 특히 소설은 삶의 고통을 서사화함으로써 우리 자신과
는 다른 사람들이 우리 자신과 다름없는 사람들이라는 공감과 연대의
식을 갖게 해 준다는 점에서 이들 작품들은 각별한 의미를 지닌다.[8]

「노랑나비」[9]에서, 태항산을 근거지로 항일투쟁을 한 팔로군 소속
최명운이 8·15 해방을 맞아 귀국길에 오른다. 그러나 '조선만 보지
말고 전 세계를 보아라'는 입당소개인 시위서기 김철준의 권유로 그
는 H 변강도시에 남게 된다. 오십 년대 초 김서기의 권고에 따라 민
족언어역사연구소를 차리고 민족 언어와 역사를 연구하면서 조선말
사전을 펴내고 항일열사들의 피어린 발자취를 모은다. 그러나 그에
게 우파, 지방민족주의 분자, 농촌개조가 씌워진다.

"동북의 신서광"에서 H시에 파견되여온 홍위병련락소에 잡혀가던 날
저녁이였다.

"너의 수첩에 적힌 일백오십명 명단은 무슨 명단이냐?"

"민족렬사전을 쓰려고 수집한 혁명가들 명단입니다."

"무슨 혁명을 한 혁명가들이냐?"

"중국혁명을 한 혁명가들입니다."

---

8) 리처드 로티는 현대의 지성이 도덕적 진보에 공헌한 것은 철학이나 종교학 논문을 통해
   서 보다는 특별한 형태의 고통과 굴욕(屈辱)에 대한 상세한 서술(소설이나 민속 풍물에
   관한 기록)을 통해서였다고 말한다. Richard Rorty, 김동식·이유선 역, 『우연성 아이러니
   연대성(Contingency, irony, and solidarity)』, 민음사, 1996, 349쪽.
9) 장지민, 「노랑나비」, ≪연변문예≫, 1981년 2월호(김학철 외, 『개혁개방30년 중국조선족
   우수단편소설선집』, 연변인민출판사, 2009).

"제길할, 무슨 조선사람이 이렇게도 많이 중국혁명에 참가했단 말이냐?"

"그뿐인 것이 아니라 몇만 몇십만이 넘습니다. 그 일백오십명은 대표인 물에 불과합니다."[10]

중국 혁명에 가담한 조선 사람들과 중국인민해방군 행진곡을 작곡한 조선 사람 등이 홍위병에 의해 부정되고 있다. 주지하듯이 홍위병들은 모택동과 함께 중국 내 반동적 문화유산을 제거하는 데에 앞장선 조직이었다. 이들에게 조선족들의 혁명 업적은 비판의 대상이 되었다. 반우파투쟁은 한어대약진을 낳은 대약진 운동으로 이어졌으며, '조선말'은 핍박을 받았다. 조선족들이 살아온 역사를 기억해 내는 일과 '민족언어'인 '조선말'을 살리는 작업은 '반동적 민족주의사상'으로 몰리고 개조의 대상이 되었다. 그러나 최명운은 홍위병에 잡혀 2년의 감옥 생활과 절름발이가 되었어도 그의 부인 복순이와 아이(미옥)가 끝내 돌아간 북조선에 가지는 않았다. 문화혁명 기간 동안 중국과 북조선을 경계로 이산가족이 된 최명운, 그가 꿈꾸는 세상은 다음과 같은 구절에 잘 드러나 있다. "만약 그 어느 우주공간에 지구와 같은 별이 있다면 그곳의 생명세계에도 계급구별과 민족구별이 있으며 국경이 있을가?"(84쪽)

문화혁명 기간 이후 당적과 원직무가 회복되어 취임 여부로 갈등을 겪는 최명운이 취임의 명분으로 삼은 것은 "민족학교에 민족력사과를 회복하는 것, 민족말사전을 편찬하는 것, 민족렬사전을 내는 것"(86쪽)이었다. 이는 그가 할 수 있는 최대치의 명분일 수 있다. 조선족이 항일투쟁과 공산혁명의 공을 매개로 중국을 상대하여 겨우 정치적인 행위를 할 수 있기 때문이다. 그러나 그것의 성취 여부를

---

10) 김학철 외, 위의 책, 81쪽. 아래의 작품 인용은 같은 책에서 인용한 것임.

떠나 항일투쟁 팔로군 전사인 그가 해방 후 귀국의 길목에서 '중국 국적 조선사람'이 되기를 선택한 뒤, 그가 사는 세상이 계급과 민족의 차별이 없는 세상에 이르렀는지는 숙고하지 않을 수 없다.

「인연의 숲에서 하느적이던 풀은: 큰누나의 령전에 바칩니다」[11]에서 가족을 따라 두만강을 건너 일곱 살의 나이로 가족과 생이별을 한 '누나'는 중국집에 보내져 '하녀'로, '천덕꾸러기'로 전락한다. 그녀는 열두 살 어린 나이에 중국집 민며느리로 팔려 갔으며, 열네 살 앳된 소녀의 몸으로 한족과 결혼할 뿐 아니라, 병든 몸을 이끌고 끈질기게 자신의 혈육을 찾아 나선다. 가족의 호의에도 불구하고 몇 차례 숨을 끊으려 했던, 한국말을 전혀 할 줄 모르는 그녀는 결국 사진 한 장과 그녀의 조선 이름을 남기고 세상을 떠난다.

> 댓살이나 먹었을가 말가한 계집애가 초가집을 배경으로 검정 몽당치마를 입고 찍은 사진 한 장과 언젠가 내가 누나한테 써준 누나의 조선이름 석자였다.
> "리계진" (684쪽)

한민족으로도 한족으로도 살아갈 수 없었던 그녀, 그녀의 비극은 굶주림을 벗어나고자 압록강을 건넌 가족사 그리고 그 근원으로서의 한국 근대사가 자리 잡고 있다. 「노랑나비」의 최명운과 같이 그녀는 독립투사도 아니고 타국에서 오히려 한국어를 잃어버린 채 수난 속에서 혈육을 찾으며 끝내 죽음에 이르고 만다. 그녀의 아버지가 할 수 있는 일이란 그녀의 무덤 곁에 묻혀 그녀를 지켜주는 일이다(671쪽). 그러나 조카며느리와 시가(媤家)의 왕씨 사람들, 이웃들에게 그

---

11) 리여천, 「인연의 숲에서 하느적이던 풀은: 큰누나의 령전에 바칩니다」, ≪연변문학≫, 2005년 9월호.

녀는 "누나가 남긴 3만원 저금통장과 누나가 살고 있던 집문서 그리고 어디에 감추었을지 모르는 또 다른 현금에 대한 탐닉"(683쪽)의 대상일 뿐이다.

「인생숲」12)에서 한국전쟁 당시 남한 한국군에 참전한 막내 동생과 소련을 거쳐 조선인민군으로 들어가 한국전쟁에 참전한 큰 동생이 전선에서 총구를 겨눌 때, 만주 지역에서 포수로 남은 큰형에게 현위서기는 조선인민군을 돕기 위한 식량조달을 명령한다. 큰형은 자살을 택한다. 한국전쟁에 조선인민군이나 지원군으로 참전한 이들이 부끄러움(「비단이불」), 변절자(「바람은 가슴 속에 멎는다」), 배신자(「배움의 길」), 당당함(「고국에서 온 손님」) 등으로 표상되는 것과 더불어 피를 나눈 형제가 혈육 상잔의 당사자가 되었을 때 절망의 극단인 죽음을 택한 것이다.

큰누나 리계진의 수난과 항일투쟁의 열사 최명운의 숙청, 그리고 분단 현실 속 만주에서 죽음에 이르지 않을 수 없었던 형제 등은 한민족 혹은 중국 조선족이 걸어 온 삶 그 자체이다. 그들의 삶에는 유럽과 미국 제국주의를 흉내 낸 일본의 의사 제국주의, 그 원류인 유럽과 미국, 그리고 제국주의를 꿈꾸는 중국과 이들 사이에 놓인 남북한이 복잡하게 얽혀 있다. 오늘의 현실에서 보면 이들의 삶은 곧 분단 현실에 놓여 있음을 알 수 있는데, 그것은 리계진과 최명운의 삶이 큰형의 죽음과 연관되지 않을 수 없기 때문이다. 더욱이 역사의 방향이 이들의 삶이 질곡으로부터 벗어나는 것이 아니라 민족, 인류 문제와 더불어 분단 현실에 응축되고 더욱 더 첨예하게 대립하는 쪽으로 가고 있기 때문이다.

---

12) 류연산, 「인생숲」, 『황야에 묻힌 사랑』, 한국학술정보, 2007(흑룡강조선민족출판사, 1997).

3. 한국전쟁과 분단 현실 인식의 한계와 가능성

분단과 관련한 가장 첨예한 사건은 한국전쟁일 터이다. 한국전쟁은 남북한 내부뿐 아니라 주변국들의 이해관계가 첨예하게 대립된 지점으로서 그로 인해 관련국들의 민중들에게 커다란 질곡으로 작용한 사건이다. 그렇기 때문에 전쟁으로 파생된 분단현실을 극복하지 못한다면, 조선족을 비롯한 한민족과 주변 민족(국가)의 문제를 해소하는 것은 어려울 것으로 보인다.

이런 점에서 최근 한국전쟁과 남북 분단 문제를 다룬 중국과 조선족 문학을 검토한 바 있는 김호웅(2011)에 따르면 '항미원조문학'으로 출발한 중국 소설이 새로운 역사 시기에 와서 세계 반전문학과 대화를 함으로써 정부와 문학자들 간의 균열의 조짐이 있다고 진단한 바 있다. 더구나 조선족 문학에 대하여 중국 주류 문학에 비해 전쟁과 분단 현실에 대하여 반성과 성찰을 보여 주고 있다고 평가한 바 있다.13) 이는 중국과 조선족 문학에 대하여 긍정적으로 평가한 견해라고 할 수 있는데, 특별히 남북의 시각이 아닌 다른 시각을 볼 수 있다는 점에서 큰 의의가 있다고 할 수 있다.14) 그럼에도 불구하고 현 단계 조선족 소설이 보여 주고 있는 한국전쟁과 분단 현실에 대한 인식은 한계를 보이고 있다는 것도 분명하다.

1) 전쟁 희생자들의 삶과 인식의 한계

한국전쟁에 참전한 인물들은 죽거나, 부상을 당하거나, 포로가 되

---

13) 김호웅, 앞의 글, 31쪽.
14) 한국뿐 아니라 북한, 중국, 미국, 일본 등 전쟁 당사자들의 한국 전쟁과 분단 현실에 대한 총체적인 형상적 인식 확보가 중요하고 볼 때, 중국동포 문학은 중요한 의미를 지닌다.

거나, 투항을 한다. 「비단이불」의 중국인민지원군으로 출전한 '나'는 부상으로 전역하였고, 송희준 노인의 외아들은 한국전쟁에 나가 죽는다. 「바람은 가슴 속에 멎는다」의 승정렬은 포로로 귀환하며, 「배움의 길」에서 순남의 아버지는 남조선에 투항한다. 부상을 당하고 살아 돌아온 자는 살아남아 있음에 대하여 부끄러워하고, 포로로 귀환한 자는 변절자로 수난을 당한다. 투항한 후손은 노동개조의 대상이 된다. 그러나 이들은 결국 당 사업을 다짐하거나, 새 역사를 맞아 공산당의 배려로 새로운 삶을 시작하는 것으로 그려진다.

가령 「비단이불」[15]에서 '나'는 항미원조를 나갔다가 다리를 부상당하고 전역하여 현당위원회 농촌공작부 간사를 지낸 바 있는 한국전쟁 당사자이다. 1952년 겨울, 그가 만난 송희준 노인은 한국전쟁에 나간 포병 소대장인 외아들을 잃은 인물로, 그의 전사 소식에 '나'는 전방에서 자기 전우를 잃었을 때와 같은 '고통과 의분'을 느낀다. 그리고 살아서 후방으로 돌아온 자신을 부끄럽게 여기고(149쪽), "조선의 그 어느 곳에 자기의 육신을 갈기갈기 날려 보낸 그 전우의 몫까지 합쳐 뼈가 휘도록 사업하리라 결심을 다지고 또 다"(151쪽)짐으로써 살아남음에 대한 부끄러움을 갖고 사업을 통한 대속을 다짐한다.

또한 「바람은 가슴 속에 멎는다」[16]에 나오는 승정렬은 중국인민지원군으로 천마산 고지에서 연합군과의 치열할 전투를 치렀고, 부대원들을 위해 물을 공급하러 갔다가 연합군의 포로가 된다. 그런데 그는 아래턱에 총상을 입고도 포로로 귀환했다는 이유로 '변절분자'로 취급받고 외톨이가 된다.

"총알이 다 눈이 먼게 아닌가, 하필이면 아래턱을 족쳤겠나? 공개할

---

15) 류원무, 「비단이불」, 《연변문예》, 1982년 7월호.
16) 강효근, 「바람은 가슴속에 멎는다」, 《연변문학》, 1998년 9월호.

수 없는 사연이 따로 있었다구."

배두천의 말에 동년배들이 모두 눈을 동그랗게 치떴다.

"따로 있다구? 무슨 사연인데?"

"남조선에 거제도라고 있어. 포로수용소가 설치된 곳이거든. 정렬이 그
치 포로가 됐지 뭐야."

"그래? 알고 보니까 변절분자였구만." (529쪽)

승정렬과 함께 임무를 수행한 배두천은 전쟁터에서 도주를 하고,
사랑하는 사람을 겁탈하기도 하지만 합작사 주임, 촌장에까지 오른
다. 혈기왕성한 또래들을 제치고 입대하는 것만으로 '자랑이고 영광'
이었던 승정렬은 전상(戰傷)에도 불구하고 변절분자, 반동, 간첩으로
마을 공동체에서 쫓겨날 운명에 처한다. 또한 그는 고의살인죄로 감
옥에 갇혔고, 우사 일꾼으로 전락해 갔다. "죽음 앞에서 악연히 놀라
졸도했던 배두천은 살아 있고 불패의 신념을 안겨주던 왕반장이 전
사했다는 것은 너무도 불공평했다"(535쪽)고 생각한 그는 결국 배두
천이 중풍으로 쓰러지고, 정부에서 그를 '1등잔페군'으로 인정하게
되자, "만감이 교착된 지난날의 회한이 골풀이쳤"으며, "역사는 언제
나 공정한 법"(558쪽)이라고 여긴다.

중국인민지원군으로 한국전쟁에 참여한 이들은 부상을 당했음에
도 불구하고 살아서 귀향했다는 이유로 정신적 외상을 입고 고통을
당한다. 전쟁으로 인한 고통은 전쟁에 참가한 당사자들뿐 아니라 후
손과 가족에게도 이어진다. 「배움의 길」[17]에 등장하는 '순남'은 1952
년 '조선전쟁'에 참가하여 희생된 아버지 덕분에 열사 자제 '특등조
학금'을 받으며 공업대학을 다닌다. 그러다 희생되었다던 아버지가

---

17) 리원길, 「배움의 길」, 김학철 외, 앞의 책, 2009.

'기실은 투항하여 남조선에 있다'고 밝혀지면서 어머니가 앓아눕고, 여자 친구로부터 배신당하고, 국가기밀 분야에 속하는 직업에 배치받지 못하고 '폐물수구점'이라는 '북대황개간농장'으로 쫓겨 간다. 결국 10년 동란 후 40에 가까운 나이에 가장으로서 BK동력발전소 연구생으로 가느냐 국방기지의 직원으로 가느냐는 선택의 기로에 선다. 「올케와 백치오빠」[18]에서 아버지의 죽음을 부른 항미원조 전쟁터에 남편을 보낸 올케는 백치인 작은 오빠를 돌보다 깊은 관계에 빠졌다가, 죽은 줄 알았던 남편이 돌아온다는 소식에 결국 목숨을 끊고 만다.

이들 작품이 한국전쟁이야말로 인간에게 고통을 안겨 준 역사적인 카타스트로피(catastrophe)라고 인식한 것은 지극히 당연하고도 교훈적일 수 있다. 그러나 한국전쟁 참전을 '항미원조'라는 관점을 견지함으로써, 한국전쟁 발발 이후 '항미원조 보가위국'을 내세운 중국인민지원군의 기치를 따르고 있다. 이 같은 관점은 일제와 국민당의 만행과 지주, 마름들의 착취에 대항하여 공산당과 팔로군의 영도 아래 중국 건설에 이바지하고, 마침내 연변 조선 자치구 건설과 토지개혁을 통해 그 땅에 정착한 중국 조선족과, 조선족을 포함해 소수민족을 국가적 차원으로 통합해 나가는 중국의 전략과 역사에 그 뿌리를 두고 있다. 이로써 전쟁 참전 당사자들과 그 후손, 가족들은 반우파투쟁과 문화대혁명을 빗겨갈 수 없었던 것이다. 그럼에도 불구하고 이에 대한 철저한 성찰 없이 전쟁에 직간접적으로 관련된 당사자들이 중국 국경 내에서 일어난 수난으로부터 벗어나 새로운 삶이 시작될 수 있었던 이유를 당의 배려 때문이라고 암시하는 것은 분명 한계가 아닐 수 없다. 더구나 인물들을 고통 속에 내몬 한국전쟁을

---

18) 장지민, 「올케와 백치오빠」, ≪천지≫, 1986년 8월호.

그 근원에서 깊이 있게 성찰하기보다는 전쟁 체험과 현실 생활에서 기인하는 부끄러움, 감격과 다짐, 사필귀정, 피해감, 허무감 등으로 그려낸 것도 한국전쟁과 분단 현실에 대한 초기 수준의 인식을 보여 준 것이다.

2) 대화의 부재와 연대 가능성의 탐색

'중국인민지원군'으로 한국전쟁에 참전한 '중국 조선족' 군인과 그 후손들을 다룬 소설들과는 달리 조선족뿐 아니라 남과 북에 사는 사람들을 동시에 다루고 있는 소설은 분단 현실에 대한 다른 시각을 보여줄 수 있다는 점에서 주목된다.

「고국에서 온 손님」[19]에서는 전쟁이 끝나고 남과 북에 흩어져 살아온 가족이 우연히 '조선족자치주'에서 만나는 사건을 다루고 있다. 송화강가의 현대식 설비를 갖춘 주택의 3층에 사는 장교장네 집에 북조선에 사는 그의 동생 장철이가 30여년 만에 방문한다. 쉰이 넘는 장철은 광복 직후 '동북민주련군'에 입대하여 한국전쟁 때 조선인민군에 편입되었다가 정전 후에는 조선에 눌러 살게 된 인물이다. 1층 하원장네에는 한국에 사는 처남이 온다. 처남은 38선이 생기기 이전에 서울에 유학을 갔으며 지금은 장사를 한다. 2층에 사는 한족 집에서 3층의 장철을 초대하면서, 1층 처남(남상호)을 함께 초대한다. 남에서 온 손님을 끝까지 피하고자 했던 장철은 결국 식탁에서 남상호와 마주앉게 된다. 알고 보니 그들은 '할빈 대도관 학교' 동창이었고, 인민군 장철은 1950년 전쟁 당시 국방군으로 포로가 된 남호를 살려 준 적이 있다. 그들은 "송화강유보도를 함께 거닐며 청

---

19) 김종운, 「고국에서 온 손님」, 《흑룡강신문》, 1985.6.8.

춘의 리상도 론했고 민족의 운명도 운운했"(426쪽)던 사이였으며, 그후 30여 년이 지나 그들은 그곳에서 만났던 것이다. 장철은 남상호와의 지난날을 "청춘의 끓는 피를 조국에 바치자고 서로 다짐하며 나어린 가슴들을 설레이지 않았던가? 그런데 지금 하나는 북에서… 하나는 남에서…"(427쪽)라고 회상에 잠긴다. 장철은 남상호를 만나 "많은 것을 말해주고 싶었고 많은 것을 물어보고 싶"지만, "아직은 그렇게 할 수 없"(428쪽)다고 고백한다. 그것은 "우리 백의동포들은 아직도 '아리랑고개'를 다 넘지 못하였"(428쪽)다는 서술자의 말을 통해서 암시하고 있듯이 이들에게도 넘어야 할 장벽이 놓여 있기 때문이다.

이 소설은 청년 시절 조국애를 나누었던 친구가 적으로서 한국전쟁을 치렀고, 오랜 시간이 지난 뒤에 남한과 북한 주민으로 만나게 된 안타까운 현실을 보여 준다. 표면적으로 이것이 전쟁의 비극과 분단 현실의 한 단면을 보여 주고 있다는 점에서 의의를 찾을 수도 있겠지만, 그럼에도 불구하고 장철은 아리랑고개로 비유되는 장벽과 그 해결에 대한 진지한 성찰과 가능성을 보여 주지 못하고 있다. 이것은 장철 개인의 한계일 뿐 아니라 남상호를 비롯한 다른 인물과 작가 그리고 궁극적으로 한민족문학이 지닌 한계이기도 하다.[20]

장철과 관련하여 볼 때 남상호에 대하여 "죄를 짓고 도망친 반동분자"(418쪽)라고 인식하고 있는 것과 "외국에 와서 친척들과도 말을 조심해야 하는데 혹시 그 사람을 만났다가 말이라도 걸면"(418쪽) 어쩔 것인가라는 외적 압박에 의한 내부 검열도 관련되어 있다. 여기에는 만주 지역에서 함께 자란 어제의 친구이자 동지가 더 이상 '우리' 안에 포함될 수 없는 적이라는 무의식과 함께, 중국 조선족자치주에

---

20) '한민족문학'의 한계로 보는 것은 한국전쟁 및 분단 현실과 관련하여 아직까지 '한민족' 전체를 아우르는 진지한 성찰과 전망을 탐색하고 있는 문학을 찾아보기 어렵기 때문이다.

살고 있는 친척까지도 경계의 대상으로 삼고 있는 무의식이 작동하고 있다. 그에게 시간은 조선항일유격대와 중국인민혁명군이 통합된 동북민주련군 출신으로 한국전쟁에서 조선인민군 정찰병으로 '조선간부복을 입고 앞가슴에 령장'을 자랑스럽게 달고 다니는 한국전쟁 이전의 시간이 지속되고 있다.

한국전쟁 때 북한군에 포로가 되어 장철의 도움으로 살아남게 된 남상호는 한족 왕 과장의 환영 모임에서 우연히 장철을 만나게 되고, 1960년대 동경 올림픽에서 임시국가로 지정된 아리랑을 부른다. 이 같은 그의 행위가 환영연(歡迎宴)에 참석한 장철에게도 감동을 주기는 하지만, 끝내 남상호와 장철과의 만남은 성사되지 못한다.

여기에서 남북이 비록 성공은 하지 못했지만 올림픽 단일팀으로 참가하게 된 곳이 일본이라는 것과 임시국가로 지정된 '아리랑'을 남상호가 부른 것이 상징적으로 처리되면서, 환영회에 참석한 중국 한족과 조선족, 남한과 북한 주민들 모두에게 감격을 주는 것으로 소설이 종결 처리된 것은 한민족 연대 가능성을 모색하고 있다는 점에서는 가능성을 지닌다.

3) 자기 성찰과 분단 현실 극복의 가능성

「비온 뒤 무지개」[21]에는 독립군으로 만주에 피신했다가 한국전쟁 때 지원군으로 참전한 후 총상 후유증으로 사망한 맏이의 아들 (조카), 인민군으로 참전했던 이북 첫째 삼촌, 그리고 한국 국방군으로 참전했던 둘째 삼촌이, 작가인 조카의 주선으로 중국 연변에서 만난 사건을 다루고 있다. 30년 만에 어렵게 만난 첫째와 둘째는 잠

---

21) 리여천, 「비온뒤 무지개(상)」, 『문예시대』 64, 문예시대사, 2009; 리여천, 「비온뒤 무지개 (하)」, 『문예시대』 65, 문예시대사, 2010.

깐 동안의 만남의 기쁨을 뒤로 하고, 사사건건 의견 충돌로 틈이 벌어진다.

"뭐야, 너도 우리 조선을 깔보는거냐? 남조선은 뭐가 잘해서 미군을 불러다 6.25전쟁을 벌리고 지금까지 남조선을 통치하게 하냐. 그리구 뭐 이라크에 군대를 파견한다구? 침략자를 돕는게 잘한 일이우? 동맹국이라구 나쁜짓도 같이 해야 한다우? 우린 배 굶어도 남의 식민지노릇은 안해!"

덕수한테 해다지 못하던 분풀이가 그만 동생이 불을 지피는 바람에 확하고 당기고 말았다.

"형님, 남을 욕할게 뭐유? 백성들 배굶기면서 핵무기는 무슨 핵무기유?6.25를 봐도 미군이 먼저 불질렀소? 이북이 먼저 불질하는 바람에 유엔군이 가입한거지요!"

"뭐 이북이 먼저 쳤다구? 남조선괴뢰도당이 먼저 전쟁을 도발하구두."

그만 두 삼촌은 다투기 시작했다. 6.25라는 이 민족의 원한이 아직도 그들의 맘속에 깊이 뿌리박고 있었던 것이다. (272~273쪽)

남북한 삼촌들의 언쟁은 해묵은 것일 수 있지만, 그것이 여전히 생활 속에 자리 잡고 있는 남북한 갈등 요인인 것은 엄연한 현실이다.[22] 그런데 이 소설에서 주목되는 것은 분단 현실에서 발생하는 남북한 간의 문제만 다루고 있는 것이 아니라, 중국 조선족이 바라본 남북한과 중국 문제를 다루고 있다는 점이다. 작가인 조카의 입을 통해 한국에 대하여 불만을 토로하고 비판을 가한다.

"보다 싶이 남북통일은 우리 중국동포들이 하고 있다구요. 얼마나 좋은

---

22) 우리의 집단 무의식에 자리 잡고 있는 반공 규율에 대해서는 임지현 외, 『우리 안의 파시즘』(삼인, 2000) 제2장 '반공 규율 사회의 집단의식' 참조.

한국 홍보예요. 한국에서 불법체류, 불법체류 하면서 벌어가는 달러를 아까워하지만 그들이 통일에 기여하는 그 가치는 어찌 몇 푼 되는 달러로 계산할 수가 있겠어요. 게다가 싼 월급 대신 창조한 로동 가치는 또 얼마인가요?"(268쪽)

"필리핀인은 외국인이니 불법체류라고 하지만 중국교포를 불법체류라고 할 수 없잖아요. 아니면 교포라 하지 말든지. 그래 친척집에 놀러 간 사람을 오래 있는다고 불법이라 할 수는 없지 않아요. 게다가 번들번들 놀면서 파먹는 것이 아니라 피땀으로 일하면서 있는데요. 보세요, 삼촌님도 이젠 며칠 됐으니 아시겠지만 중국에 사는 우리 민족만큼 인심이 후하고 자기 민족의 전통을 가지고 있고 또 우리만큼 남북통일에 관심 갖고 힘쓰는 해외동포들이 어디 있어요? 안 그렇습니까?"(269쪽)

중국 조선족은 민족의 전통성을 잘 계승하고 있고, 남북통일에 기여하고 있으며, 교포로서 당당히 한국 경제에 기여하고 있다는 것을 밝히고 있다. 하지만 그는 한국에 대해서는 비판적인 시각을 견지하면서도 북한에 대해서는 그것을 주저하고 있다. 북한삼촌이 "조선은 중국과 한 형제"(266쪽)라고 인식하고 있듯이 그는 "고향을 떠난 우리가 무슨 권리가 있어서 고향이 좋다 나쁘다 평할게 있는가"(271쪽)라고 반문한다. 그런데 이 또한 조선족 개잡이꾼 덕수에 의해 비판되고 있는데, 덕수는 북한에 대해서 "충성을 람용하는 것이 딱 우리 문화대혁명 때 같다"(271쪽)고 비판하고, 조카인 '나'에 대해서는 "이북이 지나치다는 줄 알면서도 왜 감히 말 못하우. 형님, 한국 욕하는 글 신문에서 나두 봤수. 왜 한국은 자본주의라고 욕할 수 있고 이북은 사회주의라고 욕하면 안"(271~272쪽) 되느냐고 비판한다. 뿐만 아니라 덕수 또한 "중국에는 돈만 있으면 다"(276쪽)라는 타락한 자신과 중국 현실을 비판적으로 표상하는 인물이다.

이렇듯 이 소설은 남북한의 대립과 갈등뿐 아니라 중국 조선족으로서 남한과 북한 그리고 조선족 자신과 중국 현실에까지 비판적인 시각을 보여 주고 있다는 점에서 분단현실을 넘어설 수 있는 하나의 가능성에 한층 다가서고 있다는 의의가 있다.

4. 분단 현실을 넘는 연대성 모색의 방향

우리에게 만주는 어떤 곳인가? 고조선, 고구려, 발해의 땅으로 기억되는 곳, 항일투쟁의 성지, 압제와 고통에서 벗어나고자 하는 고난과 정착의 땅이 아닌가? 그러나 그러한 관념은 한민족이 공통으로 갖고 있는 것인가, 아니면 어디까지나 한국인 혹은 중국 조선족의 관념일 뿐인가?

그곳에 정착하여 살고 있는 중국 조선족은 자신들의 모국이 조선(남북한)인 사람들이 여전히 살아 있으며, 그들의 기억이 존재하는 한 중국 내 대부분의 소수민족들과는 다를 수 있다. 「고국에서 온 손님」에서 쉰 고개를 넘긴 한국전쟁 당사자들인 장철과 남상호에게는 조선족자치주를 지켜 온 그들의 형님과 어머니, 고모 등이 있다. 「비온 뒤 무지개」에서는 노년의 남과 북의 삼촌들이 있으며, 그들은 '나'에게 아버지의 존재를 기억하게 해 주는 인물들이다. 그러나 그들의 존재가 사라지고, 그럼으로써 이전 세대인 조상들의 땅은 점차 잊혀지고, 그들의 정치적인 귀속과 그들이 태어난 고향이 강조될수록 중국 내 소수민족과 별반 차이가 없게 될지도 모른다.

이런 점에서 중국 조선족 작가들이 끈질기게 놓지 않으려는 조선어라는 끈과 열사들의 투쟁사와 기억, 그리고 전쟁과 분단 현실에 대한 이야기는 의미가 있어 보인다. 왜냐하면 그것은 소수민족이 지닌 삶의 고통을 넘어서 연대성을 모색하는 중요한 요소들이라 판단되기 때문이다.

중국에서 조선어가 차지하는 위상은 비록 미미하다 할지라도 그것이 일상생활뿐 아니라 문학 작품으로 명맥을 유지하고 있다는 것은 의미심장하다. 한국전쟁과 남북 분단 현실을 조선어 소설로 형상화할 수 있다는 것은 이미 한국어를 공용어로 사용하는 '우리'들의 연대성을 모색하는 기반이 된다. 그러나 불행하게도 조선어가 날로 한어에 밀려 쇠퇴해 가고, 문학지(文學誌)도 그 발행부수가 현격하게 줄어드는 상황에서, 일부 연구자들은 한어를 통해서 성공적인 작품 생산 활동을 대안으로 제안하기도 한다. 그러나 어느 한쪽의 언어만을 구사하는 것보다는 가능하면 조선어뿐 아니라 한어도 완벽하게 미적 언어로 사용할 수 있는 것이 중요하다. 미국에서 영어를 단일 언어로 사용하는 자들은 소수자들의 언어를 배우지 않는다. 마찬가지로 다수자들의 언어인 한어를 사용하는 사람들은 중국의 소수자들의 언어를 배우지 않는다. 하지만 소망이기는 하지만 다수자들의 언어인 한어 사용자들이 조선어를 배우고 그것을 통해 '중국 조선족'을 이해하는 자세가 절실하다.23) 그것은 중국 당국의 정책적 판단과 맞물려 있는 것이기는 하지만, 한 국가에서 단일 언어의 사용이 복수의 언어 사용보다 삶의 질을 보장한다는 어떤 명백한 증거도 없다는 점24)에

---

23) 그 역도 필요하긴 하지만 당연하다고 생각하는 것은 숙고할 필요가 있다. 가진 자, 다수자, 권력자들이 오히려 소수자들의 목소리를 배워야 한다. 최근 한국어에 대한 열풍은 주목할 만하기는 하지만, 그것이 중국 자본주의화 과정에서 상업성, 실용성 등과 결부되어 있다는 점에서 한계를 지닌다. 언어가 상업성과 실용성에 경도될 때 언어의 깊이, 예술성과 관계없는 정보의 교환, 도구성, 몰주체성 등과 관련되기 때문이다. 따라서 앞서 말한 근본적인 차원에서의 '조선어(한국어)'에 대한 학습이 필요하다.

24) David Crystal, 권루시안 역, 『언어의 죽음(Language Death)』, 이론과실천사, 2000, 52쪽.

서도 필요하다. 그러나 오늘날 다민족, 다인종, 다문화주의라는 것이 종래는 국가와 다수자들의 이익과 맞닿아 있는 것이라는 견해[25]는 그것이 결코 낙관적이지만은 않다는 것을 뜻한다. 따라서 조선어의 품격과 작품성, 예술성을 확보하는 작업과 현실을 타개해 나가는 노력을 지속시키는 과제를 안고 있다.

또한 기억을 통해 열사들의 투쟁사를 이야기하는 것도 중요한 과업이다. 중국 조선족 후손뿐 아니라 반쪽짜리 문학사교육을 통해 성장한 남북한 국민들에게 만주 지역에서의 항일투쟁과 중국 국가 건설에서 활약한 열사들의 투쟁사를 형상화한 서사를 공유하는 일은 한민족의 기억을 복원하는 일이자 공통감각을 형성하는 일이며 조선족의 정체성을 모색하는 일이기도 하다. 1949년 중화인민공화국의 창건 이후 김학철과 문화대혁명 이후 이근전이 보여 준 문학 행위는 전형적인 예일 것이다. 그러나 열사들의 투쟁이 한국전쟁 서사에 이르면 앞에서 본 일부 소설에서 볼 수 있듯이 중국의 이데올로기인 '항미원조'를 벗어나지 못한다면, 적어도 남한의 입장에서 볼 때 연대성의 걸림돌로 작용할 수밖에 없다. 뿐만 아니라 '조국보위'라는 입장에서 조선인민군 혹은 지원군으로 참전한 경우라고 해도, 그것을 끝까지 견지하는 한 「비온 뒤의 무지개」의 남북한 삼촌들과 같은 갈등은 지속될 수밖에 없다.[26] 이 같은 논리는 '조국'을 북조선이라는 특정 정치 체제와 연결시키기 십상인데, 실상 그것은 인위적인

---

25) 서경식, 『고통과 기억의 연대는 가능한가?』 철수와영희, 2009, 46~51쪽.

26) 해방 후 조선인의 이중국적, 즉 북한과 중국 국적을 가진 이들이 인민해방군의 일원으로 중화인민공화국 창건에 공을 세우고, 해방 전 중국 공산당과 함께 항일운동을 했던 조선인이 해방 후 조선인민군으로 가담하게 되는데, 이들과 함께 인민해방군 소속 조선인은 지원군의 일원으로서 그들의 공동의 적인 미 제국주의를 분단의 원흉으로 보고 항미원조, 조국보위로서 한국전쟁에 참여하였다는 사실에서 당시의 현실을 이해할 수 있다. 김재기·임영언, 「중국 만주지역 조선인 디아스포라와 한국전쟁」, 『재외한인연구』 23, 재외한인학회, 2011.

역사적 과정의 산물이라는 것을 인식할 필요가 있다. 따지고 보면 한국, 북조선, 중국이라는 국가도 역사적으로 형성된 산물이며, 그들이 영원히 정의로운 정치 체제로 존재한다고도 볼 수 없을 것이다. 이런 점에서 「비온 뒤의 무지개」는 중국 내부의 조선족과 그 현실뿐 아니라 남북한에 대한 비판적 시각을 시도했다는 점에서 의미를 찾을 수 있을 것이다.

이 글의 애초의 의도와 결부시켜 볼 때 한국전쟁과 분단현실에 대한 인식과 그 극복의 가능성을 탐색하는 것이 이 글의 핵심이라는 점에서 앞서 논의한 방법들이 이와 결부되어 있는 것이기는 하지만, 무엇보다 한국전쟁과 그 이후 분단 현실을 정면으로 문제 삼는 작품들이 주목된다. 한국전쟁과 분단 현실은 한국과 북조선뿐 아니라 한민족 전체 그리고 중국, 미국, 일본 등 세계와 관련되어 있는 문제이다. 대단히 복잡하게 얽힌 분단 현실을 타개하는 실마리를 찾는 것이야말로 한민족이 살고 인류가 사는 길이다. 앞에서 살폈듯이 진지하게 중국 조선족 소설이 보여 준 한국전쟁과 분단 현실에 대한 인식은 그 근본 원인과 대안을 깊이 있게 성찰하지 못하고 있다는 점에서 한계를 지니지만, 동족상잔과 분단 현실을 고발, 비판하는 수준을 넘어 다소 막연하고 구체적이지 못하지만 분단 현실을 타개하고 연대성의 가능성을 시사하고 있다는 점에서는 의의를 지닌다.

국적과 출생지가 아무리 중국이라고 해도, 민족과 관련된 역사적 기억이 각기 다른 민족이 함께 어울려 산다는 것은 그리 간단한 문제가 아닐 것이다. 다소 과장되어 있기는 하지만 「흘러가는 마을」(고신일)에서 조선족들이 갖고 있는 '한족들과 엇서서는 재미 없'다는 의식과 보복에 대한 두려움은 이웃한 재일조선인들이 느끼는 고통과도 그리 멀지만은 않아 보인다. 이 문제를 타개하는 길은 분단현실을 넘어서기 위해 연대성을 확보해 가는 일인데, 그것은 한민족 내부와 외부에서 연대성을 확장해 나가는 일이 될 것이다.

전자를 위해서 현 단계 제시된 것은 '형제의 정',27) '혈육의 정',28) '하나의 민족'29)이라는 개념들이다. 이들은 실상 같은 범주로 묶을 수 있는 의미를 지닌 말들이다. 「비온 뒤 무지개」에서 자본주의와 사회주의를 넘어서는 것은 '형제의 정'에 있다는 것을 보여 준다. 이는 중국 조선족 2세인 '나'의 견해이기도 하거니와 대립하는 남북한 형제가 만나는 강력한 이유이기도 하다. 또한 분단을 다룬 중국 조선족 문학의 의의를 "반복적인 만남과 대화, 이해와 존중을 통해 혈육의 정에 바탕을 둔 통합의 실마리를 찾을 수 있음을 시사하고 있다"30)는 연구자의 평가에서 알 수 있듯이 그것은 '혈육의 정'으로 나타난다. 다른 한편 그것은 한중수교 이후 중국 조선족 소설에 나타난 한국의 이미지를 검토한 후 "중국조선족들은 한국인과 중국인이라는 국민적 차이를 인정하고 하나의 민족으로서 한국인들과 중국 조선족들이 공존하고 연대하는 방법을 모색하게 된다"고 보고 "이제 중국 조선족과 한국인은 민족의 개념으로 화해하고 통합하여야 한다"31)고 주장하는 견해와도 맞닿아 있다.

이러한 견해는 일반론으로 자리 잡은 다수의 견해와 일치하는 부분인데, 혈통에 기반 한 민족, 종족, 종교, 인종 등과 같은 다소 추상적이고 상상적인 것보다는, 필자는 리처드 로티가 제안한 "우리 자신과 매우 다른 사람들을 '우리'의 영역에 포함시켜 볼 수 있는 능력",32)

---

27) 리여천, 앞의 글, 276쪽.
28) 김호웅, 앞의 글, 31쪽.
29) 최병우, 「중국조선족 소설에 나타난 한국의 이미지 연구」, 『한중인문학연구』 30, 한중인 문학회, 2010.
30) 김호웅, 앞의 글, 31쪽.
31) 최병우, 앞의 글, 46쪽.
32) 리처드 로티, 김동식·이유선 역, 앞의 책, 349쪽.

좀 더 구체적으로 타자의 고통에 대한 공감과 잔인성에 대한 가책을 통한 연대성을 모색하는 방법에 주목하고자 한다. 이 방법은 민족이나 혈육이 내포한 또 다른 차별과 배제의 위험성을 벗어나게 해 준다. 가령 '그는 유태인이다'와 같이 '그는 한민족이다'라고 호명할 수 있는데, 그 순간 선택과 배제, 차별이 작동할 수 있다. 그것보다는 '그는 나와 같이 전쟁터에서 총상을 입고 고통을 당하고 있는 사람이다'라고 이해, 공감, 그리고 창작을 통해 생산 활동을 하는 것이 그러한 한계를 넘어 연대성을 형성할 수 있는 방향이 될 수 있다. 그러나 「비단이불」에서 보여 주듯 그것이 오로지 '자기 전우'에만 국한될 때 도그마에 빠진다. 그것은 오히려 「고국에서 온 손님」에서 장철이 부상당한 포로 남상호를 두고 자기 안의 잔인성을 중단하고 타인의 고통에 접근하는 것이다. 그러나 이러한 시도가 가능성을 지니고 있음에도 불구하고 한계를 지닐 수밖에 없는 것은 그러한 감각(인식과 활동, 실천)을 확장시키려는 끊임없는 노력이 부족하기 때문이다. 장철은 남상호의 고통을, 남상호는 장철의 고통을 공감하지 못하며, 남한 삼촌과 북한 삼촌은 서로의 고통을 공감하지 못한다.

후자의 경우, 즉 중국 내외부에서 연대성을 확장해 나가는 일은 한국전쟁과 그로 인한 분단 현실이 한민족 내부의 문제만은 아니라는 사실에서 기인한다. 그것은 민족, 인종, 국가를 넘어 중국 내외에서 타인의 고통에 공감하고 인간의 잔인함에 대하여 혐오하는 인간들과 연대하는 일이다. 이런 점에서 조선족 소설이 시도하고 있는 중국과 한국을 동시에 비판적인 거리를 두고 '탈영토화' 혹은 '탈식민화'를 시도하고 있는 소설들은 그러한 가능성을 내포하고 있다는 의미가 있다. 그러나 그것이 보다 확장되고 구체적으로 심화되어야 하는 과제가 부여되어 있다.

5. 새로운 인류사를 모색하기 위하여

이 글은 서두에서 한국을 비롯한 중국·일본·미국 등의 민족, 특히 한민족 관련 현실을 화두로 출발하였다. 한민족의 정체성은 늘 문제적이며 그렇기 때문에 민족과 국경을 넘는 한민족의 방향성을 탐색해야 하는 당위성이 있다. 특히 이 글에서 다루고자 하는 중국 조선족 문학과 관련하여 소설 분야에서 이룬 성과는 과소평가될 수 없다. 그러나 중국 조선족 문학의 위상을 올바르게 세우기 위해서는 한반도뿐 아니라 동아시아 및 세계사적인 문제와 연결되어 있는 근본적인 문제 곧 분단 현실을 전면적으로 다루어야 하는데 작품과 연구에서도 그렇게 하지 못하고 있다는 한계를 지닌다. 여기에는 북한과 중국과의 관계, 문학자들 내부의 역량 문제 등이 작용하고 있다.

분단 현실 속에서 이를 타개하고 새로운 인류사를 도모하기 위해서는 폐쇄적인 민족, 국가 관념을 벗어나야 한다. 그러기 위해서는 조선인이 중국 지역에 정착하기까지의 역사를 우리=민족이라는 의식에서 출발하기 보다는 고통과 수난을 당하는 인간 특히 전쟁과 분단 현실 속에서 죽음과 고통 속에 내몰리는 인간을 주목할 필요가 있다. 그것은 민족 혹은 국민이라는 호명 속에는 정치적 이념에 따라 차별과 잔혹함이 상존하고 있기 때문이다.

중국 조선족의 일부 소설들은 지원군 혹은 인민군으로 한국전쟁에 참가한 인물들 혹은 그 후손들을 통해 한국전쟁이 인간에게 가한 잔혹함과 고통을 직시하고 있다는 점에서는 의미를 부여할 수도 있지만, 중국과 북조선 간의 동맹 이데올로기는 그 이상의 성찰을 가로막는 장애로 작용한다.

또한 남북한뿐 아니라 조선족을 동시에 다루고 있는 소설들은 남북한에 일정한 거리를 두고 볼 수 있는 시각을 확보함으로써 남북 중재자로서의 조선족의 역할을 강조하고 있다. 이는 개혁개방 이후 조선족이 유일하게 남북한을 넘나들 수 있으며, 동시에 연변이 남북 주민이 만날 수 있는 거의 유일한 장소라는 데서 자연스럽게 형성될 수 있었다. 이런 점에서 남북 문학과는 다른 시각을 확보할 수 있는 조선족 문학은 추상적이나마 한민족의 연대 가능성을 모색하고, 미약하게나마 조선족과 중국뿐 아니라 남북한에 대하여 비판적인 거리를 확보할 수 있는 단초를 확보할 수 있었다.

그런데 조선족에게도 무거운 짐으로 남아 있는 분단의 질곡을 넘기 위해서는 조선어와 한어를 통한 연대 의식의 기반 확보, 중국에 정착한 조상들의 투쟁 이야기를 통한 공통감각의 형성과 정체성의 확보, 그리고 무엇보다 '혈통에 기반한 민족'을 넘어서는 연대성 확보는 중요한 과제이다. 특히 타인의 고통에 대한 공감과 잔인성에 대한 가책을 통한 연대성은 민족과 국가를 넘어서 진정한 인류 공동체를 실현하는 하나의 방법론이 될 수 있을 것이다.

참고문헌

1. 자료

강효근, 「바람은 가슴속에 멎는다」, ≪연변문학≫, 1998년 9월호.

김종운, 「고국에서 온 손님」, ≪흑룡강신문≫, 1985.6.8.

김학철 외, 『개혁개방30년 중국조선족 우수단편소설선집』, 연변인민출판사, 2009.

류연산, 「인생숲」, 『황야에 묻힌 사랑』, 한국학술정보, 2007(흑룡강조선민족출판
　　　사, 1997).

류원무, 「비단이불」, ≪연변문예≫, 1982년 7월호.

리여천, 「비온뒤 무지개(상)」, ≪문예시대≫ 64, 문예시대사, 2009.

_____, 「비온뒤 무지개(하)」, ≪문예시대≫ 65, 문예시대사, 2010.

_____, 「인연의 숲에서 하느적이던 풀은: 큰누나의 령전에 바칩니다」, ≪연변문
　　　학≫, 2005년 9월호.

장지민, 「노랑나비」, ≪연변문예≫, 1981년 2월호.

_____, 「올케와 백치오빠」, ≪천지≫, 1986년 8월호.

2. 논저

김재기·임영언, 「중국 만주지역 조선인 디아스포라와 한국전쟁」, 『재외한인연구』
　　　23, 재외한인학회, 2011, 163~192쪽.

김형규, 「중국 조선족 소설 연구의 현황과 현재적 의의」, 『현대소설연구』 29, 한국
　　　현대소설학회, 2006, 275~304쪽.

_____, 「중국 조선족 소설과 소수민족주의의 확립: 1960~70년대 단편소설을 대
　　　상으로」, 『현대소설연구』 40, 한국현대소설학회, 2009, 81~101쪽.

김호웅, 「"6.25"전쟁과 남북분단에 대한 성찰과 문학적 서사: 중국문학과 조선족
　　　문학을 중심으로」, 『통일인문학논총』 제51집, 건국대인문학연구원, 2011,
　　　7~35쪽.

비판사회학회·민주화운동기념사업회 공동기획, 『지구화 시대의 국가와 탈국가』, 한울, 2009.

서경식, 『고통과 기억의 연대는 가능한가』, 철수와영희, 2009.

송현호 외, 『중국 조선족 문학의 탈식민주의 연구』 1, 국학자료원, 2008.

_____, 『중국 조선족 문학의 탈식민주의 연구』 2, 국학자료원, 2009.

오상순, 『개혁개방과 중국조선족 소설문학』, 월인, 2001.

이해영, 「60년대 초반 중국 조선족 장편소설에 나타난 민족의식의 내면화: 리근전의 장편소설 『범바위』를 중심으로」, 『국어국문학』 157, 국어국문학회, 2011, 305~334쪽.

임경순, 『문학의 해석과 문학교육』, 역락, 2003.

임지현 외, 『우리 안의 파시즘』, 삼인, 2000.

조성일·권 철 외, 『중국 조선족 문학 통사』, 이회문화사, 1997.

최병우, 「중국 조선족 문학연구의 필요성과 방향」, 『한중인문학연구』 20, 한중인문학회, 2006, 5~23쪽.

_____, 「중국조선족 소설에 나타난 한국의 이미지 연구」, 『한중인문학연구』 30, 한중인문학회, 2010, 29~50쪽.

_____, 『조선족 소설의 틀과 결』, 국학자료원, 2012.

David, Crystal, 권루시안 역, 『언어의 죽음(*Language Death*)』, 이론과실천사, 2000.

Rorty, Richard, 김동식·이유선 역, 『우연성 아이러니 연대성(*Contingency, irony, and solidarity*)』, 민음사, 1996.